Harry Potter
13

Harry Potter and
the Order of the Phoenix

ハリー・ポッターと
不死鳥の騎士団

5-4

J.K.ローリング

松岡佑子＝訳

JN102907

静山社

To Neil, Jessica and David,
who make my world magical

Original Title: HARRY POTTER AND THE ORDER OF THE PHOENIX

First published in Great Britain in 2003
by Bloomsbury Publishing Plc, 50 Bedford Square, London WC1B 3DP

Japanese edition first published in 2004

This book is published in Japan by arrangement with
the author through The Blair Partnership

ハリー・ポッターと不死鳥の騎士団　5-4　目次

ハリー・ポッターと不死鳥の騎士団　5-1　目次

ハリー・ポッターと不死鳥の騎士団　5-2

ハリー・ポッターと不死鳥の騎士団 5-3

ハリー・ポッターと不死鳥の騎士団
主な登場人物

キングズリー・シャックルボルト
騎士団員。闇払い

ニンファドーラ・トンクス
騎士団員。闇払い

ルシウス・マルフォイ
ドラコの父親。死喰い人

ベラトリックス・レストレンジ
帝王の腹心。死喰い人

ジェームズ・ポッター
ハリーの父親

リリー・エバンズ
ハリーの母親

グロウプ
？

ヴォルデモート＝トム・リドル
闇の帝王

第29章　進路指導

「だけど、どうしてもう『閉心術』の訓練をやらないの？」ハーマイオニーが眉《まゆ》をひそめる。

「言ったじゃないか」口ごもりがちにハリーが抵抗する。「スネイプが、もう基本はできてるから、僕ひとりで続けられるって考えたんだよ」

「じゃあ、もう変な夢は見なくなったのね？」ハーマイオニーが、疑わしげに聞いてくる。

「まあね」ハリーはハーマイオニーの顔を見なかった。

「ねえ、夢を抑えられるってあなたが絶対の確信を持てるまで、スネイプはやめるべきじゃないと思うわ」ハーマイオニーが憤慨する。「ハリー、もう一度スネイプのところへ行って、お願いするべきだと——」

「いやだ」ハリーは突っ張った。「もう言わないでくれ、ハーマイオニー、いいね」

その日はイースター休暇の最初の日で、いつもの習慣どおり、ハーマイオニーは一日の大半を費やして三人の学習予定表を作っている。ハリーとロンは勝手にやらせておいた。ハーマイオニーと言い争うよりはそのほうが無難だ。いずれにせよ計画表は役に立つかもしれない。

計画表を覗いたロンは、試験まであと六週間しかないと気づいて仰天した。

「どうしていまごろそれがショックなの？」ロンの予定表のひとコマひとコマを杖《つえ》で軽くたたき、学科によってちがう色に光るようにしながら、ハーマイオニーが詰問する。

「どうしてって言われても」ロンが答えた。「いろんなことがあったから」

「はい、できたわ」ハーマイオニーがロンに予定表を渡した。

「このとおりにやれば、大丈夫よ」

ロンは憂鬱《ゆううつ》そうに表を見たが、とたんに顔が輝いた。

「毎週一回、夜を空けてくれたんだね？」

「それは、クィディッチの練習用よ」ハーマイオニーが呆《あき》れたように言う。

ロンの顔から笑いが消えた。

「意味ないよ」ロンが反論する。「僕らが今年クィディッチ優勝杯を取る可能性は、パパが魔法大臣になるのと同じぐらいなんだからさ」

ハーマイオニーはなにも言わなかった。ハリーを見つめていたのだ。クルックシャンクスがハリーの手に前足を載せて耳を掻《か》いてくれとせがんでいるのに、ハリーはぼんやりと談話室の向かい側の壁を見つめている。

「ハリー、どうかしたの？」

「えっ？」ハリーははっとして答えた。「なんでもない」

ハリーは「防衛術の理論」の教科書を引き寄せ、索引でなにかを探すふりをした。クルックシャンクスはハリーに見切りをつけて、ハーマイオニーの椅子の下にしなやかに潜り込んだ。

「さっきチョウを見たわ」ハーマイオニーがためらいがちに口にする。「あの人もとっても惨《みじ》めな顔だった……あなたたち、またけんかしたの？」

「えっ――あ、うん、したよ」ハリーはありがたくその口実に乗る。

「なにが原因？」

「あの裏切り者の友達のこと、マリエッタさ」ハリーが言った。

「うん、そりゃ、むりもないぜ！」ロンは学習予定表を下に置き、怒ったように同調する。

「あの子のせいで……」

ロンがマリエッタ・エッジコムのことで延々と毒づきはじめたのは、ハリーには好

都合だった。ただ、ロンが息をつく合間に、怒ったような顔をしてうなずいたり、

「うん」とか「そのとおりだ」とか相槌《あいづち》を打てばよかったからだ。頭の中では、ますますす惨《みじ》めな気持ちになりながら、「憂《うれ》いの篩《ふるい》」で見たことを反芻《はんすう》していた。

ハリーは、その記憶が、自分を内側から蝕んでいくような気がした。両親がすばらしい人だったと信じて疑わなかったからこそ、スネイプが父親の性格についてどんなに悪口を言おうと、苦もなく嘘だと言い切ることができた。ハグリッドもシリウスも、父親がどんなにすばらしい人だったかと、ハリーに言ったではないか（ああ、そうさ。でも、見ろよ、シリウス自身がどんな人間だったか。ハリーの頭の中で、しつこい声が言った……同じ悪《わる》だったじゃないか）？　そうだ、マクゴナガル先生が、父さんとシリウスには手を焼かされたと言っているのを、一度盗み聞きしたことがある。しかし先生は、二人が双子のウィーズリーの先輩格だという言い方をした。フレッドやジョージが、おもしろ半分にだれかを逆さ吊りにするなど、ハリーには考えられない……心から嫌っているやつでなければ……たとえばマルフォイとか、そうされて当然のやつでなければ……。

ハリーはなんとかして、スネイプがジェームズの手で苦しめられるのが当然だという理屈を見つけようとした。しかし、リリーが「彼があなたになにをしたと言うの？」と言ったこと、そしてそれに対するジェームズの応《こた》え「むしろ、こいつが存在

するって事実そのものかな。わかるよね……」は、どんな理屈も撥《は》ね返してしまう気がする。そもそもジェームズは、シリウスが退屈だと言ったという単純な理由で、あんなことを始めたのではなかったか？　ルーピンがグリモールド・プレイスで話したことを思い出した。ダンブルドアがルーピンを監督生《かんとくせい》にしたのは、ルーピンならジェームズとシリウスをなんとか抑えてくれると期待したからだと……しかし「憂いの篩」では、ルーピンは座ったまま成り行きを見守っていただけだ……。

ハリーは、リリーが割って入ったことを何度も思い出していた。母さんはきちんとした人だった。しかし、リリーがジェームズをどなりつけたときの表情を思い出すと、他のなによりも心がかき乱される。リリーははっきりとジェームズを嫌っていた。どうして結局は結婚することになったのか、ハリーにはとにかく理解できない。一、二度、ハリーはジェームズがむりやり結婚に持ち込んだのではないかとさえ考えてしまった……。

ほぼ五年間、父親を想う気持ちが、ハリーにとっては慰めと励ましの源になっていた。だれかにジェームズに似ていると言われるたびに、ハリーは内心、誇りに輝いた。ところがいまは……父親を想うと寒々と惨めな気分になる。

イースター休暇中に風はさわやかになり、次第に明るく温かくなってきた。しかしハリーは、他の五年生や七年生と同様、屋内に閉じ込められ、勉強ばかりで、図書室との間を重い足取りで往復していた。ハリーは、自分の不機嫌さは試験が近づいているせいにすぎないと見せかけた。他のグリフィンドール生も勉強でくさくさしていたせいで、だれもハリーの言い訳を疑わなかった。

「ハリー、あなたに話しかけてるのよ。聞こえる?」

「はあ?」

ハリーは周囲を見回す。ハリーがひとりで座っていた図書室のテーブルに、さんざん風に吹かれた格好のジニー・ウィーズリーがきている。日曜日の夜遅い時間だった。ハーマイオニーは、古代ルーン文字の復習をするのにグリフィンドール塔にもどり、ロンはクィディッチの練習に行っている。

「あ、やあ」ハリーは教科書を自分のほうへ引き寄せた。「君、練習はどうしたんだい?」

「終わったわ」ジニーが答えた。「ロンがジャック・スローパーに付き添って、医務室に行かなきゃならなくて」

「どうして?」

「それが、よくわからないの。でも、たぶん自分の棍棒《こんぼう》で自分をノックアウトしたんだと思うわ」ジニーが大きなため息をつく。「それは別として……たったいま小包が届いたの。アンブリッジの新しい検閲《けんえつ》を通ってきたばかりよ」

ジニーは茶色の紙で包まれた箱を、テーブルに上げた。たしかにいったん開けられ、それからいいかげんに包みなおされている。赤インクで横に走り書きがある。

「ホグワーツ高等尋問官《じんもんかん》検閲ずみ」

「ママからのイースターエッグよ」ジニーが言う。「あなたの分も一つ……はい」

ジニーが渡してくれたこぎれいなチョコレート製の卵には、小さなスニッチの砂糖飾りがいくつもついていた。包み紙には、チョコの中にフィフィ・フィズビー一袋入りと表示してある。ハリーはしばらく卵チョコを眺めていた。すると、喉《のど》の奥から熱いものが込み上げてくるのを感じて狼狽《ろうばい》した。

「大丈夫？　ハリー？」ジニーがそっと聞いた。

「ああ、大丈夫」ハリーはガサガサ声で答える。喉に込み上げてきたものが痛い。イースターエッグがなぜこんな気持ちにさせるのか、ハリーにはわからなかった。

「このごろとっても滅入ってるみたいね」ジニーが踏み込んでくる。「ねえ、とにかくチョウと話せば、きっと……」

「僕が話したいのはチョウじゃない」ハリーがぶっきらぼうに返した。

「じゃ、だれなの？」ジニーが聞く。

「僕……」

ハリーはさっとあたりを見回し、だれも聞いていないことを確かめる。マダム・ピンスは数列離れた本棚のそばで、大わらわのハンナ・アボットが積み上げた本の山に貸し出し印を押していた。

「シリウスと話せたらいいんだけど」ハリーがつぶやく。「でも、できないことはわかってる」

食べたいわけではなかったが、むしろなにかすることが欲しくて、ハリーはイースターエッグの包みを開き、ひとかけら大きく折って口に入れた。

「そうね」ジニーも卵形のチョコレートを少し頬ばりながら、ゆっくり受けた。「本気でシリウスと話したいなら、きっとなにか方法を考えられると思うわよ」

「まさか」ハリーはお手上げだという言い方をした。「アンブリッジが暖炉を見張ってるし、手紙を全部読んでるのに？」

「ジョージやフレッドと一緒に育ってよかったと思うのは――」

ジニーが考え深げに続ける。

「度胸さえあればなんでもできるって、そう考えるようになったことかしら」

ハリーはジニーを見つめた。チョコレートの効果かもしれないが――ルーピンが、吸魂鬼との遭遇のあとはチョコレートを食べるように、いつも勧めてくれたっけ――でなければ、この一週間、胸の中で悶々《もんもん》としていた願いをやっと口にしたせいかもしれない。いずれにしても、ハリーは少し希望が持てるような気がしてきた。

「あなたたち、なんてことをしてるんです！」

「やばいっ」ジニーがつぶやきざまぴょんと立ち上がる。「忘れてた――」

マダム・ピンスが萎《しな》びた顔を怒りに歪《ゆが》めて、二人に襲いかかってきた。

「図書室でチョコレートなんて！」マダム・ピンスがさけんだ。「出てけ――出てけ――出てけっ！」

マダム・ピンスの杖《つえ》が鳴り、ハリーの教科書、鞄、インク瓶《びん》が二人の頭をボンボンたたきながらハリーとジニーを追い立てた。

差し迫った試験の重要性を強調するかのように、イースター休暇が終わる少し前に、魔法界の職業を紹介する小冊子やチラシ、ビラなどが、グリフィンドール塔のテーブルに積み上げられるようになり、掲示板にはまた新しい知らせが貼り出された。

進路指導

夏学期の最初の週に、五年生は全員、寮監《りょうかん》と短時間面接し、将来の職業について相談すること。

個人面接の時間は左記リストのとおり。

リストをたどると、ハリーは月曜の二時半にマクゴナガル先生の部屋に行くことになっている。そうすると、「占い学」の授業はほとんど出られないことになる。ハリーも他の五年生たちも、休暇最後の週末の大半を、目を通しておくようにと寮に置かれていた職業紹介資料を読んで過ごした。

「まあね、癒術《いじゅつ》はやりたくないな」休暇最後の夜、ロンが口火を切った。骨と杖《つえ》が交差した紋章のついた表紙の、聖マンゴのパンフレットに没頭しているところだった。「こんなことが書いてあるよ。NEWT《いもり》試験の、『魔法薬学』、『薬草学』、『変身術』、『呪文学』、『闇の魔術に対する防衛術』で、少なくとも『E・期待以上』を取る必要がありますってさ。これって……おっどろき……期待度が低くていらっしゃるよな？」

「でも、それって、とっても責任のある仕事じゃない？」ハーマイオニーが上の空で答えた。ハーマイオニーがなめるように読んでいるのは、あざやかなピンクとオレンジの小冊子の、表題は「あなたはマグルの仕事を考えていますね？」だった。「マグルと連携していくには、あんまりいろんな資格は必要ないみたい。要求されているのは、マグル学のOWL《ふくろう》だけよ。『より大切なのは、あなたの熱意、忍耐、そして遊び心です！』だって」

「僕のおじさんとかかわるには、遊び心だけでは足りないよ」ハリーが暗い声を出す。「むしろ、いつ身をかわすかの心だな」魔法銀行の小冊子を半分ほど読んだところだった。「これ聞いて。『やりがいのある職業を求めますか？　旅行、冒険、危険が伴う宝探しと、相当額の宝のボーナスはいかが？　それなら、グリンゴッツ魔法銀行への就職を考えましょう。現在、『呪い破り』を募集中。海外でのぞくぞくするようなチャンスがあります……』。でも、『数占い』が必要だ。ハーマイオニー、君ならできるよ！」

「私、銀行にはあんまり興味ないわ」ハーマイオニーが漠然と言う。今度は別の小冊子に熱中している。「君はトロールをガードマンとして訓練する能力を持っているか？」

「オッス」ハリーの耳に声が飛び込んできた。振り返ると、フレッドとジョージがきていた。

「ジニーが、君のことで相談にきた」フレッドが、三人の前のテーブルに足を投げ出したので、魔法省の進路に関する小冊子が数冊床に滑り落ちた。「ジニーが言ってたけど、シリウスと話したいんだって？」

「えぇっ？」ハーマイオニーが鋭い声を上げ、「魔法事故・惨事部でバーンと行こう」に伸ばしかけた手が途中で止まった。

「うん……」ハリーは何気ない言い方をしようと努力した。「まあ、そうできたらと——」

「ばかなこと言わないで」ハーマイオニーが背筋を伸ばし、信じられないという目つきでハリーを見る。「アンブリッジが暖炉を探り回ってるし、ふくろうは全部ボディチェックされてるというのに?」

「まあ、おれたちなら、それも回避できると思うね」ジョージが伸びをしてニヤッと笑った。「ちょっと騒ぎを起こせばいいのさ。さて、お気づきとは思いますがね、おれたちはこのイースター休暇中、混乱戦線ではかなりおとなしくしていたろ?」

「せっかくの休暇だ。それを混乱させる意味があるか?」フレッドがあとを受ける。「おれたちは自問したよ。そしてまったく意味はないと自答したね。それに、もちろん、みんなの学習を乱すことにもなりかねないし、そんなことはおれたちとしては絶対にしたくないからな」

フレッドはハーマイオニーに向かって、神妙にちょっとうなずいてみせる。そんな思いやりに、ハーマイオニーはちょっと驚いた顔をした。

「しかし、明日からは平常営業だ」フレッドはきびきびと話を続けた。「そして、せっかくちょいと騒ぎをやらかすなら、ハリーがシリウスと軽く話ができるようにやってはどうだろう?」

「そうね、でもやっぱり」ハーマイオニーは、相当鈍い人にとても単純なことを説明するような雰囲気で切り出した。「騒ぎで気を逸《そ》らすことができたとしても、ハリーはどうやってシリウスと話をするの？」

「アンブリッジの部屋だ」ハリーがぽつりとつぶやく。

この二週間、ハリーはずっと考えていたが、それ以外の選択肢は思いつかない。見張られていないのは自分の暖炉だけだと、アンブリッジ自身が言っていた。

「あなた――気は――確か？」ハーマイオニーが声をひそめた。

ロンはきのこ栽培業の案内ビラを持ったまま、成り行きを用心深く眺めている。

「確かだと思うけど」ハリーが肩をすくめる。

「それじゃ、第一、どうやってあの部屋に入り込むの？」

ハリーはもう答えを準備していた。

「シリウスのナイフ」

「それ、なに？」

「一昨年のクリスマスに、シリウスが、どんな錠《かぎ》でも開けるナイフをくれたんだ」

ハリーが説明する。「だから、あいつがドアに呪文をかけて、アロホモラが効かないようにしていても、絶対にそうしてるはずだけど――」

「あなたはどう思うの？」ハーマイオニーがロンに水を向ける。ハリーはふとウィーズリーおばさんのことを思い出してしまった。グリモールド・プレイスでの最初の夕食のとき、おばさんはおじさんに向かって助けを求めたっけ。

「さぁ」意見を求められたことで、ロンはびっくりした顔をした。「ハリーがそうしたければ、ハリーの問題だろ？」

「さすが真の友、そしてウィーズリー一族らしい答えだ」フレッドがロンの背中をバンとたたく。「よーし、それじゃおれたちは、明日、最後の授業の直後にやらかそうと思っている。なにせ、みんなが廊下に出ているときこそ最高に効果が上がるからな。――ハリー、おれたちは東棟のどっかで仕掛けて、アンブリッジを部屋から引き離す。――たぶん、君に保証できる時間は、そうだな、二十分はどうだ？」フレッドがジョージの顔を見る。

「軽い、軽い」ジョージが言う。

「どんな騒ぎを起こすんだい？」ロンが聞いた。

「弟よ、見てのお楽しみだ」ジョージと揃って腰を上げながら、フレッドが言った。「明日の午後五時ごろ、『おべんちゃらのグレゴリー像』のある廊下のほうに歩いてくれれば、どっちにしろ見えるるさ」

次の日、ハリーは早々と目が覚めた。魔法省での懲戒尋問《ちょうかいじんもん》があった日の朝とほとんど同じくらい不安だった。アンブリッジの部屋に忍び込み、シリウスと話をするためにその部屋の暖炉を使うということだけが不安だったのではない。もちろんそれだけでも十分に大変なことなのだが、その上今日は、スネイプの研究室から放り出されて以来はじめて、スネイプの近くに行かなければならない。

ハリーは今日一日のことを考えながらしばらくベッドに横たわっていたが、やがてそっと起き出し、ネビルのベッド横の窓際まで行って外を眺めた。すばらしい夜明けだった。空はオパールのように朧《おぼろ》に霞み、青く澄んだ光を放っている。まっすぐ向こうには、高くそびえるブナの木が見えた。ハリーの父親がかつて、あの木の下でスネイプを苦しめた。「憂《うれ》いの篩《ふるい》」でハリーが見たことを帳消しにしてくれるようななにかをシリウスが言ってくれるかどうか、ハリーにはわからない。しかし、どうしてもシリウス自身の口から、あの事件の説明が聞きたかった。なんでもいいから、情状《じょうじょう》酌量《しゃくりょう》の余地があれば知りたい。父親の振る舞いの口実が欲しい……。

ふとなにかがハリーの目を捕えた。禁じられた森のはずれで動くものがある。朝日に目を細めて見ると、ハグリッドが木の間から現れた。足を引きずっているようだ。そのまま見ていると、ハグリッドはよろめきながら小屋の戸にたどり着き、中に消えた。ハリーはしばらく小屋を見つめていた。ハグリッドはもう出てこなかったが、煙が煙突からくるくると立ち昇った。どうやら、火が起こせないほどひどいけがではなかったらしい。

ハリーは窓際から離れ、トランクのほうにもどって着替えはじめた。

アンブリッジの部屋に侵入する企てがある以上、今日という日が安らかであるとは期待していない。しかし、ハーマイオニーがほとんどひっきりなしにこの計画をやめさせようと、ハリーを説得するのは計算外だった。ビンズ先生の「魔法史」の授業中、ハーマイオニーは少なくともハリーやロンと同じくらい授業への注意力が散漫になっていた。そんなことはいままでにない。小声でハリーを忠告攻めにし、聞き流すのがひと苦労だ。

「……それに、アンブリッジがあそこであなたを捕まえてごらんなさい。退校処分だけじゃすまないわよ。スナッフルズと話をしていたと推量して、今度こそきっと、むりやりあなたに『真実薬』を飲ませて質問に答えさせるわ……」

「ハーマイオニー」ロンが憤慨した声でささやいた。「ハリーに説教するのをやめて、ビンズの講義を聞くつもりあるのか？　それとも僕が自分でノートを取らなきゃならないのか？」

「たまには自分で取ったっていいでしょ*！*」

地下牢教室に行くころには、ハリーもロンもハーマイオニーに口をきかなくなっていた。めげるどころか、ハーマイオニーは二人が黙っているのをいいことに、恐ろしい警告をひっきりなしに流し続ける。声をひそめて言うので、激しいシューッという音になり、シェーマスは自分の大鍋が漏《も》れているのではないかと調べて、まるまる五分をむだにしていた。

一方スネイプは、ハリーが透明であるかのように振る舞うことにしたらしい。もちろん、ハリーはこの戦術には慣れっこだ。バーノンおじさんの得意技の一つ。結局、もっとひどい仕打ちを受けなかったのが、ハリーにはありがたかった。事実、嘲《あざけ》りや、ねちねちと傷つけるような言葉に耐えなければならなかったこれまでに比べれば、この新しいやり方は全然ましというものだ。そして、まったく無視されていれば、「強化薬」もたやすく調合できるとわかったのはうれしい。授業の最後に、薬の一部をフラスコにすくい取り、コルク栓をして、採点してもらうためにスネイプの机のところまで持っていった。ついに、どうにか「期待以上」の「E」がもらえるかも知れない。

提出して後ろを向いたとたん、ハリーはガチャンとなにかが砕ける音を聞いた。マルフォイが大喜びで笑い声を上げる。ハリーはくるりと振り返った。ハリーの提出した薬が粉々になって床に落ちている。スネイプが、いい気味だという目で、ハリーを見てほくそ笑んでいる。

「おーっと」スネイプが小声で言った。「これじゃ、また零点だな、ポッター」

ハリーは怒りで言葉も出なかった。もう一度フラスコに詰めて、是が非でもスネイプに採点させてやろうと、ハリーは大股で自分の大鍋《おおなべ》にもどった。ところがなんと、鍋に残った薬が消えている。

「ごめんなさい！」ハーマイオニーが両手で口を覆った。「本当にごめんなさい、ハリー。あなたはもう終わったと思って、きれいにしてしまったの！」

ハリーは答える気にもなれなかった。終業ベルが鳴ると同時に、ハリーはちらとも振り返らず地下牢教室を飛び出した。昼食の間はわざわざネビルとシェーマスの間に座り、アンブリッジの部屋を使う件で、ハーマイオニーがまたガミガミ言いはじめたりできないようにした。

「占い学」の教室に着くころには、ハリーの機嫌は最悪で、マクゴナガル先生との進路指導の約束をすっかり忘れていた。ロンにどうして先生の部屋に行かないのかと聞かれてやっと思い出し、飛ぶように階段を駆けもどり、息せき切って到着したときは、数分遅れですんだ。

「先生、すみません」ハリーは息を切らしてドアを閉めながら謝った。「僕、忘れていました」

「かまいません。ポッター」マクゴナガル先生がきびきびと応《こた》える。ところがそのとき、隅のほうからフンフン鼻を鳴らす音が聞こえ、ハリーは振り返った。

アンブリッジ先生が座っている。膝《ひざ》にはクリップボードを載せ、首のまわりをごちゃごちゃうるさいフリルで囲み、悦《えつ》に入った気持ちの悪い薄ら笑いを浮かべている。

「お掛けなさい、ポッター」マクゴナガル先生が素気なく言った。机に散らばっているたくさんの案内書を整理しながら、先生の手がわずかに震えている。

ハリーはアンブリッジに背を向けて腰掛け、クリップボードに羽根ペンで書く音が聞こえないふりをするよう努力した。

「さて、ポッター、この面接は、あなたの進路に関して話し合い、六年目、七年目でどの学科を継続するかを決める指導をするためのものです」マクゴナガル先生が話し出した。「ホグワーツ卒業後、なにをしたいか、考えがありますか？」

「えーと――」ハリーは返答に詰まった。

後ろでカリカリ音がするのでとても気が散る。

「なんですか？」マクゴナガル先生が促す。

「あの、考えたのは、『闇祓《やみばら》い』はどうかなぁと」ハリーはもごもご口にした。

「それには、最優秀の成績が必要です」マクゴナガル先生はそう言うと、机の上の書類の山から、小さな黒い小冊子を抜き出して開く。「NEWT《いもり》は少なくとも五科目パスすることが要求され、しかも「E・期待以上」より下の成績は受け入れられません。なるほど。それから、闇祓《やみばら》い本部で、一連の厳しい性格・適性テストがあります。狭き門ですよ、ポッター、最高の者しか採りません。事実、この三年間は一人も採用されていないと思います」

このときアンブリッジ先生が、小さく咳《せき》をした。まるでどれだけ静かに咳ができるのかを試したようだ。マクゴナガル先生は無視した。

「どの科目を取るべきか知りたいでしょうね？」マクゴナガル先生は前より少し声を張り上げて話し続ける。

「はい」ハリーが答えた。「『闇の魔術に対する防衛術』、なんかですね？」

「当然です」マクゴナガル先生がきっぱり言った。「そのほか私が勧めるのは――」

アンブリッジ先生が、また咳をした。今度は先ほどより少し聞こえる。マクゴナガル先生は一瞬目を閉じ、また開けて、何事もなかったかのように続けた。

「そのほか『変身術』を勧めます。なぜなら、闇祓いは往々にして、仕事上変身したり元にもどったりする必要があります。それで、いまはっきり言っておきますが、ポッター、私のNEWT《いもり》のクラスには、OWL《ふくろう》レベルで『E・期待以上』つまり『良』以上を取った者でなければ入れません。あなたはいま平均で『A・まあまあ』つまり『可』です。継続するチャンスが欲しいなら、今度の試験までに相当がんばる必要があります。さらに『呪文学』です。これは常に役に立ちます。それと、『魔法薬学』。そうです、ポッター、『魔法薬学』です」マクゴナガル先生は、にこりともせずにつけ加える。「闇祓いにとって、毒薬と解毒剤を学ぶことは不可欠です。それに言っておかなければなりませんが、スネイプ先生はOWLで『O・優』を取った者以外は絶対に教えません。ですから――」

アンブリッジ先生がこれまでで一番はっきり聞こえる咳をした。

「喉飴《のどあめ》をさし上げましょうか、ドローレス」マクゴナガル先生は、アンブリッジ先生のほうを見もせずに、素気なく言う。

「あら、結構ですわ、ご親切にどうも」アンブリッジはハリーの大嫌いな例のにたにた笑いを貼りつけている。「ただね、ミネルバ、ほんの一言、口を挟んでもよろしいかしら？」

「どのみちそうなるでしょう」マクゴナガル先生は、歯を食いしばったまま吐《は》き棄《す》てた。

「ミスター・ポッターは、性格的に果たして闇祓《やみばら》いに向いているのかしら、と思いましたの」アンブリッジ先生は甘ったるく言う。

「そうですか？」マクゴナガル先生は高飛車に言い捨てた。「さて、ポッター」なにも聞かなかったかのように、先生は言葉を続ける。「真剣にその志を持つなら、『変身術』と『魔法薬学』を最低線まで持っていけるよう集中して努力することです。フリットウィック先生のあなたの評価は、この二年間、『A』と『E』の中間のようです。ですから、『呪文学』は満足できるようです。『闇の魔術に対する防衛術』ですが、あなたの点数はこれまでずっと、全般的に高いです。とくにルーピン先生は、あなたのことを——喉飴《のどあめ》は本当に要らないのですか、ドローレス？」

「あら、要りませんわ。どうも、ミネルバ」アンブリッジ先生が、これまでで最大の咳《せき》をしたところだった。「一番最近の『闇の魔術に対する防衛術』のハリーの成績を、もしやお手元にお持ちでないのではと、わたくし、ちょっと気になりましたの。まちがいなくメモを挟んでおいたと思いますんですが」

「これのことですか？」

マクゴナガル先生は、ハリーのファイルの中から、ピンクの羊皮紙《ようひし》を引っ張り出しながら、嫌悪感を声にあらわにした。眉《まゆ》を少し吊り上げてメモに目を通し、それからマクゴナガル先生は、なにも言わずにそのままファイルにもどした。

「さて、ポッター、いま言いましたように、ルーピン先生は、あなたがこの学科に卓越した適性を示しているとお考えでした。当然、闇祓《やみばら》いにとっては——」

「わたくしのメモがおわかりになりませんでしたの？　ミネルバ？」アンブリッジ先生が、咳をするのも忘れて甘ったるく口を挟む。

「もちろん理解しました」マクゴナガル先生は、言葉がくぐもって聞こえるほどギリギリ歯を食いしばっている。

「あら、それでしたら、どういうことかしら……わたくしにはどうもわかりませんわ。どうしてまた、ミスター・ポッターにむだな望みを――」

「むだな望み？」マクゴナガル先生は、頑《かたく》なにアンブリッジ先生のほうを見ずに、繰り返した。「『闇の魔術に対する防衛術』のすべてのテストで、この子は高い成績を収めています――」

「お言葉を返すようで大変申し訳ございませんが、ミネルバ、わたくしのメモにありますように、ハリーはわたくしの授業では大変ひどい成績ですの――」

「もっとはっきり申し上げるべきでしたわ」マクゴナガル先生がついにアンブリッジを真正面から見据《みす》えた。「この子は、有能な教師によって行われた『闇の魔術に対する防衛術』のすべてのテストで、高い成績を収めています」

電球が突然切れるように、アンブリッジ先生の笑みが消えた。椅子に座りなおし、クリップボードの紙を一枚めくって猛スピードで書き出した。ぎょろ目が右へ左へとゴロゴロ動く。マクゴナガル先生は、骨ばった鼻の穴をふくらませ、目をぎらぎらさせてハリーに向きなおった。

「なにか質問は？　ポッター？」

「はい」ハリーが聞いた。「もしちゃんとNEWT《いもり》の点が取れたら、魔法省はどんな性格・適性試験をするのですか？」

「そうですね、圧力に抵抗する能力を発揮するとか」マクゴナガル先生が答える。「忍耐や献身も必要です。なぜなら、闇祓《やみばら》いの訓練は、さらに三年を要するのです。言うまでもなく、実践的な防衛術の高度な技術も必要です。卒業後もさらなる勉強があるということです。ですから、その決意がなければ――」

「それに、どうせわかることですが」いまやひやりと冷たくなった声で、アンブリッジが言い放つ。「魔法省は闇祓いを志願する者の経歴を調べます。犯罪歴を」

「――ホグワーツを出てから、さらに多くの試験を受ける決意がなければ、むしろ他の――」

「つまり、この子が闇祓いになる確率は、ダンブルドアがこの学校にもどってくる可能性と同じということです」

「それなら、大いに可能性ありです」マクゴナガル先生が言い返す。

「ポッターは犯罪歴があります」アンブリッジが声を張り上げる。

「ポッターはすべての件で無罪になりました」マクゴナガルがさらに声を張り上げた。

アンブリッジ先生が立ち上がる。とにかく背が低く、立っても大して変わりはない。しかし、小うるさい、愛想笑いの物腰が消え、猛烈な怒りのせいでだだっ広いたるんだ顔が妙に邪悪に見える。

「ポッターが闇祓いになる可能性はまったくありません」

マクゴナガル先生も立ち上がった。こちらの立ち上がりぶりのほうがずっと迫力がある。マクゴナガル先生はアンブリッジ先生を高みから見下した。

「ポッター」マクゴナガル先生の声が凛《りん》と響いた。「どんなことがあろうと、私はあなたが闇祓いになるよう援助します！　毎晩手ずから教えることになろうとも、あなたが必要とされる成績を絶対に取れるようにしてみせます！」

「魔法大臣は絶対にポッターを採用しません！」アンブリッジの声は怒りで上ずっている。

「ポッターに準備ができるころには、新しい魔法大臣になっているかもしれません！」マクゴナガル先生がさけんだ。

「はっはーん！」アンブリッジ先生がずんぐりした指でマクゴナガルを指し、金切り声を出した。「ほーら！　ほら、ほら、ほら！　それがお望みなのね？　ミネルバ・マクゴナガル？　あなたはアルバス・ダンブルドアがコーネリウス・ファッジに取って代わればいいと思っている！　わたくしのいまの地位に就くことを考えているんだわ。なんと、魔法大臣上級次官ならびに校長の地位に！」

「なんという戯言《ざれごと》を」マクゴナガル先生は見事に蔑《さげす》んだ。「ポッター、これで進路相談は終わりです」

ハリーは鞄を肩に背負い、あえてアンブリッジ先生を見ずに、急いで部屋を出た。二人の舌戦が、廊下にずっと響き続いていた。

その日の午後の授業で、「闇の魔術に対する防衛術」の教室に荒々しく入ってきたアンブリッジ先生は、短距離レースを走った直後のように、まだ息をはずませていた。

「ハリー、計画を考えなおしてくれないかしら」教科書の第三十四章「報復ではなく交渉を」のページを開いたとたん、ハーマイオニーがささやいた。「アンブリッジったら、もう相当険悪ムードよ……」

ときおりアンブリッジが、恐い目でハリーを睨《にら》みつける。ハリーはうつむいたまま、虚ろな目で「防衛術の理論」の教科書を見つめ、じっと考えていた……。

マクゴナガル先生がハリーの後ろ盾《だて》になってくれてから数時間も経たないうちに、ハリーがアンブリッジの部屋に侵入して捕まったりしたら、先生はどんな反応を見せるだろうか……今日はこのままおとなしくグリフィンドール塔に帰り、「憂《うれ》いの篩《ふるい》」で目撃した光景についてシリウスにたずねるのは次の夏休みまで待つ。これでいいのではないか……これでいいはずだ。しかし、そんな良識的な行動を取ることを考えると、まるで胃袋に鉛の錘《おもり》が落とされたような気分になる……それに、フレッドとジョージのことがある。陽動作戦はもう動き出している。その上、シリウスからもらったナイフは、父親からの「透明マント」と一緒にすでに鞄に収まっている。

しかしそれでも、もし捕まったらという懸念は残る……。

「ダンブルドアは、あなたが学校に残れるように犠牲になったのよ、ハリー！」アンブリッジに見えないよう、教科書を顔のところまで持ち上げて、ハーマイオニーがささやく。「もし今日放り出されたら、それも水の泡じゃない！」

計画を放棄して、二十年以上前のある夏の日に父親がしたことの記憶を抱えたまま生きることもできるだろう……。

しかしそのとき、ハリーは上の階のグリフィンドールの談話室の暖炉で、シリウスが言ったことを思い出した。

「君はわたしが考えていたほど父親似ではないな……ジェームズなら危険なことをおもしろがっただろう……」

だが、僕はいまでも父さんに似ていたいと思っているだろうか？

「ハリー、やらないで。お願いだから！」

終業のベルが鳴ったときのハーマイオニーの声は、苦悶《くもん》に満ちていた。

ハリーは答えなかった。どうしていいかわからなかった。

ロンはなにも意見を言わず、助言もしないと決めているかのようだ。ハリーのほうを見ようともしない。しかし、ハーマイオニーがもう一度ハリーを止めようと口を開くと、おもむろに低い声で制した。

「いいから、もうやめとけよ。ハリーが自分で決めることだ」

教室から出るときには、ハリーの心臓は早鐘の乱打状態だった。廊下を半分ほど進むと、遠くにまぎれもない陽動作戦の炸裂する音が聞こえた。上のほうの階から、さけび声や悲鳴が響いてくる。まわりの教室という教室から出てきた生徒たちがいっせいに足を止め、恐る恐る天井を見上げている――。

アンブリッジが、短い足なりに全速力で教室から飛び出してきた。杖《つえ》を引っ張り出し、急いで反対方向へと離れていく。やるならいまだ。いましかない。

「ハリー――お願い！」ハーマイオニーが弱々しく哀願した。

しかし、ハリーの心は決まっていた。鞄をしっかり肩にかけなおし、東棟でいったいなにが起こったのかを見ようと急ぐ生徒たちの間を縫って、一目散に逆方向へ駆け出した。

アンブリッジの部屋のある廊下に着いたハリーは、だれもいないのを確かめ、大きな甲冑《かっちゅう》の裏に駆け込む――兜《かぶと》がギーッとハリーを振り返る――鞄を開けてシリウスのナイフをつかみ、ハリーは「透明マント」をかぶった。それからゆっくり、慎重に甲冑の裏から出て廊下を進み、アンブリッジの部屋のドアの前に立った。

ドアの周囲の隙間に魔法のナイフの刃を差し込み、そっと上下させて引き出すと、小さなカチリという音とともにドアがパッと開いた。ハリーは身をかがめて中に入り、急いでドアを閉めてまわりを見回す。

没収された箒《ほうき》の上に掛かった飾り皿の中で、小憎らしい子猫がふざけているほかに、動くものはなに一つない。

ハリーは「マント」を脱ぎ、急いで暖炉に近づいた。探し物はすぐ見つかった。小さな箱に入ったキラキラ光る粉、「煙突飛行粉」だ。

ハリーは火のない火格子《ひごうし》の前にかがむ。両手が震えた。やり方はわかっているつもりだが、実際にやったことはない。ハリーは暖炉に首を突っ込み、飛行粉を大きくひと摘みして、目の前にきちんと積まれた薪《まき》の上に落とす。薪はたちまちボッと燃え、エメラルド色の炎が上がった。

「グリモールド・プレイス十二番地！」ハリーは大声で、はっきり言った。

これまで経験したことのない、奇妙な感覚だった。もちろん飛行粉で移動したことはあるが、そのときは全身が炎の中でぐるぐる回転し、国中に広がる魔法使いの暖炉網を通った。いまは、膝《ひざ》がアンブリッジの部屋の冷たい床にきっちり残ったまま、頭だけがエメラルドの炎の中を飛んでいく……。

そして、回りはじめたときと同じように唐突に、回転が止まった。少し気分が悪かった。首のまわりに特別熱いマフラーを巻いているような気持ちになりながら、ハリーは目を開ける。そこは厨房《ちゅうぼう》の暖炉の中で、木製の長いテーブルに男が腰掛け、一枚の羊皮紙《ようひし》をじっくり読んでいる。

「シリウス?」

男が飛び上がり、振り返った。シリウスではなくルーピンだった。

「ハリー!」ルーピンがびっくり仰天して大声を出した。「いったいなにを――どうした? なにかあったのか?」

「ううん」ハリーが答える。「ただ、僕できたら――あの、つまり、ちょっと――シリウスと話したくて」

「呼んでくる」ルーピンはまだ戸惑った顔のままで立ち上がる。「クリーチャーを探しに上へ行ってるんだ。また屋根裏に隠れているらしい……」

ルーピンが急いで厨房を出ていくのが見えた。残されたハリーが見るものといえば、椅子とテーブルの脚しかない。炎の中から話をするのがどんなに骨が折れることか、シリウスはどうして一度も言ってくれなかったんだろう。ハリーの膝《ひざ》はもう、アンブリッジの硬い石の床に長い間触れていることに抗議している。

まもなくルーピンが、すぐあとにシリウスを連れてもどってきた。

「どうした?」シリウスは目にかかる長い黒髪を払い退《の》け、ハリーと同じ目の高さになるよう暖炉前に膝をついて急き込んで聞いた。ルーピンも心配そうな顔でひざまずいている。「大丈夫か？　助けが必要なのか？」

「ううん」ハリーが言った。「そんなことじゃないんだ……僕、ちょっと話したくて……父さんのことで」

二人が驚愕《きょうがく》したように顔を見合わせた。しかしハリーには、恥ずかしいとか、きまりが悪いとか感じている暇はない。刻一刻と膝の痛みがひどくなる。それに、陽動作戦が始まってからもう五分は経過したはずだ。ジョージが保証したのは二十分。ハリーはすぐさま「憂《うれ》いの篩《ふるい》」で見た話に入った。

話し終わると、シリウスもルーピンも一瞬黙っていた。それからルーピンが静かに話し出した。

「ハリー、そこで見たことだけで君の父さんを判断しないで欲しい。まだ十五歳だったんだ――」

「僕だって十五だ！」ハリーの言葉が熱くなった。

「いいか、ハリー」シリウスがなだめるように言う。「ジェームズとスネイプは、最初に目を合わせた瞬間からお互いに憎み合っていた。そういうこともあるというのは、君にもわかるね？　ジェームズは、スネイプのなりたいと思うものすべてを備えていた――人気者で、クィディッチがうまかった――ほとんどなんでもよくできた。それにところがスネイプは、闇の魔術に首までどっぷり浸かった偏屈《へんくつ》なやつだった。それにジェームズは――君の目にどう映ったか別として、ハリー――どんなときも闇の魔術を憎んでいた」

「うん」ハリーが言う。「でも、父さんは、とくに理由もないのにスネイプを攻撃した。ただ単に――えーと、シリウスおじさんが『退屈だ』と言ったからなんだ」ハリーは少し申し訳なさそうな調子で言葉を結んだ。

「自慢にはならないな」シリウスがきまり悪そうに言う。

ルーピンが横にいるシリウスを見ながら言い添える。

「いいかい、ハリー。君の父さんとシリウスは、なにをやらせても学校中で一番よくできたということを、理解しておかないといけないよ。――みんなが二人は最高にかっこいいと思っていた――二人がときどき少しいい気になったとしても――」

「僕たちがときどき傲慢《ごうまん》でいやなガキだったとしてもと言いたいんだろう?」シリウスが覆いかぶせた。

ルーピンがニヤッとした。

「父さんはしょっちゅう髪の毛をくしゃくしゃにしてた」ハリーが困惑したように言う。

シリウスもルーピンも笑い声を上げる。

「そういう癖があったのを忘れていたよ」シリウスが懐かしそうに言う。

「ジェームズはスニッチをもてあそんでいたのかい？」ルーピンも興味深げに聞いた。

「うん」

シリウスとルーピンが顔を見合わせ、思い出にふけるようににっこりと笑うのを、理解しがたい思いで見つめながらハリーは続けた。

「それで……僕、父さんがちょっとばかをやっていると思った」

「ああ、当然あいつはちょっとばかをやったさ！」シリウスが威勢よく言う。「わたしたちはみんなばかだった！　まあ——ムーニーはそれほどじゃなかったな」シリウスがルーピンを見ながら言いすぎを訂正する。

しかしルーピンは首を振った。

「私が一度でも、スネイプにかまうのはよせって言ったか？　私に、君たちのやり方はよくないと忠告する勇気があったか？」

「まあ、いわば」シリウスが言う。「君は、ときどき僕たちのやっていることを恥ずかしいと思わせてくれた……それが大事だった……」

「それに」ここにきてしまった以上、気になっていることは全部言ってしまおうとハリーは食い下がった。「父さんは、湖のそばにいた女の子たちに自分のほうを見て欲しいみたいに、しょっちゅうちらちら見ていた！」

「ああ、まあ、リリーがそばにいると、ジェームズはいつもばかをやったな」シリウスは肩をすくめる。「リリーのそばに行くと、ジェームズはどうしても見せびらかさずにはいられなかった」

「母さんはどうして父さんと結婚したの？」ハリーは情けなさそうに言った。「父さんのことを大嫌いだったくせに！」

「いいや、それはちがう」シリウスがはっきり否定した。

「七年生のときにジェームズとデートしはじめたよ」ルーピンが説明する。

「ジェームズの高慢ちきが少し治ってからだ」シリウスが補足した。

「そして、おもしろ半分に呪いをかけたりしなくなってからだよ」ルーピンが後を受ける。

「スネイプにも？」ハリーが聞いた。

「そりゃあ」ルーピンが考えながら言う。「スネイプは特別だ。つまり、スネイプは隙あらばジェームズに呪いをかけようとしていたんだ。ジェームズだって、おとなしくやられっぱなしというわけにはいかないだろう？」

「でも、母さんはそれでよかったの？」

「正直言って、リリーはそのことはあまり知らなかった」シリウスが言う。「そりゃあ、ジェームズがデートにスネイプを連れていって、リリーの目の前で呪いをかけたりはしないだろう？」

まだ納得できないような顔のハリーに向かって、シリウスは顔をしかめた。

「いいか」言い聞かすようにシリウスが話す。「君の父さんは、わたしの無二の親友だったし、いいやつだった。十五歳のときには、たいていみんなばかをやるものだ。ジェームズはそこを抜け出した」

「うん、わかったよ」ハリーが気が重そうに、ため息とともに言う。「ただ、僕、スネイプをかわいそうに思うなんて、考えてもみなかったから」

「そう言えば」ルーピンがかすかに眉間《みけん》にしわを寄せた。「全部見られたと知ったときのスネイプの反応はどうだったのかね？」

「もう二度と『閉心術』を教えないって言った」ハリーは無関心なように口にした。「まるでそれで僕ががっかりするとでも――」

「あいつが、なんだと？」シリウスのさけびでハリーは飛び上がり、口一杯に灰を吸い込んでしまった。

「ハリー、本当か？」ルーピンがすぐさま問いなおした。「あいつが君の訓練をやめたのか？」

「うん」過剰とも思える反応に驚きながら、ハリーが答えた。「だけど、問題ないよ。どうでもいいもの。僕、ちょっとほっとしてるんだ。ほんとのこと言う――」

「向こうへ行って、スネイプと話す！」シリウスが力んで、本当に立ち上がろうとした。しかしルーピンがむりやりまた座らせる。

「だれかがスネイプに言うとしたら、私しかいない！」ルーピンがきっぱりと宣言した。「しかし、ハリー、まず君がスネイプのところに行って、どんなことがあっても訓練をやめてはいけないと言うんだ――ダンブルドアがこれを聞いたら――」

「そんなことスネイプに言えないよ。殺される！」ハリーが憤慨した。「二人とも、『憂《うれ》いの篩《ふるい》』から出てきたときのスネイプの顔を見てないいんだ」

「ハリー、君が『閉心術』を習うことは、なによりも大切なことなんだ！」ルーピンの言葉が厳しくなる。「わかるか？　なによりもだ！」

「わかった、わかったよ」ハリーはすっかり落ち着かない気持ちになり、いらだった。「それじゃ……それじゃ、スネイプに言ってみるよ……だけど、そんなことしても――」

ハリーが黙り込んだ。遠くに足音を聞いたのだ。

「クリーチャーが下りてくる音？」

「いや」シリウスがちらりと振り返りながら言った。「君の側だな」

ハリーの心臓が拍動を数拍吹っ飛ばした。

「帰らなくちゃ！」ハリーはあわててそう言うと、グリモールド・プレイスの暖炉から首を引き抜く。一瞬、首が肩の上で回転しているように思え、やがてハリーはアンブリッジの暖炉の前にひざまずいていた。首はしっかり元にもどり、エメラルド色の炎がちらついて消えていくのを見ていた。

「急げ、急げ！」ドアの外でだれかがゼイゼイと低い声でうなるのが聞こえた。「あぁ、先生は鍵もかけずに――」

ハリーが「透明マント」に飛びつき頭からかぶったと同時にフィルチが部屋に飛び込んできた。有頂天になって、うわ言のようにひとりでブツブツ言いながら部屋を横切り、アンブリッジの机の引き出しを開け、中の書類をしらみつぶしに探しはじめた。

「鞭《むち》打ち許可証……鞭打ち許可証……とうとうその日がきた……もう何年も前から、あいつらはそうされるべきだった……」

フィルチは羊皮紙《ようひし》を一枚引っ張り出し、それにキスし、胸許《むなもと》にしっかりとにぎりしめて、不格好な走り方であたふたとドアから出ていった。

ハリーははじけるように立ち上がり、鞄を持ったかどうか、「透明マント」で完全に覆われているかどうかを確かめてからドアをぐいと開け、フィルチに続いて部屋を飛び出した。フィルチは足を引きずりながら、これまで見たことがないほど速く走っている。

アンブリッジの部屋から一つ下がった踊り場までできてようやく、ハリーはもう姿を現しても安全だと思い「マント」を脱いで鞄に押し込み、先を急いだ。玄関ホールからさけび声が聞こえ、大勢の動く気配が伝わってきた。大理石の階段を駆け下りると、そこはほとんど学校中が集まっているような騒ぎだった。

ちょうど、トレローニー先生が解雇された夜と同じだ。壁のまわりに生徒が大きな輪になって立ち（何人かは、どう見ても「臭液」と思われる物質をかぶっている）、先生やゴーストも交じっている。見物人の中でも目立つのが、ことさらに満足げな顔をしている「尋問官親衛隊《じんもんかんしんえいたい》」だ。ピーブズが頭上にひょこひょこ浮かびながらフレッドとジョージをじっと見下ろしている。二人はホールの中央に立ち、まぎれもなくたったいま追い詰められたという顔をしている。

「さあ！」アンブリッジが勝ち誇ったように言う。

気がつくと、ハリーのほんの数段下の階段にアンブリッジが立ち、あらためて自分の獲物を見下ろしている。

「それじゃ――あなたたちは、学校の廊下を沼地に変えたらおもしろいと思っているわけね？」

「相当おもしろいね、ああ」フレッドがまったく恐れる様子もなく、アンブリッジを見上げて言い放った。

フィルチが人込みを肘《ひじ》で押し分けて、幸せのあまり泣かんばかりの様子でアンブリッジに近づいてくる。

「校長先生、書類を持ってきました」フィルチは、いましがたハリーの目の前でアンブリッジの机から引っ張り出した羊皮紙《ようひし》をひらひらさせ、しわがれ声で言った。「書類を持ってきました。それに、鞭《むち》も準備してあります……ああ、いますぐ執行させてください……」

「いいでしょう、アーガス」アンブリッジがうなる。「そこの二人」フレッドとジョージを見下ろして睨《にら》みつけながら、アンブリッジが言葉を続けた。「わたくしの学校で悪事を働けばどういう目にあうかを、これから思い知らせてあげましょう」

「ところがどっこい」フレッドは平気だ。「思い知らないね」

フレッドが双子の片われを振り向く。

「ジョージ、どうやらおれたちは、学生稼業を卒業しちまったな?」

「ああ、おれもずっとそんな気がしてたよ」ジョージも気軽な調子だ。

「おれたちの才能を世の中で試すときがきたな?」フレッドが聞いた。

「まったくだ」ジョージが受けた。

そして、アンブリッジがなにも言えないうちに、二人は杖《つえ》を上げて同時に唱えた。

「アクシオ!　箒《ほうき》よ、こい!」

どこか遠くで、ガチャンと大きな音がした。左を見たハリーは、間一髪で身をかわした。フレッドとジョージの箒《ほうき》が、持ち主めがけて矢のように廊下を飛んできた。一本は、アンブリッジが箒を壁に縛りつけるのに使った、重い鎖と鉄の杭《くい》を引きずったままだ。箒は廊下から左に折れ、階段を猛スピードで下り、双子の前でぴたりと止まった。鎖が石畳の床でガチャガチャと大きな音を立てる。

「またお会いすることもないでしょう」フレッドがパッと足を上げて箒にまたがりながら、アンブリッジに言う。

「ああ、連絡もくださいますな」ジョージも自分の箒にまたがった。

フレッドは集まった生徒たちを見回す。群れは声もなく見つめていた。

「上の階で実演した『携帯沼地』をお買い求めになりたい方は、ダイアゴン横丁九十三番地までお越しください。『ウィーズリー・ウィザード・ウィーズ店』でございます」フレッドが大声で口上を述べる。「我々の新店舗です！」

「我々の商品を、この老いぼれ婆《ばば》あを追い出すために使うと誓っていただいたホグワーツ生には、特別割引をいたします」ジョージがアンブリッジを指さした。

「二人を止めなさい！」

アンブリッジが金切り声を上げたときには、もう遅かった。尋問官親衛隊《じんもんかんしんえいたい》が包囲網を縮めたときには、フレッドとジョージは床を蹴り、五メートルの高さに飛び上がっていた。ぶら下がった鉄製の杭が危険をはらんでブラブラ揺れている。フレッドは、ホールの反対側で、群集の頭上に自分らと同じ高さでひょこひょこ浮いているポルターガイストを見つけた。

「ピーブズ、おれたちに代わってあの女をてこずらせてやれよ」

ピーブズが生徒の命令を聞く場面など、ハリーは見たことがない。そのピーブズが、鈴飾りのついた帽子をさっと脱ぎ、敬礼の姿勢を取っている。

眼下の生徒たちのやんやの喝采《かっさい》を浴びながら、フレッドとジョージはくるりと向きを変え、開け放たれた正面扉をすばやく通り抜け、輝かしい夕焼けの空へと吸い込まれていった。

第30章　グロウプ

フレッドとジョージによる自由への逃走劇は、それから数日の間、繰り返し何度も語られた。ハリーは、この話はいずれホグワーツの伝説になるにちがいないと確信した。その場面を目撃した者でさえ、一週間後には、箒《ほうき》に乗った双子がアンブリッジめがけて急降下爆撃し、糞《くそ》爆弾を浴びせかけて正面扉から飛び去ったという話を半分真に受けている。二人が去った余波で、その直後には双子に続けという大きなうねりも起こり、寄ると触ると生徒たちがその話をするのが、始終ハリーの耳に入ってきた。「正直言って、僕も箒に飛び乗ってここから出ていきたいって思うことがあるよ」とか、「あんな授業がもう一回あったら、僕は即、ウィーズリーしちゃうな」とかだ。

その上、フレッドとジョージは、だれもそう簡単に二人を忘れられないようにして出ていったようだ。たとえば、東棟の六階の廊下に広がる沼地の消し方を残していかなかったこともそのひとつ。アンブリッジとフィルチがいろいろな方法で取り除こうと悪戦苦闘している姿が見受けられたが、そのどれもが成功していない。ついにはその区域に縄が張り巡らされ、フィルチは怒りにギリギリ歯軋《はぎし》りしながら、渡し舟で生徒を教室まで運ぶ仕事をさせられていた。マクゴナガル先生やフリットウィック先生なら簡単に沼地を消せるはずとハリーは確信していたが、やはりあの双子の「暴れバンバン花火」事件のとき同様、先生方にとってはアンブリッジに格闘させて眺めるほうがよかったらしい。

さらに、アンブリッジの部屋のドアには箒の形の大穴が二つ空いていること。フレッドとジョージのクリーンスイープが、ご主人様の許《もと》にもどるときにぶち空けた穴だ。フィルチが新しいドアにつけ替え、同時にハリーのファイアボルトはアンブリッジの部屋から地下牢に移された。噂《うわさ》では、アンブリッジがそこに武装したトロールの警備員を置いて、見張らせているらしい。しかし、アンブリッジの苦労はまだまだこんなものではなかった。

フレッドとジョージの例に触発され、大勢の生徒がいまや空席になった「悪ガキ大将」の座をめざして競いはじめている。新しいドアを取りつけたのに、だれかがこっそりアンブリッジの部屋に「毛むくじゃら鼻ニフラー」を忍び込ませ、それがキラキラ光るものを探してたちまち部屋をめちゃめちゃにしたばかりか、アンブリッジが部屋に入ってくるや、彼女のずんぐり指を噛《か》み切って指輪を取ろうと飛びかかったりした。その上「糞爆弾《くそばくだん》」や「臭《くさ》い玉《たま》」がのべつ廊下に落とされ、いまや教室を出るときには「泡頭《あぶくあたま》の呪文」をかけるのが流行になっている。だれもかれもが金魚鉢を逆さにかぶったような奇妙な格好をすることにはなったが、たしかにそれで新鮮な空気は確保できる。

フィルチは、乗馬用の鞭《むち》を手に、悪ガキを捕まえようと血眼で廊下のパトロールを続けたが、なにしろ数が多いので、どこから手をつけてよいやらさっぱりわからなくなっていた。フィルチを助けようとしていた「尋問官親衛隊《じんもんかんしんえいたい》」の隊員にも次々に変なことが起こった。スリザリンのクィディッチ・チームのワリントンは、コーンフレークをまぶしたような肌になるひどい皮膚病にかかり医務室にやってきた。パンジー・パーキンソンは鹿の角が生えてきて、次の日の授業を全部休むはめになった。これにはハーマイオニーが大喜びだった。

一方、学校を去る前に、フレッドとジョージが「ずる休みスナックボックス」をどれほどたくさん売っていたかもはっきりした。アンブリッジが教室に入ってくるだけで生徒の中に、気絶するやら吐《は》くやら危険な高熱を出すやら、さもなければ鼻血をどっと出す者が続出した。怒りといらだちに金切り声を上げ、アンブリッジはなんとかしてわけのわからない症状の原因を突き止めようとしたが、生徒たちは頑《かたく》なに「アンブリッジ炎です」と言い張った。四回続けてクラス全員を居残らせたあと、どうしても謎が解けないままアンブリッジはしかたなくあきらめ、生徒たちが鼻血を流したり卒倒したり汗をかいたり吐いたりしながら、列を成して教室を出ていくのを許可した。

しかし、そのスナック愛用者でさえ、フレッドの別れの言葉を深く胸に刻んだドタバタの達人、ピーブズには敵わなかった。ピーブズは、狂ったように高笑いしながら学校中を飛び回り、テーブルをひっくり返し、黒板から急に姿を現し、銅像や花瓶《かびん》を倒し続けた。ミセス・ノリスは二度も甲冑《かっちゅう》に閉じ込められ、悲しそうな鳴き声を上げてカンカンになったフィルチに助け出されていた。ピーブズはランプを打ち壊し、蠟燭《ろうそく》を吹き消し、生徒たちの頭上で火の点《つ》いた松明《たいまつ》をお手玉にして悲鳴を上げさせた上、きちんと積み上げられた羊皮紙《ようひし》の山を暖炉めがけて崩したり、窓から飛ばせたり、トイレの水道蛇口を全部引き抜いて三階を水浸しにしたり、朝食のときに毒蜘蛛《どくぐも》のタランチュラを一袋、大広間に落としたりと大暴れだった。そして、ちょっと一休みしたいときは、何時間もアンブリッジにくっついてぷかぷか浮かび、アンブリッジが一言言うたびに「べ〜ッ」と舌を出したのだ。

アンブリッジにわざわざ手を貸す教職員など、フィルチ以外にはだれもいない。それどころかフレッド・ジョージ脱出後一週間目にハリーは、クリスタルのシャンデリアを外そうと躍起になっているピーブズのそばをマクゴナガル先生が知らん顔で通り過ぎるのを目撃したし、しかも、先生が口を動かさずに「反対に回せば外れますよ」とポルターガイストに教えるのを確かに聞いた。

きわめつきは、モンタギューがトイレへの旅からまだ回復していないことだ。いまだに混乱と錯乱が続いていて、とうとうある火曜日の朝、両親がひどく怒った顔で校庭の馬車道をずんずん歩いてくるのが見えた。

「なにか言ってあげたほうがいいかしら？」モンタギュー夫妻が足音も高く城に入ってくるのを見ようと、「呪文学」教室の窓ガラスに頬を押しつけながら、ハーマイオニーが心配そうな声で言った。「なにがあったのかを。そうすればマダム・ポンフリーの治療に役立つかもしれないでしょ？」

「もちろん、言うな。あいつは治るさ」ロンが無関心に言う。

「とにかく、アンブリッジにとってはまた問題が増えただろ？」ハリーの声も満足げだ。

ハリーもロンも、呪文をかけるはずのティーカップを杖《つえ》でたたいていた。ハリーのカップには脚が四本生えたが、短かすぎて机に届かず、空中で脚を虚しくバタバタさせていた。ロンのほうは、生えた脚が四本とも細いひょろひょろとしたもので、机からカップを持ち上げ切れずに二、三秒ふらふらしたかと思うと、ぐにゃりと曲がり、カップは真っ二つになった。

「レパロ」ハーマイオニーが即座に唱え、杖を振ってロンのカップをなおした。「それはそうでしょうけど、でも、モンタギューが永久にあのままだったらどうする？」

「どうでもいいだろ？」ロンがいらつきながら言う。カップは、また酔っ払ったように立ち上がり、膝が激しく震えていた。「グリフィンドールから減点しようなんて、モンタギューのやつが悪いんだ。そうだろ？　だれかのことを心配したいなら、ハーマイオニー、僕のことを心配してよ」

「あなたのこと？」ハーマイオニーは、自分のカップが、柳模様のしっかりした四本の脚で、うれしそうに机の上を逃げていくのを捕まえ、目の前に据えなおしながら聞いた。「どうして私があなたのことを心配しなきゃいけないの？」

「ママからの次の手紙が、ついにアンブリッジの検閲を通過して届いたら」弱々しい脚でなんとか重さを支えようとするカップに手を添えながら、ロンが苦々しげに言う。「僕にとって問題は深刻さ。ママがまた『吠《ほ》えメール』を送ってきても不思議はないからな」

「でも――」

「見てろよ、フレッドとジョージが出ていったのは僕のせいってことになるから」ロンは憂鬱《ゆううつ》そうだ。「ママは僕があの二人を止めるべきだったって言うさ。箒《ほうき》の端を捕まえるとか、ぶら下がるとかなんとかして……そうだよ、なにもかも僕のせいになるさ」

「だけど、もしほんとにおばさんがそんなことをおっしゃるなら、それは理不尽よ。あなたにはどうすることもできなかったもの！　でも、そんなことはおっしゃらないと思うわ。だって、もし本当にダイアゴン横丁に二人の店があるなら、前々から計画していたにちがいないもの」

「うん、でも、それも気になるんだ。どうやって店を手に入れたのかなあ？」そう言いながらロンは強くたたきすぎ、脚がまた挫《くじ》けて目の前でひくひくしながらカップは横たわった。「ちょっと胡散《うさん》くさいよな？　ダイアゴン横丁なんかに場所を借りようとすれば、ガリオン金貨がごっそり要るはずだ。そんなにたくさんの金貨を手にするなんて、あの二人はいったいなにをやってたのかって、ママは知りたがるだろうな」

「ええ、そうね。私もそれは気になっていたの」ハーマイオニーは、脚が机につかないハリーの短足カップのまわりを、自分のカップにきっちり小さな円を描いてジョギングさせながらうなずいた。「マンダンガスが、あの二人を説得して盗品を売らせていたとか、なにかとんでもないことをさせたんじゃないかと考えていたの」

「マンダンガスじゃないよ」ハリーが短く否定する。

「どうしてわかるの？」ロンとハーマイオニーが同時に聞く。

「それは――」ハリーは迷ったが、ついに告白するときがきたと腹をくくった。黙っているせいで、フレッドとジョージに犯罪の疑いがかかるなら、沈黙を守る意味がない。「それは、あの二人が僕から金貨をもらったからさ。六月に、三校対抗試合の優勝賞金をあげたんだ」

ショックに沈黙が流れた。やがて、ハーマイオニーのカップがジョギングしたまま机の端から墜落し、床の上で砕けた。

「まあ、ハリー、まさか！」ハーマイオニーが言う。

「ああ、そのまさかだよ」ハリーが反抗的に返した。「それに、後悔もしていない。僕には金貨は必要なかったし、あの二人なら、すばらしい『悪戯《いたずら》専門店』をやっていくよ」

「だけど、それ、最高だ！」ロンはわくわく顔をしている。「みんな君のせいだよ、ハリー――ママは僕を責められない！　ママに教えてもいいかい？」

「うん、そうしたほうがいいだろうな」ハリーはしぶしぶうなずく。「とくに、二人が盗品の大鍋《おおなべ》とかなにかを受け取っていると、おばさんがそう思ってるんだったら」

ハーマイオニーはその授業の間、口をきかなかった。しかしハリーは、ハーマイオニーの自制心が折れるのも時間の問題だと、鋭く感じ取っていた。そして、そのとおりになった。休み時間に城を出て五月の弱い陽射しの下でぶらぶらしていると、ハーマイオニーがなにか聞きたそうな目でハリーを見つめ、決心したような雰囲気で口を開いた。

ハリーは、ハーマイオニーがなにも言わないうちに遮《さえぎ》った。

「ガミガミ言ってもどうにもならないよ。もうすんだことだ」ハリーはきっぱりと突っぱねた。「フレッドとジョージは金貨を手に入れた――どうやら、もう相当使ってしまったらしい――それに、もう返してもらうこともできないし、そのつもりもない。だから、ハーマイオニー、言うだけむださ」

「フレッドとジョージのことなんか言うつもりじゃなかったわ！」ハーマイオニーが感情を害したように言う。

ロンが嘘つけとばかりにフンと鼻を鳴らしたのに対し、ハーマイオニーはじろりとロンを睨《にら》む。

「いいえ、ちがいます！」ハーマイオニーが怒ったように言う。「実は、いつになったらスネイプのところにもどって、『閉心術』の訓練を続けるように頼むのかって、それをハリーに聞こうと思ったのよ！」

ハリーは気分が落ち込んだ。フレッド、ジョージの劇的な脱出の話題が尽きてしまうと――もちろんそれまでには何時間もかかったことは確かだが――ロンとハーマイオニーは、シリウスがどうしているかを知りたがった。そもそもなぜシリウスと話したかったのかの理由を二人には打ち明けていなかったので、二人になにを話すべきか、ハリーはなかなか考えつかなかった。最終的には正直に、シリウスはハリーが「閉心術」の訓練を再開することを望んでいると二人に話した。それ以来、話してしまったことをずっと後悔している。ハーマイオニーはけっしてこの話題を忘れず、ハリーの不意を衝《つ》いて何度も蒸《む》し返すのだ。

「変な夢を見なくなったなんて、もう私には通じないわよ」今度はこうきた。「だって、昨日の夜、あなたがまたブツブツ寝言をつぶやいていたって、ロンが教えてくれたもの」

ハリーはロンを睨《にら》みつけた。ロンには恥じ入った顔をするだけの嗜《たしな》みがあった。

「ほんのちょっとブツブツ言っただけだよ」ロンが弁解がましくもごもごと訂正する。「『もう少し先まで』とか」

「君のクィディッチ・プレイを観ている夢だった」ハリーは残酷な嘘で報いた。「僕、君がもう少し手を伸ばして、クアッフルをつかめるようにしようとしてたんだ」

ロンの耳が赤くなった。ハリーは復讐の喜びのようなものを感じた。もちろん、ハリーはそんな夢を見たわけではない。

昨夜、ハリーはまたしても「神秘部」の廊下を旅した。いつものように円形の部屋を抜け、コチコチという音と揺らめく灯《あか》りで満ちている部屋を通り、ハリーはまたあの殺風景な、びっしりと棚の並ぶ部屋に入り込んだ。棚には埃《ほこり》っぽいガラスの球体が並んでいる。

ハリーはまっすぐに九十七列目へと急いだ。左に曲がり、まっすぐ走り……たぶんそのときに寝言を言ったのだろう……もう少し先まで……自分の意識が、目を覚まそうともがいているのを感じたからだ……そして、その列の端にたどり着かないうちに、ハリーはベッドに横たわり、四本柱の天蓋を見つめている自分に気づいたのだ。

「心を閉じる努力はしているのでしょう?」

ハーマイオニーが探るようにハリーを見る。

「『閉心術』は続けているのよね?」

「当然だよ」

ハリーはそんな質問は屈辱的だという調子で答えたが、ハーマイオニーの目をまっすぐ見てはいなかった。埃っぽい球がいっぱいのあの部屋になにが隠されているのか、ハリーは興味津々で、このまま夢が続いて欲しいと願っているのだ。

試験まで一か月を切ってしまい、空き時間はすべて復習に追われるようになった。ベッドに入るころには勉強した内容で頭が一杯になり、眠ることさえ難しくなることが問題だった。やっと眠ったと思えば、過度に興奮した脳みそは、毎晩試験に関するばかばかしい夢ばかりを見せてくれた。それに、どうやらいまや心の一部が――その部分はハーマイオニーの声で話すことが多かったのだけれど――廊下をさまよい黒い扉にたどり着くたびに、後ろめたい気持ちを感じるようになった。心のその部分が、旅の終わりにたどり着く前にハリーを目覚めさせるのだ。

「あのさ」ロンがまだ耳を真っ赤にしたままで言う。「モンタギューがスリザリン対ハッフルパフ戦までに回復しなかったら、僕たちにも優勝杯のチャンスがあるかもしれないよ」

「そうだね」ハリーは話題が変わってうれしかった。

「だって、一勝一敗だから――こんどの土曜にスリザリンがハッフルパフに敗れれば――」

「うん、そのとおり」ハリーはなにがそのとおりなのかわからないで答えていた。ちょうどチョウ・チャンが、絶対にハリーのほうを見ないようにして、中庭を横切っていくところだった。

クィディッチ・シーズンの最後の試合、グリフィンドール対レイブンクローは、五月最後の週末に行われることになっていた。スリザリンはこの前の試合でハッフルパフに僅差《きんさ》で敗れていたが、だからと言ってグリフィンドールが優勝する望みなど、とても持てるような状態ではなかった。その主な理由は（当然ながら、だれも本人にはそう言わなかったけれど）、ゴールキーパーとしてのロンの惨憺《さんたん》たる成績にあった。しかし、ロン自身は、新しい楽観主義に目覚めたかのように見える。

「だって、僕はこれ以上へたになりようがないじゃないか？」試合の日の朝食の席で、ロンが暗い顔でハリーとハーマイオニーを前にいじけた。「いまや失うものはなにもないだろ？」

「あのね」それからまもなく、興奮気味の群集に交じってハリーと一緒に競技場に向かう途中で、ハーマイオニーが言った。「フレッドとジョージがいないほうが、ロンはうまくやれるかもしれないわ。あの二人はロンにあんまり自信を持たせなかったから」

ルーナ・ラブグッドが、生きた鷲のようなものを頭のてっぺんに止まらせて二人を追い越していく。

「あっ、まあ、忘れてた！」鷲を見て、ハーマイオニーがさけんだ。ルーナはスリザリン生のグループがゲタゲタ笑いながら指さす中を、鷲の翼を羽ばたかせながら、平然と通り過ぎていく。「チョウがプレイするんだったわね？」

ハリーは忘れていなかったが、ただうなるように相槌《あいづち》を打った。

二人はスタンドの一番上から二列目に席を見つけた。澄み切った晴天だ。ロンにとってはこれ以上望めないほどの日和《ひより》だ。ハリーは、どうせだめかもしれないが、「ウィーズリーこそ我が王者」の合唱でスリザリンが盛り上がる場面を、ロンがこれ以上作らないで欲しいと願う。

リー・ジョーダンはフレッドとジョージがいなくなってからずいぶん元気をなくしていたが、いつものように解説をしている。両チームが次々とピッチに出てくると、声を高めて選手の名前を呼び上げたが、いつもの覇気がない。

「……ブラッドリー……デイビース……チャン」チョウがそよ風に艶《つや》やかな黒髪を波打たせてピッチに現れると、ハリーの胃袋が、後ろ宙返りとまではいかなかったが、かすかによろめく。どうなって欲しいのか、ハリーにはもうわからなくなっている。ただ、これ以上けんかはしたくなかった。箒《ほうき》にまたがる用意をしながら、ロジャー・デイビースと生き生きとしゃべっているチョウの姿を見ても、ほんのちょっとずきんと嫉妬を感じただけだった。

「さて、選手が飛び立ちました！」リーが実況を始める。「デイビースがたちまちクアッフルを取ります。レイブンクローのキャプテン、デイビースのクアッフルです。ジョンソンをかわしました。ベルをかわしました。スピネットも……まっすぐゴールを狙います！　シュートします――そして――そして――」リーが大声で悪態をついた。「デイビースの得点です」

ハリーもハーマイオニーも他のグリフィンドール生と一緒にうめいた。予想どおり、反対側のスタンドで、スリザリンがいやらしくも歌いはじめた。

♪ウィーズリーは守れない
　万に一つも守れない……

「ハリー」しわがれ声がハリーの耳に入ってきた。「ハーマイオニー……」

横を見ると、ハグリッドの巨大なひげ面が席と席の間から突き出している。後列の席の前を通ってそこまできたらしい。通り道に座っていた一年生と二年生が、くちゃくちゃになってつぶれている。なぜかハグリッドは、姿を見られたくないとでも言うように体を折り曲げていたが、それでも他の人より少なくとも一メートルは高い。

「なあ」ハグリッドがささやく。「一緒にきてくれねえか？　いますぐ？　みんなが試合を見ているうちに？」

「あ……待てないの、ハグリッド？」ハリーが聞いた。「試合が終わるまで？」

「だめだ」ハグリッドがきっぱりと言う。「ハリー、いまでねえとだめだ……みんながほかに気を取られているうちに……なっ？」

ハグリッドの鼻からゆっくり血が滴《したた》っていた。両眼とも痣《あざ》になっている。こんなに近くで見るのは、ハグリッドが帰ってきたとき以来だった。ひどく悲しげな顔をしている。

「いいよ」ハリーは即座に答えた。「もちろん、行くよ」

ハリーとハーマイオニーは、そろそろと列を横に移動した。席を立って二人を通さなければならない生徒たちがブツブツ文句を言う。ハグリッドが移動している列の生徒は文句を言わず、ただできるだけ身を縮めようとしていた。

「すまねえな、お二人さん、ありがとよ」階段のところまできたとき、ハグリッドがご丁寧にも礼を言った。下の芝生に下りるまで、ハグリッドはきょろきょろと神経質にあたりを見回し続けている。「あの女がおれたちの出ていくのに気づかねばええが――」

「アンブリッジのこと？」ハリーが聞いた。「大丈夫だよ。『親衛隊』が全員一緒に座ってる。見なかったのかい？　試合中になにか騒ぎが起きると思ってるんだ」

「ああ、まあ、ちいと騒ぎがあったほうがええかもしれん」ハグリッドは立ち止まって、競技場の周囲に目を凝らし、そこから自分の小屋までだれもいないことを確かめた。「時間が稼げるからな」

「ハグリッド、なんなの？」禁じられた森に向かって芝生を急ぎながら、ハーマイオニーが心配そうな顔でハグリッドを見上げる。

「ああ――すぐわかるこった」競技場から大歓声がわき起こったので、後ろを振り返りながらハグリッドが言った。

「おい――だれか得点したかな？」

「レイブンクローだろ」ハリーが重苦しく答えた。

「そうか……そうか……」ハグリッドは上の空だ。「そりゃいい……」

ハグリッドは大股でずんずん芝生を横切り、二歩歩くごとにあたりを見回す。二人は走らないと追いつかない。小屋に着くと、ハーマイオニーは当然のように入口に向かって左に曲がった。ところがハグリッドは、小屋を通り過ぎ、森の一番端《はた》の木立ちの陰に入り、木に立てかけてあった石弓を取り上げた。二人がついてきていないことに気づくと、ハグリッドは二人のほうに向きなおった。

「こっちに行くんだ」ハグリッドは、もじゃもじゃ頭でぐいと背後を指した。

「森に？」ハーマイオニーは当惑顔だ。

「おう」ハグリッドがうなずく。「さあ、早く。見つからねえうちに！」

ハリーとハーマイオニーは顔を見合わせ、それからハグリッドに続いて木陰に飛び込んだ。ハグリッドは腕に石弓をかけ、鬱蒼《うっそう》とした緑の暗がりに入り込んでどんどん二人から遠ざかっていく。ハリーとハーマイオニーは、走って追いかけた。

「ハグリッド、どうして武器を持ってるの？」ハリーが聞いた。

「用心のためだ」ハグリッドは小山のような肩をすくめる。

「セストラルを見せてくれた日には、石弓を持っていなかったけど」ハーマイオニーがおずおずと聞く。

「うんにゃ。まあ、あんときゃ、そんなに深いとこまで入らんかった」

ハグリッドが言いにくそうに答える。

「ほんで、とにかく、ありゃ、フィレンツェが森を離れる前だったろうが？」

「フィレンツェがいなくなるとどうしてちがうの？」ハーマイオニーがまたまた興味深げに聞く。

「ほかのケンタウルスがおれに腹を立てちょる。だからだ」ハグリッドがまわりに目を配りながら低い声で言った。「連中はそれまで――まあ、付き合いがええとは言えんかったが――いちおうおれたちはうまくいっとった。連中は連中だけで群れとったしな。そんでも、おれが話してえと言えばいっつも出てきてくれた。けど、もうそうはいかねえ」

ハグリッドは深いため息をつく。

「フィレンツェは、ダンブルドアのために働くことにしたからみんなが怒ったって言ってた」ハリーはハグリッドの横顔を眺めるのに気を取られて、突き出ている木の根につまずいた。

くだ。おれが割って入らんかったら、連中はフィレンツェを蹴り殺してたな――」

「ああ」ハグリッドが重苦しくうなった。「怒ったなんてもんじゃねえ。烈火のごと
「フィレンツェを攻撃したの？」ハーマイオニーがショックを受けたように問いなおした。

「した」低く垂れ下がった枝を押し退《の》けながら、ハグリッドがぶっきらぼうに答える。「群れの半数にやられとった」

「それで、ハグリッドが止めたの？」ハリーは驚き、感心した。「たった一人で？」

「もちろん止めた。黙ってフィレンツェが殺《や》られるのを見物しとるわけにはいくまい」ハグリッドが続ける。「おれが通りがかったのは運がよかった、まったく……そんで、ばかげた警告なんぞよこす前に、フィレンツェはそのことを思い出すべきだろうが！」ハグリッドが出し抜けに語気を強めた。

ハリーとハーマイオニーは驚いて顔を見合わせたが、ハグリッドはしかめ面をしたまま、それ以上なにも説明しなかった。

「とにかくだ」ハグリッドはいつもより少し荒い息をしていた。「それ以来、ほかの生き物たちもおれに対してカンカンでな。連中がこの森では大っきな影響力を持っとるからやっかいだ……ここではイッチばん賢い生き物だからな」

「ハグリッド、それが私たちを連れてきた理由なの？」ハーマイオニーが聞いた。

「ケンタウルスのことが？」

「いや、そうじゃねえ」

ハグリッドは、そんなことはどうでもいいというふうに頭を振る。

「うんにゃ、連中のことじゃねえ。まあ、そりゃ、連中のこたぁ、問題を複雑にはするがな、うん……いや、おれがなにを言っとるか、もうじきわかる……」

わけのわからないこの一言のあと、ハグリッドは黙り込み、また少し速度を上げて進んだ。ハグリッドの一歩が、二人にとっての三歩となり、追いつくだけでも大変だった。

小道はますます深い茂みに覆われ、森の奥へと入れば入るほど木立ちはびっしりと立ち並んできて、夕暮れどきのような暗さとなった。やがて、ハグリッドがセストラルを見せた空き地は遥か後方に遠ざかっていた。ハグリッドが突然歩道を逸《そ》れ、木々の間を縫うように暗い森の中心部へと進みはじめると、それまではなにも不安を感じていなかったハリーも、さすがに心配になってきた。

「ハグリッド！」

ハグリッドがやすやすとまたいだばかりの、茨《いばら》のからまり合った茂みを通り抜けようと格闘しながら、ハリーが呼びかけた。かつてこの小道を逸れたとき自分の身になにが起きたかを、ハリーは生々しく思い出していた。

「僕たちいったいどこへ行くんだい?」

「もうちっと先だ」ハグリッドが振り返りながら答える。「さあ、ハリー……これからは塊《かた》まって行動しねえと」

木の枝やら刺々しい茂みやらで、ハグリッドについて行くのに二人は大奮闘しなければならなかった。ハグリッドはまるで蜘蛛《くも》の巣を払うかのようにやすやすと進んだが、ハリーとハーマイオニーのローブは引っかかったりからまったりで、それも半端なもつれ方ではなく、解くのにしばらく立ち止まらなければならないこともしばしばだ。ハリーの腕も足も、たちまち切り傷すり傷だらけになった。すでに森の奥深く入り込み、薄明かりの中でハグリッドの姿を見ても、前を行く巨大な黒い影のようにしか見えないこともある。押し殺したような静寂の中では、どんな音も恐ろしく聞こえる。小枝の折れる音が大きく響き、ごく小さなカサカサという音でさえ、それがなんの害もない雀の立てる音だったとしても、怪しげな姿が見えるのではと、ハリーは暗がりに目を凝らすのだった。そう言えば、こんなに奥深く入り込んだのに、なんの生き物にも出会わないのははじめてだ。なんの姿も見えないことが、ハリーにはむしろ不吉な前兆に思える。

「ハグリッド、杖《つえ》に灯《あか》りを点《とも》してもいいかしら?」ハーマイオニーが小声で聞いた。

「あー……ええぞ」ハグリッドがささやき返した。「むしろ――」

ハグリッドが突然立ち止まり、後ろを向いた。ハーマイオニーがまともにぶつかり、仰向けに吹っ飛んだ。森の地面にたたきつけられる前に、ハリーが危うく抱き止めた。

「ここらでちいと止まったほうがええ。おれが、つまり……おまえさんたちに話して聞かせるのに」ハグリッドが言う。「着く前にな」

「よかった！」ハリーに助け起こされながら、ハーマイオニーが言った。二人が同時に唱えた。

「ルーモス！　光よ！」

杖の先に灯りが点った。二本の光線が揺れ、その灯りに照らされて、ハグリッドの顔が暗がりの中から浮かび上がる。その顔は、さきほどと同じく、気遣わしげで悲しそうだ。

「さて」ハグリッドが言った。「その……なんだ……事は……」

ハグリッドは大きく息を吸う。

「つまり、おれは近々クビになる可能性が高い」

ハリーとハーマイオニーは顔を見合わせ、それからまたハグリッドを見た。

「だけど、これまで持ちこたえたじゃない――」ハーマイオニーが遠慮がちに異を唱えた。「どうしてそんなふうに思う――」

「アンブリッジが、ニフラーを部屋に入れたのはおれだと思っとる」

「そうなの?」ハリーはつい聞いてしまった。

「まさか、絶対おれじゃねえ!」ハグリッドが憤慨した。「ただ、魔法生物のことになると、アンブリッジはおれと関係があると思うっちゅうわけだ。おれがここにもどってからずっと、アンブリッジはおれを追い出す機会を狙っとったろうが。もちろん、おれは出ていきたくはねえ。しかし、本当は……特別な事情がなけりゃ、そいつをこれからおまえさんたちに話すが、おれはすぐにでもここを出ていくところだ。トレローニーのときみてえに、学校のみんなの前であいつがそんなことをする前にな」

ハリーとハーマイオニーが抗議の声を上げたが、ハグリッドは巨大な片手を振って押し止《とど》めた。

「なんも、それでなんもかもおしめえだっちゅうわけじゃねえ。ここを出たら、ダンブルドアの手助けができる。騎士団の役に立つことができる。そんで、おまえさんたちにゃグラブリー‐プランクがいる――おまえさんたちは――ちゃんと試験を乗り切れる……」

ハグリッドの声は震え、かすれている。

「おれのことは心配ねえ」

ハーマイオニーがハグリッドの腕をやさしくたたこうとすると、ハグリッドがあわてて声を上げた。ベストのポケットから水玉模様の巨大なハンカチを引っ張り出し、ハグリッドは目を拭《ぬぐ》う。

「ええか、どうしてもっちゅう事情がなけりゃ、こんなこたあ、おまえさんたちに話しはしねえ。なあ、おれがいなくなったら……その、これだけはどうしても……だれかに言っとかねえと……なにしろおれは――おれはおまえさんたち二人の助けが要るんだ。それと、もしロンにその気があったら」

「僕たち、もちろん助けるよ」ハリーが即座に答えた。「なにをすればいいの？」

ハグリッドはグスッと大きく洟《はな》をすすり、無言でハリーの肩をポンポンとたたいた。その力で、ハリーは横っ飛びに倒れ、木にぶつかった。

「おまえさんなら、うんと言ってくれると思っとったわい」ハグリッドがハンカチで口を覆いながら言う。「そんでも、おれは……けっして……忘れねえぞ。……そんじゃ……さあ……ここを通ってもうちっと先だ……ほい、気をつけろ、毒イラクサだ……」

それからまた十五分、三人は黙って歩いた。あとどのくらい行くのかとハリーが口を開きかけたとき、ハグリッドの右手が伸びて、止まれと合図する。

「ゆーっくりだ」ハグリッドが声を低くした。「ええか、そーっとだぞ……」

三人は忍び足で進んだ。ハリーが目にしたのは、ハグリッドの背丈とほとんど同じ高さの、大きくて滑らかな土塁《どるい》だった。なにかとてつもなく大きな動物の寝座《ねぐら》にちがいないと思うと、ハリーの胃袋が恐怖で揺れた。その周囲は一帯に木が根こそぎ引き抜かれ、土塁はむき出しの地面に立ち、そのまわりに垣根かバリケードのように木の幹や太い枝が積んである。ハリー、ハーマイオニー、ハグリッドの三人はいま、その垣根の外にいた。

「眠っちょる」ハグリッドがひそひそ声で言う。

たしかに、遠くのほうから、巨大な一対の肺が動いているような規則正しいゴロゴロという音が聞こえてくる。ハリーが横目でハーマイオニーを見ると、わずかに口を開け、恐怖の表情で土塁を見つめている。

「ハグリッド」生き物の寝息に消され、やっと聞き取れるような声でハーマイオニーがささやいた。「だれなの？」

ハリーは変な質問だと思った……ハリーは「なんなの？」と聞くつもりだったのに。

「ハグリッド、話がちがうわ――」いつのまにかハーマイオニーの手にする杖《つえ》が震えている。「だれもきたがらなかったって言ったじゃない！」

ハリーはハーマイオニーからハグリッドに目を移し、はっと気がついた。もう一度土塁を見たハリーは、恐怖で小さく息を呑《の》んだ。

ハリー、ハーマイオニー、ハグリッドの三人が楽々その上に立てるほどの巨大な土塁の表面が、ゴロゴロという深い寝息に合わせてゆっくりと上下している。土塁なんかじゃない。まちがいなく背中の曲線だ。しかも――。

「その、なんだ――いや――きたかったわけじゃねえんだ」

ハグリッドの声はいつにもなく必死だった。

「だけんど、連れてこなきゃなんねえかった。ハーマイオニー、おれはどうしても！」

「でも、どうして？」ハーマイオニーは泣き出しそうな声だ。「どうしてなの？――いったい――ああ、ハグリッド！」

「おれにはわかっていた。こいつを連れてもどって」ハグリッドの声も泣きそうだった。「そんで――そんで少し礼儀作法を教えたら――外に連れ出して、こいつは無害だってみんなに見せてやれるって！」

「無害！」ハーマイオニーが金切り声を上げた。目の前の巨大な生き物が、眠りながら大きくうなって身動きした。ハグリッドがめちゃめちゃに両手を振って、「静かに」の合図をする。

「この人がいままでずっとハグリッドを傷つけていたんでしょう？　だからこんな

に傷だらけだったんだわ！」

「こいつは自分の力がわかんねえんだ！」ハグリッドは熱心に言い訳をする。「それに、よくなってきたんだ。もうあんまり暴れねえ――」

「それで、帰ってくるのに二か月もかかったんだわ！」ハーマイオニーは聞いていなかったように言う。「ああ、ハグリッド、この人がきたくなかったなら、どうして連れてきたの？　仲間と一緒のほうが幸せじゃないのかしら？」

「みんなにいじめられてたんだ、ハーマイオニー、こいつがチビだから！」ハグリッドが言った。

「チビ？」ハーマイオニーが繰り返した。「チビ！」

「ハーマイオニー、おれはこいつを残してこれんかった」ハグリッドの傷だらけの顔を涙が伝い、ひげに滴《したた》り落ちた。「なあ――こいつはおれの弟分だ！」

ハーマイオニーは口を開け、ただハグリッドを見つめるばかりだった。

「ハグリッド、『弟分』って」ハリーは次第にわかってきた。「もしかして――？」

「まあ――半分だが」ハグリッドが訂正した。「母ちゃんが父ちゃんを捨てたあと、巨人と一緒になったわけだ。そんで、このグロウプができて……」

「グロウプ？」ハリーが言葉をなぞる。

「ああ……まあ、こいつが自分の名前を言うとき、そんなふうに聞こえる」ハグリッドが心配そうに説明する。「こいつはあんまり英語をしゃべらねえ……教えようとしたんだが……とにかく、母ちゃんはおれのこともかわいがらんかったが、こいつもおんなじだったみてえだ。そりゃ、巨人の女にとっちゃ、でっけえ子供を作ることが大事なんだ。こいつははじめっから巨人としちゃあ小柄なほうで――せいぜい五、六メートルだ――」

「ほんとに、ちっちゃいわ！」ハーマイオニーはほとんどヒステリー気味に皮肉った。「顕微鏡で見なきゃ！」

「こいつはみんなに小突《こづ》き回されてたんだ――おれは、どうしてもこいつを置いては――」

「マダム・マクシームも連れてもどることに賛成したの？」ハリーが聞いた。

「う――まあ、おれにとってはそれが大切だっちゅうことをわかってくれたみたいだ」ハグリッドが巨大な両手をねじり合わせながら言う。「だ――だけんど、しばらくすっと、正直言って、ちいとこいつに飽きてな……そんで、おれたちは帰る途中で別れた……だれにも言わねえって約束してくれたがな……」

「いったいどうやってだれにも気づかれずに連れてこれたの？」ハリーが聞いた。

「まあ、だからあんなに長くかかったっちゅうわけだ」ハグリッドが言う。「夜だけしか移動できんし、人里離れた荒地を通るとか。もちろん、そうしようと思えば、こいつは相当の距離を一気に移動できる。だが、何度ももどりたがってな」

「ああ、ハグリッド、いったいどうしてそうさせてあげなかったの？」

引き抜かれた木にぺたんと座り込み、両手で顔を覆いながらハーマイオニーが信じられないとばかりに言う。

「ここにいたくない暴力的な巨人を、いったいどうするつもりなの！」

「そんな、おい――『暴力的』ちゅうのは――ちいときついぞ」

ハグリッドはそう言いながら、相変わらず両手を激しく揉《も》みしだいている。

「そりゃあ、機嫌の悪いときに、おれに二、三発食らわせようとしたこたぁあるかもしれんが、だんだんよくなってきちょる。ずっとよくなって、ここになじんできちょる」

「それなら、この縄はなんのため？」ハリーが聞いた。

ハリーは、若木ほどの太い縄が、近くの一番大きな数本の木にくくりつけられていることに、たったいま気づいた。縄は、地面に丸まり、背を向けて横たわっているグロウプのところまで伸びている。

「縛りつけておかないといけないの？」ハーマイオニーが弱々しく言う。

「そのなんだ……ん……」ハグリッドが心配そうな顔をした。「あのなあ――さっきも言ったが――こいつは自分の力がちゃんとわかってねえんだ」

ハリーは、このあたりの森に不思議なほど生き物がいない理由が、いまやっとわかった。

「それで、ハリーと私に、なにをして欲しいわけ？」

ハーマイオニーが不安そうに聞く。

「世話してやってくれ」ハグリッドの声がかすれた。「おれがいなくなったら」

ハリーとハーマイオニーは、惨《みじ》めな顔を見合わせる。ハリーは頼まれたことはなんでもするとハグリッドに約束してしまったことに気づき、やり切れない気持ちになった。

「それ――それって、具体的になにをするの？」ハーマイオニーがたずねた。

「食いもんなんかじゃねえ！」ハグリッドの声に熱がこもった。「こいつは自分で食いもんは取る。問題ねえ。鳥とか、鹿とか……うんにゃ、友達だ、必要なんは。こいつをちょいと助ける仕事をだれかが続けてくれてると思えば、おれは……こいつに教えたりとか、なあ」

ハリーはなにも言わず、目の前の地面に横たわる巨大な姿を振り返った。単に大きすぎる人間のように見えるハグリッドとちがい、グロウプは奇妙な形をしている。大きな土塁の左にある苔《こけ》むした大岩だと思ったものは、グロウプの頭部だとわかった。人間に比べると、体のわりに頭がずっと大きい。ほとんど完全にまん丸で、くるくるとカールした蕨色《わらびいろ》の毛がびっしり生えている。頭部の一番上に、大きく肉づきのよい耳の縁が片方だけ見え、頭部は、いわばバーノンおじさんのように肩に直接載っかっていて、申し訳程度の首があるだけ。背中は、獣の皮をざくざく縫い合わせた汚い褐色の野良着を着て、とにかく幅が広い。グロウプが寝息を立てると、粗い縫い目が少し引っ張られるようだった。両足を胴体の下で丸めている。ハリーは泥んこの巨大な裸足の足裏を見た。ソリのように大きく、地面に二つ重ねて置いてある。

「僕たちに教育して欲しいの……」ハリーは虚ろな声で言った。いまになって、フィレンツェの警告の意味がわかった。ハグリッドがやろうとしていることは、うまくいきません。放棄するほうがいいのです。当然、森に棲《す》む他の生き物たちは、グロウプに英語を教えようと、実りのない試みをしているハグリッドの声を聞いていたにちがいない。

「うん――ちょいと話しかけるだけでもええ」

ハグリッドが望みを託すかのように続ける。

「どうしてかっちゅうと、こいつに話ができたら、おれたちがこいつを好きなんだっちゅうことが、もっとよくわかるんじゃねえかと思うんだ。そんで、ここにいて欲しいんだっちゅうこともな」

ハリーはハーマイオニーを見た。ハーマイオニーは顔を覆った指の間から、ハリーを覗いている。

「なんだか、ノーバートがもどってきてくれたらいいのにっていう気になるね？」

ハリーがそう言うと、ハーマイオニーは頼りなげに笑った。

「そんじゃ、やってくれるんだな？」

ハグリッドは、ハリーのいま言ったことがわかったようには見えなかった。

「うーん……」ハリーはすでに約束に縛られていた。「やってみるよ、ハグリッド」

「おまえさんに頼めば大丈夫だと思っとった」

ハグリッドは涙っぽい顔でにっこりし、またハンカチを顔に押し当てる。

「だが、あんまりむりはせんでくれ……おまえさんたちには試験もある……『透明マント』を着て、一週間に一度ぐれえかな、ちょいとここにきて、こいつとしゃべってやってくれ。そんじゃ、起こすぞ。そんで――おまえさんたちを引き合わせる――」

「えっ――だめよ！」ハーマイオニーがはじかれたように立ち上がった。「ハグリッド、やめて。起こさないで、ねえ、私たち別に――」

しかしハグリッドは、もう目の前の大木の幹をまたぎ、グロウプのほうへと進んでいた。あと三メートルほどのところで、ハグリッドは折れた長い枝を拾い上げ、振り返ってハリーとハーマイオニーに大丈夫だという笑顔を見せ、枝の先でグロウプの背中の真ん中をぐいと突いた。

　巨人はしんとした森に響き渡るような声で吠《ほ》えた。頭上の梢から小鳥たちが鳴きながら舞い上がり、飛び去っていく。そして、ハリーとハーマイオニーの目の前で、グロウプの巨大な体が地面から起き上がった。膝立《ひざだ》ちするために巨大な片手をつくと、地面が振動した。だれが眠りを妨げたのだろうと、グロウプは首を後ろに回す。

「元気か？　グロウピー？」もう一度突けるように構え、長い大枝を持ったまま後ずさりしながら、ハグリッドは明るい声を装った。「よく寝たか？　ん？」

　ハリーとハーマイオニーはグロウプの姿が見える範囲で、できるだけ後退した。グロウプは、まだ引っこ抜いていない二本の木の間に膝をついている。そのでっかい顔を、二人は驚いて眺めた。空き地の暗がりに、灰色の満月が滑り込んできたかのような顔だ。巨大な石の玉に目鼻を彫り込んだみたいだ。ずんぐりした不格好な鼻、ひん曲がった口、レンガ半分ほどの大きさの黄色い乱杭歯《らんくいば》、目は巨人の尺度で言えば小さく、濁《にご》った緑褐色で、起き抜けのいまは半分目ヤニで塞がれている。グロウプはクリケットのボールほどもある汚い指関節でゴシゴシ両目をこすり、なんの前触れもなく、驚くほどすばやく、機敏に立ち上がった。

「アーッ！」ハリーのそばで、ハーマイオニーが恐怖の声を上げるのが聞こえた。

　グロウプの両手と両足を縛った縄のくくりつけられている木々が、ギシギシと不吉寝《ね》に軋《きし》んだ。ハグリッドの言ったとおり、グロウプは少なくとも五メートルはある。寝呆《ぼ》け眼《まなこ》であたりを見回すと、グロウプはビーチパラソルほどもある手を伸ばし、そびえ立つ松の木の高い枝にあった鳥の巣をつかみ、鳥がいないのに気を悪くしたらしく、吠えながら巣をひっくり返した。鳥の卵が手榴弾《しゅりゅうだん》のように地面めがけて落ち、ハグリッドは両腕でさっと頭をかばった。

「ところでグロウピー」

また卵が落ちてきはしないかと心配そうな顔で上を見ながら、ハグリッドがさけんだ。

「友達を連れてきたぞ。憶《おぼ》えとるか？　連れてくるかもしれんと言ったろうが？　おれがちっと旅に出るかもしれんから、おまえの世話をしてくれるように、友達にまかせていくちゅうたが、憶えとるか？　え？　どうだ？　グロウピー？」

しかしグロウプはまた低く吠えただけだった。ハグリッドの言うことを聞いているのかどうか、だいたいその音を言語として認識しているのかどうかもわからない。グロウプは、こんどは松の木の梢をつかみ、手前に引っ張っていた。手を離したらどこまで跳ね返るかを見て単純に楽しむらしい。

「さあさあ、グロウピー、そんなことやめろ！」ハグリッドがさけぶ。「そんなことしたから、みんな根こそぎになっちまったんだよ――」

そのとおりだった。ハリーは、木の根元の地面が割れはじめたのを見た。

「おまえに友達を連れてきたんだ！」ハグリッドが続けてさけぶ。「ほれ、友達だ！　下を見ろや、このいたずらっ子め！　友達を連れてきたんだってば！」

「ああ、ハグリッド、やめて」ハーマイオニーがうめくように言う。しかしハグリッドはすでに大枝をもう一度持ち上げ、グロウプの膝《ひざ》に鋭く突きを入れた。

巨人が木の梢から手を離すと、木は脅すように揺れたかと思う間に、ハグリッドにちくちくした松の葉の雨を降らせた。巨人は下を見た。

「こっちは」

ハリーとハーマイオニーのいるところに急いで移動して、ハグリッドが巨人に紹介する。

「ハリーだよ、グロウプ！　ハリー・ポッター！　おれが出かけなくちゃなんねえとき、おまえに会いにくるかもしれんよ。いいな？」

巨人はいまやっと、そこにハリーとハーマイオニーがいることに気づいたようだ。巨人が大岩のような頭を低くして、どんよりと二人を見つめる。二人とも戦々恐々としてじっと見つめる巨人を見ていた。

「そんで、こっちはハーマイオニーだ。なっ？　ハ―――」ハグリッドが言いよどみ、ハーマイオニー、ハーミーって呼んでもかまわんか？　なんせ、こいつには難しい名前なんでな」

「かまわないわ」ハーマイオニーが上ずった声で答える。

「ハーミーだよ、グロウプ！　そんで、この人も訪ねてくるからな！　よかったなあ？　え？　友達が二人もおまえを——グロウピー、だめ！」

グロウプの手が突然シュッとハーマイオニーのほうに伸びてきた。ハリーがハーマイオニーを捕まえ、後ろの木の陰へと引っ張る。グロウプの手が空を切り、にぎり拳《こぶし》がその木の幹をこすった。

「悪い子だ、グロウピー！」ハグリッドのどなる声が聞こえた。ハーマイオニーは木の陰でハリーにしがみつき、ヒーヒー悲鳴を上げながら震えている。「とっても悪い子だ！　そんなふうにつかむんじゃ——いてっ！」

ハリーが木の陰から首を突き出すと、ハグリッドが手で鼻を押さえて仰向けに倒れているのが見える。グロウプはどうやら興味がなくなったようで、また頭を上げ、松の木をもう一度引っ張れるだけ引っ張っていた。

「よーふ」ハグリッドは片手で鼻血の出ている鼻を摘み、もう一方で石弓をにぎりながら立ち上がりフガフガと言った。「さてと……これでよし……おまえさんたちはこいつに会ったし——こんどここにくるときは、こいつはおまえさんたちのことがわかる。うん……さて……」

ハグリッドはグロウプを見上げた。グロウプは大岩のような顔に、無心な喜びの表情を浮かべて松の木を引っ張っていた。松の根が地面から引き裂かれて軋《きし》む音を立てている。

「まあ、今日のところは、こんなとこだな」ハグリッドが言う。「そんじゃ——もう帰るとするか?」

ハリーとハーマイオニーがうなずいた。ハグリッドは石弓を肩にかけなおし、鼻を摘んだまま、先頭に立って森の中にもどっていく。

しばらくだれも話をしなかった。遠くから、グロウプがついに松の木を引き抜いてしまったらしいドスンという音が聞こえたときも、黙っていた。ハーマイオニーは蒼《あお》ざめて厳しい顔をしている。ハリーは言うべき言葉をなにも思いつかない。ハグリッドが禁じられた森にグロウプを隠しているとだれかに知れたら、いったいどうなるんだろう? しかも、ハリーは、ロン、ハーマイオニーと三人で巨人を教育するという、まったく無意味なハグリッドの試みを継続すると約束してしまった。牙《きば》のある怪物はかわいくて無害だと思い込む能力についてはとんでもなく豊かなハグリッドだが、グロウプがヒトと交わることができるようになるなんて、よくもそんな思い込みができるものだ。

「ちょっと待て」突然ハグリッドが言った。ハリーとハーマイオニーが、鬱蒼《うっそう》としたニワヤナギの群生地を通り抜けるのに格闘している最中だった。ハグリッドは肩の矢立てから矢を一本引き抜き、石弓につがえた。ハリーとハーマイオニーは杖《つえ》を構える。歩くのをやめたので、二人にも近くでなにか動く物音が聞こえた。

「おっと、こりゃぁ」ハグリッドが低い声を出した。

「ハグリッド、言ったはずだが？」深い男の声だ。「もう君は、ここでは歓迎されざる者だと」

男の裸の胴体が、まだらな緑の薄明かりの中で、一瞬宙に浮いているように見えた。やがて、男の腰の部分が、栗毛の馬の胴体に滑らかに続いているのが見えた。気位の高い、頬骨の張った顔、長い黒髪のケンタウルスだった。ハグリッドと同じように、武装している。矢の詰まった矢立てと長弓とを両肩に引っかけていた。

「元気かね、マゴリアン？」ハグリッドが油断なく挨拶する。

そのケンタウルスの背後の森がガサゴソ音を立て、あと四、五頭のケンタウルスが現れた。黒い胴体、顎《あご》ひげを生やした一頭は、見覚えのあるベインだ。ほぼ四年前、フィレンツェに出会ったと同じあの夜に会っている。ベインはハリーのことを見知りだという素振りをまったく見せない。

「さて」

ベインは危険をはらんだ声で一声発すると、すぐにマゴリアンに目を移した。

「この森にふたたびこのヒトが顔を出したら、我々はどう対応するかを決めてあったと思うが——」

「いまおれは、『このヒト』なのか?」ハグリッドが不機嫌に言う。「おまえたち全員が仲間を殺すのを止めただけなのに?」

「ハグリッド、君は介入するべきではなかった」マゴリアンが言った。「我々のやり方は、君たちとはちがうし、我々の法律もちがう。フィレンツェは仲間を裏切り、我々の名誉を貶《おとし》めた」

「どうしてそういう話になるのか、おれにはわからん」ハグリッドがもどかしそうに言う。「あいつはアルバス・ダンブルドアを助けただけだろうが——」

「フィレンツェはヒトの奴隷になり下がった」深いしわが刻まれた険しい顔の、灰色のケンタウルスが言った。

「奴隷!」ハグリッドが痛烈な言い方をした。「ダンブルドアの役に立っとるだけだろうが——」

「我々の知識と秘密を、ヒトに売りつけている」マゴリアンが静かに言う。「それほどまでの恥辱を回復する道はありえない」

「そんならそれでええ」ハグリッドが肩をすくめる。「しかし、おれに言わせりゃ、おまえさんたちはどえらいまちがいを犯しちょる——」

「おまえもそうだ、ヒトよ」ベインが言った。「我々の警告にもかかわらず、我らの森にもどってくるとは――」

「おい、よく聞け」ハグリッドが怒った。「言わせてもらうが、『我らの』森が聞いて呆《あき》れるわい。森にだれが出入りしようと、おまえさんたちの決めるこっちゃねえだろうが――」

「君が決めることでもないぞ、ハグリッド」マゴリアンがよどみなく言う。「今日のところは見逃してやろう。君には連れがいるからな。君の若駒が――」

「こいつのじゃない！」ベインが軽蔑したように遮《さえぎ》った。「マゴリアン、学校の生徒だぞ！　たぶん、すでに、裏切り者のフィレンツェの授業の恩恵を受けている」

「そうだとしても」マゴリアンが落ち着いて言う。

「仔馬《こうま》を殺すことは恐ろしい罪だ――我々は無垢《むく》なものに手出しはしない。今日は、ハグリッド、行くがよい。だがこれ以後は、ここに近づくではない。裏切り者フィレンツェが我々から逃れるのに手を貸したときから、君はケンタウルスの友情を喪失したのだ」

「おまえさんたちみてえな老いぼれラバの群れに、森から締め出されてたまるか！」

ハグリッドが大声を上げた。

「ハグリッド！」ハーマイオニーがかん高い恐怖の声を上げた。ベインと灰色のケンタウルスの二頭が蹄《ひづめ》で地面を掻《か》いている。「行きましょう。ねえ、行きましょうよ！」

ハグリッドは立ち去りかけながらも、石弓を構えたまま、目は脅すようにマゴリアンを睨《にら》み続けていた。

「君が森になにを隠しているか、我々は知っているぞ、ハグリッド！」ケンタウルスたちの姿が視界から消えたと思った頃合いで、マゴリアンの声が背後から追いかけてきた。

「それに、我々の忍耐も限界に近づいているのだ！」

ハグリッドは向きを変えた。マゴリアンのところにまっすぐ取って返したいという様子をむき出しにしている。

「あいつがこの森にいるかぎり、おまえたちは忍耐しろ！　森はおまえたちのものでもあるし、あいつのものでもあるんだ！」ハグリッドがさけんだ。

ハリーとハーマイオニーは、ハグリッドをそのまま歩かせようと、厚手木綿の半コートを力のかぎり押していた。しかめ面のまま、ハグリッドは下を見た。二人が自分を押しているのを見ると、ハグリッドの顔はちょっと驚いた表情に変わった。押されているのを感じていなかったらしい。

「落ち着け、二人とも」

ハグリッドは歩きはじめた。二人はハァハァ言いながら、その後ろについて行った。

「しかし、いまいましい老いぼれラバだな、え？」

「ハグリッド」ハーマイオニーが来るときも通ってきた毒イラクサの群生を避けながら、声をひそめて言った。「ケンタウルスが森にヒトを入れたくないとすれば、ハリーも私も、どうにもできないんじゃないかって気が――」

「ああ、連中が言っとったことを聞いたろうが」ハグリッドは相手にしなかった。「仔馬《こうま》――つまり、おまえたち子供は傷つけねえ。とにかく、あんな連中に振り回されてたまるか」

「いい線いってたけどね」

ハリーががっかりしているハーマイオニーに向かってつぶやいた。

やっと歩道の小道にもどり、十分ほど歩くと木立ちが次第にまばらになり、青空が切れ切れに見えるようになってきた。そして遠くから、はっきりした歓声とさけび声が聞こえてくる。

「またゴールを決めたんか？」クィディッチ競技場が見えたときに、木々に覆われた場所で立ち止まって、ハグリッドが聞く。「それとも、試合が終わったと思うか？」

「わからないわ」ハーマイオニーが惨《みじ》めな声を出す。ハリーが見ると、森でよれよれになったハーマイオニーの姿は本当に悲惨だった。髪は小枝や木の葉だらけで、ローブは何か所かが破れ、顔や腕に数え切れないほどのひっかき傷がある。自分も同じようなものだろうとハリーは思う。

「どうやら終わったみてえだぞ！」

ハグリッドはまだ競技場のほうに目を凝らしていた。

「ほれ——もうみんな出てきた——二人とも、急げば集団にまぎれ込める。そんで、二人がいなかったことなんぞ、だれにもわかりゃせん！」

「そうだね」ハリーが言った。「さあ……ハグリッド、それじゃ、またね」

「信じられない」ハグリッドに聞こえないところまできたとたん、ハーマイオニーが動揺し切った声をしぼり出した。「信じられない。ほんとに信じられない」

「落ち着けよ」ハリーが制した。

「落ち着けなんて！」ハーマイオニーは興奮していた。「巨人よ！　森に巨人なのよ！　それに、その巨人に私たちが英語を教えるんですって！　しかも、もちろん、殺気だったケンタウルスの群れに、途中気づかれずに森に出入りできればの話じゃない！　ハグリッドったら、信じられない。ほんとに信じられないわ」

「僕たち、まだなにもしなくていいんだ！」

ペチャクチャしゃべりながら城へと帰るハッフルパフ生の流れに潜り込みながら、ハリーは低い声でハーマイオニーをなだめようとした。

「追い出されなければ、ハグリッドは僕たちになんにも頼みやしない。それに、ハグリッドは追い出されないかもしれない」

「まあ、ハリー、いいかげんにしてよ！」

ハーマイオニーが憤慨し、その場で石のように動かなくなったので、後ろを歩いていた生徒たちはハーマイオニーを迂回《うかい》して歩かなければならなかった。

「ハグリッドは必ず追い出されるわよ。それに、はっきり言って、いましがた目撃したことから考えて、アンブリッジが追い出したってむりもないじゃない？」

一瞬言葉が途切れ、ハリーがハーマイオニーをじっと睨《にら》んだ。ハーマイオニーの目ににじんわりと涙が滲《にじ》んでいる。

「本気で言ったんじゃないよね」ハリーが低い声で言った。

「ええ……でも……そうね……本気じゃないわ」

ハーマイオニーは怒ったように目をこすった。

「でもどうしてハグリッドは苦労を背負込《しょいこ》むのかしら？……それに私たちにまでどうして？」

「さあ――」

♪ウィーズリーは我が王者
ウィーズリーは我が王者
クアッフルをば止めたんだ
ウィーズリーは我が王者

「それに、あのばかな歌を歌うのをやめて欲しい」ハーマイオニーは打ちひしがれたように言った。「あの連中、まだからかい足りないって言うの？」

大勢の生徒が、競技場から芝生をひたひたと上ってくる。

「さあ、スリザリン生と顔を合わせないうちに中に入りましょうよ」

ハーマイオニーが言った。

♪ウィーズリーは守れるぞ
万に一つも逃さぬぞ

だから歌うぞ、グリフィンドール
　ウィーズリーは我が王者

「ハーマイオニー……」ハリーがなにかに気づいたように呼びかける。

歌声は次第に大きくなってくる。しかし、緑と銀色の服を着たスリザリン生の群れからではなく、ゆっくりと城に向かってくる赤と金色の集団からわき上がっているようだ。だれかが大勢の生徒の肩車に乗っている。

♪ウィーズリーは我が王者
ウィーズリーは我が王者
クアッフルをば止めたんだ
ウィーズリーは我が王者

「うそ？」ハーマイオニーが声を殺した。

「やった！」ハリーが大声を上げた。

「ハリー！　ハーマイオニー！」

銀色のクィディッチ優勝杯を振りかざし、我を忘れて、ロンがさけんでいる。

「やったよ！　僕たち勝ったんだ！」

ロンが通り過ぎるとき、二人はにっこりとロンを見上げた。正面扉のあたりが混雑して揉《も》み合い、ロンは鴨居《かもい》にかなりひどく頭をぶつけていた。それでもだれもロンを降ろそうとはしなかった。歌い続けながら、群れはむりやり玄関ホールを入り、姿が見えなくなった。ハリーとハーマイオニーはにっこり笑いながら、「♪ウィーズリーは我が王者」の最後の響きが聞こえなくなるまで集団を見送り、それから二人で顔を見合わせた。笑いが消えていく。

「明日まで黙っていようか？」ハリーが言う。

「ええ、いいわ」ハーマイオニーもうんざりしたように言う。「私は急がないわよ」

二人は一緒に石段を上った。正面扉のところで二人とも無意識に禁じられた森を振り返った。錯覚かどうかハリーには自信がないが、遠くの木の梢から、小鳥の群れがいっせいに飛び立ったような気がする。いままで巣をかけていた木が、根元から引っこ抜かれたかのように。

第31章　ふ・く・ろ・う

グリフィンドールに辛《から》くも優勝杯をもたらした立役者のロンは、有頂天のあまり次の日にはなんにも手につかないありさまだった。試合の一部始終を話したがるばかりのロンに、ハリーとハーマイオニーはグロウプのことを切り出すきっかけがなかなかつかめない。もっとも二人とも積極的に努力したわけではなく、こんな残酷なやり方でロンを現実に引きもどすのは、どちらも気が進まなかっただけだ。その日も暖かな晴れた日だったので、二人は湖のほとりのブナの木陰で勉強しようとロンを誘った。談話室よりそこのほうが盗み聞きされる危険性が少ない。ロンは、はじめあまり乗り気ではなかった――ときどき爆発する「♪ウィーズリーは我が王者」の歌声はもちろんのこと、グリフィンドール生がロンの座っている椅子を通り過ぎるたびに背中をたたいていくのが、すっかり気に入っていた。――しかし、しばらくすると、新鮮な空気を吸ったほうがいいという意見に従うことになった。

ブナの木陰でそれぞれに本を広げて座る。ロンはまたしても試合最初のゴールセーブの話を、もう十数回目になるのに一部始終二人に聞かせてくれた。

「でもさ、ほら、もうデイビースのゴールを一回許しちゃったあとだから、僕、そんなに自信はなかったんだ。だけど、どうしたのかなぁ、ブラッドリーがどこからともなく突っ込んできたとき、僕は思ったんだ――やるぞ！　どっちの方向に飛ぶかを決めるのはほんの一瞬さ。だって、やつは右側のゴールを狙っているみたいに見えたんだ――もちろん僕の右、やつの左ね――だけど、変なんだよね。僕、やつがフェイントをかましてくるような気がしたんだ。一か八か、僕は左に飛んだね――やつの右だけどね――そして――まあ――結果は観てただろう」

ロンは控えめに最後を語り終え、必要もないのに髪を後ろにかき上げて見せびらかすように風に吹かれた効果を出しながら近くにいた生徒たちにチラッと目をやり――ハッフルパフの三年生が塊《かた》まって噂《うわさ》話をしている――自分の話が聞こえたかどうかチェックした。

「それで、チェンバーズがそれから五分後に攻めてきたとき――どうしたんだ？」

ハリーの表情を見て、ロンは話を中断した。

「なにをにやにやしてるんだ？」

「してないよ」

あわててそう言うと、ハリーは下を向いて「変身術」のノートを見ながら、まじめな顔にもどそうとした。本当のことを言えば、ロンの姿がもう一人のグリフィンドールのクィディッチ選手と重なってしかたがない。かつてこの同じ木の下に座って髪をくしゃくしゃにしていた人だ。

「ただ、僕たちが勝ったのがうれしいだけさ」

「ああ」ロンは〝僕たちが勝った〟という言葉を噛《か》みしめるようにゆっくりと応じた。

「ジニーに鼻先からスニッチを奪われたときの、チャンの顔を見たか？」

「たぶん、泣いたんじゃないか？」ハリーは苦い思いで返す。

「ああ、うん――どっちかって言うと癇癪《かんしゃく》を起こして泣いたってほうが……」ロンが怪訝《けげん》な顔をする。「えっ、だけど、チャンが地上に降りたとき、箒《ほうき》を投げ捨てたのは見たんだろ？」

「んー――」ハリーは言いよどむ。

「あの、実は……ロン、見てないの」ハーマイオニーが大きなため息をつき、本を置いて申し訳なさそうにロンを見る。「実はね、ハリーと私が観たのは、デイビースが最初にゴールしたところだけなの」

念入りにくしゃくしゃにしたロンの髪が、がっくりと萎《しお》れたように見えた。

「観てなかったの？」二人の顔を交互に見ながら、ロンがか細く問いかける。「僕がゴールを守ったとこ、一つも見てないの？」

「あの――そうなの」ハーマイオニーが、なだめるようにロンに手を差し伸べながら、しかし決然と言う。「でも、ロン、そうしたかったわけじゃないのよ――どうしても行かなきゃならなかったの！」

「へえ？」ロンの顔がだんだん赤くなってくる。「どうして？」

「ハグリッドのせいだ」ハリーが言う。

「巨人のところから帰って以来、いつも傷だらけだったわけを、僕たちに教えてくれる気になったんだ。一緒に森に来て欲しいって言われて、断れなかった。ハグリッドのやり方はわかるだろ？　それで……」

話は五分で終わった。最後のほうになると、ロンの顔は怒りからまったく信じられないという表情に変わっていた。

「一人連れて帰って、森に隠してた？」

「そう」ハリーが深刻な顔で答える。

「まさか」

否定することで事実を事実でなくすることができるとでも言うように、ロンが言葉を切りながら問いかける。

「まさか、そんなことしないだろう」

「それが、したのよ」ハーマイオニーがきっぱりと言う。「グロウプは約五メートルの背丈、六メートルもの松の木を引っこ抜くのが好きで、私のことは」ハーマイオニーはフンと鼻を鳴らした。「ハーミーって名前で知ってるわ」

ロンは不安をごまかすかのように笑った。

「それで、ハグリッドが僕たちにして欲しいことって……？」

「英語を教えること。うん」ハリーが言う。

「正気を失ってるな」ロンが恐れ入りましたという声を出した。

「ほんと」ハーマイオニーが『中級変身術』の教科書をめくり、ふくろうがオペラグラスに変身する一連の図解を睨《にら》みながら、いらだちもあらわに言う。「そう。私もハグリッドがおかしくなったと思いはじめてるのよ。でも、残念ながら、私もハリーも約束させられたの」

「じゃ、約束を破らないといけない。それで決まりさ」ロンがきっぱりと言った。

「だってさ、いいか……試験が迫ってるんだぜ。しかも、あとこのくらいで――」

ロンは手を上げて、親指と人差し指をほとんどくっつくぐらいに近づけてみせた。

「――僕たち追い出されそうなんだぜ。なんにもしなくとも。それに、とにかく……ノーバートを憶えてるか？　アラゴグは？　ハグリッドの仲良し怪物と付き合って、よかった例《ためし》があるか？」

「わかってるわ。でも――私たち、約束したの」ハーマイオニーが小さな声ながら宣言した。

ロンは不安そうな顔で、髪を元どおりになでつけた。

「まあね」ロンがため息をつく。「ハグリッドはまだクビになってないだろ？　これまで持ちこたえたんだ。今学期一杯持つかもしれないし、そしたらグロウプのところに行かなくてすむかもしれない」

城の庭はペンキを塗ったばかりのように陽の光に輝いていた。雲ひとつない空が、キラキラ光る滑らかな湖に映る自分の姿にほほえみかけ、艶《つや》やかな緑の芝生が、やさしいそよ風にときおりさざなみを立てている。もう六月だ。しかし、五年生にとっては、その意味はただ一つ。ついにO《ふ》・W《くろ》・L《う》試験がやってきた。

先生方はいまや宿題を出さず、試験にもっとも出題されそうな予想問題の練習に時間を費やした。目的に向かう熱っぽい雰囲気が、ハリーの頭からOWL以外のものをほとんど全部追い出した。ただときどき、「魔法薬」の授業中に、ルーピンはスネイプに「閉心術」の特訓を続けなければならないと忠告したのだろうか、と考えることがある。もし言ったとすれば、スネイプは、いまハリーを無視していると同じように、ルーピンをも完全に無視していることになる。しかし、そのほうがハリーにとっては好都合だ。スネイプとの追加の訓練がなくともハリーは十分に忙しく、緊張していた。ハーマイオニーもこのごろは試験に気を取られるあまり、「閉心術」についてしつこく言わなくなっていたので、ハリーはほっとしていた。ハーマイオニーは長い時間ひとりでブツブツつぶやいているし、このところ何日もしもべ妖精の服も置いていない。

ＯＷＬ試験が間近に迫ってくると、おかしな行動を取るのはハーマイオニーだけではなかった。アーニー・マクミランはだれかれなく捕まえては勉強のことを質問するという癖がつき、みなをいらつかせた。

「一日に何時間勉強してる？」

「薬草学」の教室の外に並んでいるハリーとロンに、マクミランがぎらぎらと落ち着かない目つきで質問した。

「さあ」ロンが言う。「数時間だろ」

「八時間より多いか、少ないか？」

「少ないと思うけど」ロンは少し驚いた顔をした。

「僕は八時間だ」アーニーが胸をそらせる。「八時間か九時間さ。毎日朝食の前に一時間やってる。平均で八時間だ。週末に調子がいいときは十時間できるし、月曜は九時間半やった。火曜はあんまりよくなかった――七時間十五分しかやらなかった。それから水曜日は――」

この時点で、スプラウト先生がみなを三号温室に招じ入れたので、アーニーは独演会を中止せざるをえなくなり、ハリーはとてもありがたかった。

一方、ドラコ・マルフォイも、ちがったやり方でまわりにパニックを引き起こしていた。

「もちろん、知識じゃないんだよ」

試験開始の数日前、マルフォイが「魔法薬」の教室の前で、クラッブとゴイルに大声で話しているのをハリーは耳にした。

「だれを知っているかなんだ。ところで、父上は魔法試験局の局長とは長年の友人でね――グリゼルダ・マーチバンクス女史さ――僕たちが夕食にお招きしたり、いろいろと……」

「本当かしら？」ハーマイオニーは驚いてハリーとロンにささやく。

「もし本当でも、僕たちにはなにもできないよ」ロンが憂鬱《ゆううつ》そうに言う。

「本当じゃないと思うよ」三人の背後でネビルが静かに言った。「だって、グリゼルダ・マーチバンクスは僕のばあちゃんの友達だけど、マルフォイの話なんか一度もしたことないもの」

「ネビル、その人、どんな人？」ハーマイオニーが即座に質問した。「厳しい？」

「ちょっとばあちゃんに似てる」ネビルの声が小さくなった。

「でも、だからって言って、君が不利になるようなことはないだろ？」ロンが力づけるように言う。

「ああ、全然関係ないと思う」ネビルはますます惨《みじ》めそうに答えた。「ばあちゃんが、マーチバンクス先生にいっつも言うんだ。僕が父さんのようにはできがよくないって……ほら……ばあちゃんがどんな人か、聖マンゴで見ただろ……」

ネビルはじっと床を見つめる。ハリー、ロン、ハーマイオニーは互いに顔を見合わせたが、なんと言っていいかわからなかった。魔法病院で三人に出会ったことをネビルが口に出すのは、これがはじめてだ。

そうこうするうちに、五年生と七年生の間では、精神集中、頭の回転、眠気覚ましに役立つ物の闇取引が大繁盛し出した。ハリーとロンは、レイブンクローの六年生、エディ・カーマイケルが売り込んだ「バルッフィオの脳活性秘薬」にすっかり惹《ひ》かれてしまった。一年前の夏、自分がOWL《ふくろう》で九科目も「O・優」を取れたのは、まったくこの秘薬のおかげだと請け合い、半リットル瓶《びん》一本をたったの十二ガリオンで売るというのだ。ロンは、卒業して仕事に就いたらすぐに代金の半分をハリーに返すと約束して、この薬を買おうとした。ところが売買交渉がまとまりかけたとき、ハーマイオニーがカーマイケルから瓶《びん》を没収して中身をトイレに捨ててしまうという暴挙に出た。

「ハーマイオニー、僕たち、あれを買いたかったのに！」ロンがさけんだ。

「ばかなことはやめなさい」ハーマイオニーがどなるように制した。「いっそのことハロルド・ディングルのドラゴンの爪の粉末でも飲んで、けりをつければ？」

「ディングルがドラゴンの爪の粉末を持ってるの？」ロンが勢い込む。

「もう持っていないわ」ハーマイオニーが断言する。「私がそれも没収しました。あんなもの、どれも効かないわよ」

「ドラゴンの爪は効くよ！」ロンが言った。「信じられない効果なんだって。脳がほんとに活性化して、数時間ものすごく悪知恵が働くようになるんだって――ハーマイオニー、ひと摘み僕にくれよ。ねえ、別に毒になるわけじゃなし――」

「なるわ」ハーマイオニーが恐い顔をした。「よく見たら、あれ、実はドクシーの糞《ふん》を乾かしたものなんだもの」

この情報で、ハリーとロンの脳刺激剤熱が冷めた。

次の「変身術」の授業の際に、ＯＷＬ《ふくろう》試験の時間割とやり方についての詳細が知らされた。

「ここに書いてあるように」

マクゴナガル先生は、生徒が黒板から試験の日付けと時間を写し取る間に説明した。

「みなさんのOWLは二週間にわたって行われます。午前中は理論に関する筆記試験、午後は実技です。「天文学」の実技試験は、もちろん夜に行います」

「警告しておきますが、筆記試験のペーパーには最も厳しいカンニング防止呪文がかけられています。『自動解答羽根ペン』は持ち込み禁止です。『思い出し玉』、『取り外し型カンニング用カフス』、『自動修正インク』も同様です。残念なことですが、毎年少なくとも一人は、魔法試験局の決めたルールをごまかせると考える生徒がいるようです。それがグリフィンドールの生徒でないことを願うばかりです。わが校の新しい――女校長が――」

この言葉を口にしたとき、マクゴナガル先生は、ペチュニアおばさんがとくにしつこい汚れをじっと見るときと同じ表情になった。

「――カンニングは厳罰に処すと寮生に伝えるよう、各寮の寮監《りょうかん》に要請しました――理由はもちろん、みなさんの試験成績次第で、本校における新校長体制の評価が決まってくるからです――」

マクゴナガル先生は小さくため息を漏《も》らした。骨高の鼻の穴がふくれるのを、ハリーは見た。

「――だからと言って、みなさんがベストを尽くさなくてもよいことにはなりません。みなさんは自分の将来を考えるべきなのですから」

「先生」ハーマイオニーが手を挙げる。「結果はいつわかるのでしょうか？」

「七月中にふくろう便がみなさんに送られます」

「よかった」ディーン・トーマスがわざと聞こえるようなささやき声で言う。「なら、夏休みまでは心配しなくてもいいんだ」

ハリーは、六週間後にプリベット通りの部屋で、OWL《ふくろう》の結果を待つ自分の姿を想像した。まあいいや――ハリーは思った――なにはともあれ、夏休み中に必ず一回は便りがくるんだから。

最初の試験、「呪文学」の理論は月曜の午前中に予定されている。日曜の昼食後、ハリーはハーマイオニーのテストの準備を手伝うことを承諾したが、すぐに後悔した。ハーマイオニーは神経過敏になっていて、自分の答えが完璧かどうかをチェックするために、ハリーが手にした教科書を何度もひったくり、果てはハリーの鼻を『呪文学問題集』の本の角でいやというほど突いてしまった。

「自分ひとりでやったらどうだい？」ハリーは涙を滲《みじ》ませながら本を突っ返した。

一方ロンは、両耳に指を突っ込んで、口をパクパクさせながら、二年分の「呪文学」のノートを読み返している。シェーマス・フィネガンは、床に仰向けに寝転んで「実体的呪文」の定義を復唱し、ディーンがそれを『基本呪文集・五学年用』と照らし合わせてチェックしてやっていた。パーバティとラベンダーは、基本的な「移動呪文」の練習中で、それぞれのペンケースをテーブルの縁に沿って動かし、競争させている。

その夜の夕食は意気が上がらなかった。ハリーとロンはあまり話さなかったが、一日中勉強したあとなので、もりもり食べた。ところがハーマイオニーは、始終ナイフとフォークを置き、テーブルの下に潜り込んでは鞄から本をつかみ出し、事実や数字を確かめている。ちゃんと食べないと夜眠れなくなるよとロンが忠告したそのとき、ハーマイオニーの指の力が抜け、皿に滑り落ちたフォークがガチャッと大きな音を立てた。

「ああ、どうしよう」玄関ホールのほうをじっと見ながら、ハーマイオニーがかすかな声を出した。「あの人たちかしら？　試験官かしら？」

ハリーとロンは腰掛けたままくるりと振り向く。大広間につながる扉を通して、アンブリッジと、そのそばに立っている古色蒼然《こしょくそうぜん》たる魔法使いたちの小集団が見える。ハリーにとってうれしいことに、アンブリッジがかなり神経質になっているようだった。

「近くに行ってもっとよく見ようか?」ロンが言う。

ハリーとハーマイオニーがうなずき、三人は玄関ホールに続く両開きの扉へと急いだ。敷居《しきい》を越えたあとはゆっくり歩き、落ち着きはらって試験官のそばを通り過ぎる。ハリーは、腰の曲がった小柄な魔女がマーチバンクス教授ではないかと思った。顔はしわくちゃで、蜘蛛《くも》の巣をかぶっているように見える。アンブリッジが恭《うやうや》しく話しかけていた。マーチバンクス教授は少し耳が遠いらしく、アンブリッジ先生とは数十センチしか離れていないのに、大声で答えている。

「旅は順調でした。ええ、順調でしたよ。もう何度もきているのですからね!」マーチバンクス教授はいらだったように言う。「ところでこのごろダンブルドアからの便りがない!」箒置《ほうき》き場からでもダンブルドアがひょっこり現れるのを期待しているかのように、教授は目を凝らしてあたりを見回している。「どこにおるのか、皆目わからないのでしょうね?」

「わかりません」

アンブリッジが、ハリー、ロン、ハーマイオニーをじろりと睨《にら》みながら答える。今度はロンが靴紐《くつひも》を結びなおすふりをしながら、三人は階段下でぐずぐずしていた。

「でも、魔法省がまもなく突き止めると思いますわ」

「さて、どうかね」小柄なマーチバンクス教授が大声で言う。「ダンブルドアが見つかりたくないのなら、まずむりだね！　わたしにはわかりますよ……このわたしが、NEWT《いもり》の『変身術』と『呪文学』の試験官だったのだから……あれほどまでの杖使《つえつか》いは、それまで見たことがなかった」

「ええ……まあ……」アンブリッジが相槌《あいづち》を打つ。三人は一歩一歩足を持ち上げ、できるだけのろのろと大理石の階段を上っていくところだ。「教職員室にご案内いたしましょう。長旅でしたから、お茶などいかがかと」

なんだか落ち着かない夜だった。だれもが最後の追い込みに励んでいるが、たいしてはかどっているようには見えない。ハリーは早めにベッドに入ることにしたが、何時間も経ったと思えるほど長い間目が冴《さ》えて、眠れなかった。進路相談で、どんなことがあってもハリーを「闇祓《やみばら》い」にするために力を貸すと、マクゴナガルが激しく宣言したことを思い出す。いざ試験のときがきてみると、もう少し実現可能な希望を言えばよかったと思う。眠れないのが自分だけでないことは、ハリーも気配を感じてわかっている。しかし、寝室のだれも口をきかず、やがて一人、二人とみな眠りに落ちていった。

翌日の朝食のときも、五年生は口数が少なかった。パーバティは小声で呪文の練習をし、目の前の塩入れをぴくぴくさせていた。ハーマイオニーは「呪文学問題集」を読みなおしていたが、その目の動きの速いこと速いこと、目玉がぼやけて見えるほどだ。ネビルはナイフとフォークを落としてばかりで、マーマレードを何度もひっくり返していた。

朝食が終わると、生徒はみな教室に散ったが、五年生と七年生は玄関ホールに屯《たむろ》してうろうろしている。九時半になると、クラスごとに呼ばれ、ふたたび大広間に入った。そこは、ハリーが「憂《うれ》いの篩《ふるい》」で見たとおりに模様替えされている。父親、シリウス、スネイプがOWL《ふくろう》を受けていた場面と同じだ。四つの寮のテーブルは片づけられ、代わりに個人用の小さな机がたくさん、すべて奥の教職員テーブルのほうを向いて並んでいた。一番奥に、生徒と向かい合う形でマクゴナガル先生が立っている。全員が着席し、静かになると、「始めてよろしい」の声とともに、先生は自分の机に置かれた巨大な砂時計をひっくり返した。先生の机には時計のほかに、予備の羽根ペン、インク瓶《びん》、羊皮紙《ようひし》の巻紙が置いてある。

ハリーはどきどきしながら試験用紙をめくった。――ハリーの右に三列、前に四列離れた席で、ハーマイオニーはもう羽根ペンを走らせている――ハリーは最初の問題を読んだ。

（a）　物体を飛ばすために必要な呪文を述べよ。

（b）　さらにそのための杖《つえ》の動きを記述せよ。

棍棒《こんぼう》が空中高く上がり、トロールの分厚い頭蓋骨の上にボクッと大きな音を立てて落ちたときの思い出が、ちらりと頭をよぎる……ハリーはフッと笑顔になり、答案用紙に覆いかぶさるようにして書きはじめた。

「まあ、それほど大変じゃなかったわよね？」

二時間後、玄関ホールで試験の問題用紙をしっかりにぎったまま、ハーマイオニーが不安そうに確認した。

「『元気の出る呪文』を十分に答えたかどうか自信がないわ。時間が足りなくなっちゃって。しゃっくりを止める反対呪文を書いた？　私、判断がつかなくて。書きすぎるような気がしたし――それと23番の問題は――」

「ハーマイオニー」ロンが厳しい声で止めた。「もうこのことは了解ずみのはずだぜ……終わった試験をいちいち復習するなよ。本番だけでたくさんだ」

五年生は他の生徒たちと一緒に昼食をとった（昼食時には四つの寮のテーブルがまたいつものようにもどっていた）。昼食後は、ぞろぞろと大広間の脇にある小部屋に移動し、実技試験の順番を待つ。名簿順に何人かずつ名前を呼ばれ、残った生徒はブツブツ呪文を唱えたり、杖の動きを練習したり、ときどきまちがえて互いに背中や目を突いたりしている。

ハーマイオニーの名前が呼ばれた。一緒に呼ばれたアンソニー・ゴールドスタイン、グレゴリー・ゴイル、ダフネ・グリーングラスとともに、ハーマイオニーは震えながら小部屋を出ていく。テストのすんだ生徒はもう部屋にはもどらないので、ハリーもロンも、ハーマイオニーの試験がどうだったかわからない。

「大丈夫だよ。『呪文学』のテストで一度、百十二点も取ったことがあるの、憶《おぼ》えてるか?」

ロンが自分に言い聞かせるように請け合った。

十分後、フリットウィック先生が名前を呼んだ。

「パーキンソン、パンジー――パチル、パドマ――パチル、パーバティ――ポッター、ハリー」

「がんばれよ」ロンが小声で声援した。ハリーは手が震えるほど固く杖《つえ》をにぎりしめて、大広間に入った。

「トフティ教授のところが空いているよ、ポッター」

扉のすぐ内側に立っていたフリットウィック先生が、キーキー声で指示してくれる。先生の指さした奥の隅に小さいテーブルがあり、見たところ一番年老いて一番禿《は》げた試験官が座っている。少し離れたところにマーチバンクス教授がいて、ドラコ・マルフォイのテストを半分ほど終えたところらしい。

「ポッター、だね?」

ハリーが近づくと、トフティ教授はメモを見ながら、鼻メガネ越しにハリーの様子を窺《うかが》った。

「有名なポッターかね？」

ハリーは、マルフォイが嘲《あざけ》るような目つきで見るのを、目の端ではっきり見た。マルフォイの浮上させていたワイングラスが、床に落ちて砕けた。ハリーはつい、にやりとした。トフティ教授が、励ますようににっこり笑い返している。

「よーし、よし」教授が年寄りっぽいわなわな声で指示を与える。「堅くなる必要はないでな。さあ、このゆで卵立てを取って、コロコロ回転させてもらえるかの」

全体としてなかなかうまくできたと、ハリーは思った。「浮遊呪文」は、まちがいなくマルフォイよりずっとよかった。ただ、まずかったと思うのは、「変色呪文」と「成長呪文」を混同したことで、オレンジ色に変わるはずのネズミが、びっくりするほどふくれ上がり、ハリーがまちがいに気づいて訂正するまでに、アナグマほどの大きさになっていた。ハリーはその場にハーマイオニーがいなくてよかったと思い、すんだあともそのことは黙っていた。ただ、ロンにだけは話した。ロンが、ディナー用大皿を大茸《きのこ》に変えてしまい、しかもどうしてそうなったかさっぱりわからない、と打ち明けたからだ。

その夜ものんびりしている暇はなかった。夕食後は談話室に直行し、次の日の「変身術」の勉強に没頭した。ベッドに入ったとき、ハリーの頭は複雑な呪文モデルやら理論がガンガン鳴り響いていた。

次の日の午前中、筆記試験では「取り替え呪文」の定義を忘れてしまったが、実技のほうは思ったほど悪くはなかった。少なくともイグアナ一匹をまるまる「消失」させることに成功した。一方、隣のテーブルのハンナ・アボットは悲劇的だった。完全に上がってしまったらしく、どうやったのか、課題のケナガイタチをどんどん増やしてフラミンゴの群れにしてしまい、逃げまどうフラミンゴを捕まえたり大広間から連れ出したりで、試験は十分間中断された。

水曜日は「薬草学」の試験だった（「牙《きば》つきゼラニウム」にちょっと噛《か》まれたほかは、ハリーはまあまあのできだと思った）。そして、木曜日、「闇の魔術に対する防術」だ。ここではじめて、ハリーは確実に合格したと思った。筆記試験はどの質問にも苦もなく解答できた。そして、とくに楽しかったのが実技。玄関ホールへの扉のそばで冷ややかに眺めているアンブリッジの目の前で、ハリーは逆呪いや防衛呪文をすべて完璧にこなした。

「おーっ、ブラボー！」まね妖怪追放呪文を完全にやってのけたのを見て、ふたたびハリーの試験官をしていたトフティ教授が歓声を上げた。

「いやあ、実によかった！　ポッター、これでおしまいじゃが……ただし……」

教授が少し身を乗り出した。

「わしの親友のチベリウス・オグデンから、君は守護霊《しゅごれい》を創り出せると聞いておるのじゃが？　特別点はどうじゃな……？」

ハリーは杖《つえ》を構え、まっすぐアンブリッジを見つめて、アンブリッジがクビになることを想像した。

「エクスペクト・パトローナム！　守護霊よ来たれ！」

杖先から銀色の牡鹿《おじか》が飛び出し、大広間を端から端までゆっくりと駆け抜ける。試験官全員が振り向いてその動きを見つめていた。牡鹿が銀色の霞となって消えていくと、トフティ教授が静脈の浮き出たごつごつした手で、夢中になって拍手をした。

「すばらしい！」教授は称讃した。「よろしい。ポッター、もう行ってよし！」

扉横に控えるアンブリッジのそばを通り過ぎるとき、二人の目が合った。アンブリッジのだだっ広い、締まりのない口元に意地の悪い笑いが浮かんでいた。しかし、ハリーは気にならなかった。自分の大きな思いちがいでなければ（思いちがいということもあるので、だれにも言うつもりはなかったが）、たったいまハリーは、ＯＷＬ《ふくろう》試験で「Ｏ・優」を取ったはずだ。

金曜日、ハーマイオニーには「古代ルーン語」の試験があったが、ハリーとロンは一日休みだった。週末に時間がたっぷりあるので勉強はひと休みと、二人は決めた。

開け放した窓のそばで、伸びをしたりあくびをしたりしながら二人はチェスに興じた。窓から暖かな初夏の風が流れ込んでいる。森の端《はた》で授業をしているハグリッドの姿が遠くに見える。ハリーは、どんな生き物を観察しているのだろうと想像した――一角獣《ユニコーン》にちがいない。男の子が少し後ろに下がっているようだから。――肖像画の入口が開いて、ハーマイオニーがよじ登ってきた。ひどく機嫌が悪そうだ。

「ルーン語はどうだった？」ロンがウーンと伸びをしながら、あくび交じりで聞いた。

「一つ訳しまちがえたわ」ハーマイオニーが腹立たしげに言い捨てる。「エーフワズは協同っていう意味で防衛じゃないのに。私、アイフワズと勘違いしたの」

「ああ、そう」ロンは面倒くさそうに返した。「たった一か所のまちがいだろ？ それなら、まだ君は――」

「そんなこと言わないで！」ハーマイオニーが怒ったように言う。「たった一つのまちがいが合格不合格の分かれ目になるかもしれないのよ。それに、だれかがアンブリッジの部屋にまたニフラーを入れたわ。あの新しいドアからどうやって入れたのかしらね。とにかく、私、いまそこを通ってきたら、アンブリッジがものすごい剣幕でさけんでた――どうやら、ニフラーがアンブリッジの足をパックリ食いちぎろうとしたみたい――」

「いいじゃん」ハリーとロンが同時に言った。

「よくないの！」ハーマイオニーが熱くなる。「アンブリッジはハグリッドがやったと思うわ。憶《おぼ》えてる？　ハグリッドがクビになって欲しくないでしょ！」

「ハグリッドはいま授業中。ハグリッドのせいにはできないよ」ハリーが窓の外を顎《あご》でしゃくる。

「まあ、ハリーったら、ときどきとってもお人好しね。アンブリッジが証拠の挙がるのを待つとでも思うの？」

そう言うなり、ハーマイオニーはカンカンに怒ったままでいることに決めたらしく、さっさと女子寮のほうに歩いていき、ドアをバタンと閉めた。

「愛らしくてやさしい性格の女の子だよな」

クイーンを前進させてハリーのナイトをたたきのめしながら、ロンが小声で言い添えた。

ハーマイオニーの険悪ムードはほとんど週末中続いたが、土、日の大部分を月曜の「魔法薬学」の試験準備に追われていたハリーとロンにとって、無視するのはたやすかった。ハリーが一番受けたくない試験――それに、この試験が「闇祓《やみばら》い」の野望から転落するきっかけになることはまちがいない。案の定、筆記試験は難しかった。ただ、ポリジュース薬の問題は満点が取れたのではないかと思う。二年生のとき、禁を破って実際に飲んだので、その効果は正確に記述できた。

午後の実技は、ハリーの予想していたほど恐ろしいものではなかった。スネイプがかかわっていないと、ハリーはいつもよりずっと落ち着いて魔法薬の調合ができる。ハリーのすぐそばに座っていたネビルも、魔法薬の授業でハリーが見たこともないほどうれしそうだった。

マーチバンクス教授が、「試験終了です。大鍋《おおなべ》から離れてください」と言ったとき、サンプル入りのフラスコにコルク栓をしながら、ハリーは、高い点は取れないかもしれないが、運がよければ落第点は免れるだろうという気がした。

「残りはたった四つ」グリフィンドールの談話室にもどりながら、パーバティ・パチルがうんざりしたようにうめく。

「たった！」ハーマイオニーが噛《か》みつくように言い返した。「私なんか、まだ『数占い』があるのよ。たぶん一番手強い学科だわ！」

だれも噛みつき返すほど愚かではない、ハーマイオニーはどなる相手が見つからず、結局、談話室でのくすくす笑いの声が大きすぎると、一年生を何人か叱りつけるだけで終わった。

ハリーは、ハグリッドの体面を保つためにも、火曜日の「魔法生物飼育学」は絶対によい成績を取ろうと決心していた。実技試験は、禁じられた森の端の芝生で午後に行われた。まず、十二匹のハリネズミの中に隠れているナールを正確に見分ける試験だった（コツは、順番にミルクを与えること。ナールの針にはいろいろな魔力があり、非常に疑り深く、ミルクを見ると自分を毒殺するものと思い込んで狂暴になることが多い）。次にボウトラックルの正しい扱い方、大火傷を負わずに火蟹《ひがに》に餌をやり小屋を清掃すること、そして、たくさんある餌《えさ》の中から病気の一角獣《ユニコーン》に与える食餌《しょくじ》を選ぶことだ。

ハグリッドが小屋の窓から心配そうに覗いているのが見える。今日の試験官はぽっちゃりした小柄な魔女だったが、ハリーにほほえみかけて、これで終了、もう行ってよろしいと言った。ハリーは城にもどる際、ハグリッドに向かって「大丈夫」と親指をさっと上げて見せた。

水曜の午前中、「天文学」の筆記試験は十分なできだった。木星の衛星の名前を全部正しく書いたかどうかは自信がなかったが、少なくともどの衛星もコーヒーに覆われてはいないという確信があった。実技試験は夜まで待たなければならなかったので、午後はその代わりに「占い学」だった。

「占い学」に対するハリーの期待はもともと低かったが、それにしても結果は惨憺《さんたん》たるものだった。水晶玉は頑としてなにも見せてくれず、机の上で絵が動くのを見る努力をしたほうがまだましだと思うほどだ。「茶の葉占い」では完全に頭に血が上り、マーチバンクス教授はまもなく丸くて黒いびしょ濡れの見知らぬ者と出会うことになると予言した。大失敗のきわめつきは「手相学」で、生命線と知能線を取りちがえ、マーチバンクス教授は先週の火曜日に死んでいるはずだと告げてしまった。

「まあな、こいつは落第することになってたんだよ」

大理石の階段を上りながら、ロンががっくりしてこぼす。ロンの打ち明け話で、ハリーは少し気分が軽くなった。ロンは水晶玉に鼻にいぼのある醜い男が見えると、試験官に詳しく描写してみせたらしい。目を上げてみれば、玉に映った試験官本人の顔を説明していたことに気づいたと言う。

「こんなばかげた学科はそもそも最初から取るべきじゃなかったんだ」ハリーが言う。

「でも、これでもうやめられるぞ」ロンが受ける。

「ああ、木星と天王星が親しくなりすぎたらどうなるかと心配するふりはもうやめだ」ハリーが斬り捨てた。

「それに、これからは、茶の葉が『死ね、ロン、死ね』なんて書いたって気にするもんか——しかるべき場所、つまりゴミ箱に捨ててやる」

ハリーが笑った。そのとき後ろからハーマイオニーが走ってきて二人に追いついた。癇《かん》に障《さわ》るのはまずいと、ハリーはすぐに笑いを止めた。

「ねえ、『数占い』はうまくいったと思うわ」ハリーとロンはほっとため息をつく。

「じゃ、夕食の前に、急いで星座図を見直す時間があるわね……」

「天文学」の塔のてっぺんに着いたのは十一時だった。星を見るのには打ってつけの、雲のない静かな夜だ。校庭が銀色の月光を浴び、夜気が少し肌寒かった。生徒はそれぞれに望遠鏡を設置し、マーチバンクス教授の合図で配布されていた星座図に書き入れはじめた。

マーチバンクス、トフティ両教授が生徒の間をゆっくり歩き、生徒たちが恒星や惑星を観測して正しい位置を図に書き入れていくのを見て廻る。羊皮紙《ようひし》がこすれる音、ときおり望遠鏡と三脚の位置を調整する音、そして何本もの羽根ペンが走る音以外、あたりは静寂に包まれていた。三十分が経過し、やがて一時間が過ぎた。城の窓灯《まどあか》りが一つひとつ消えていくと、眼下の校庭に映っていた金色に揺らめく小さな四角い光が、次々にフッと暗くなった。

ハリーがオリオン座を図に書き入れ終わったそのとき、ハリーが立っている手すり壁の真下にある正面玄関の扉が開き、石段とその少し前の芝生まで明かりがこぼれた。ハリーは望遠鏡の位置を少し調整しながら、ちらりと下を覗いた。明るく照らし出された芝生に、五、六人の細長い影が動くのが見える。それから扉がピシャリと閉じられ、芝生はふたたび元の暗い海にもどった。

ハリーはまた望遠鏡に目を当て、焦点を合わせなおして今度は金星を観測した。星座図を見下ろし、金星をそこに書き入れようとしたが、どうもなにかが気になる。羊皮紙《ようひし》の上に羽根ペンをかざしたまま、ハリーは目を凝らして暗い校庭を見た。五つの人影が芝生を歩いている。影が動いていなければ、そして月明かりがその頭を照らしていなければ、その姿は足下の芝生に呑《の》まれて見分けなどつかなかっただろう。こんな距離から見ても、ハリーにはなぜか、集団を率いているらしい一番ずんぐりした姿の歩き方に見覚えがあった。

真夜中過ぎにアンブリッジが散歩をする理由は思いつかない。ましてや四人を従えてだ。そのときだれかが背後で咳《せき》をし、ハリーは試験の真っ最中だということを思い出した。金星がどこにあったのか、すっかり忘れてしまった。ハリーは望遠鏡に目を押しつけて金星をふたたび見つけ出し、もう一度星座図に書き入れようとした。そのとき、怪しい物音に敏感になっているハリーの耳に、遠くで扉をノックする音が、人気のない校庭を伝わって響いてくる。その直後に、大型犬の押し殺したような吠《ほ》え声が聞こえた。

ハリーは顔を上げた。心臓が早鐘を打っている。ハグリッドの小屋の窓に灯《あか》りが点《とも》り、さきほど芝生を横切っていった人影が、いまはその灯りを受けてシルエットを見せている。戸が開き、輪郭がくっきりとわかる五人の姿が敷居をまたぐのがはっきり見えた。戸がふたたび閉まり、しんとなった。

ハリーは気が気ではなかった。ロンとハーマイオニーも自分と同じように気づいているかどうか、あたりをちらちら見回した。しかしそのとき、マーチバンクス教授が背後に巡回してきた。だれかの答案を盗み見ていると思われてはまずい。ハリーは急いで自分の星座図を覗き込み、なにか書き加えているふりをする。その実、ハリーは、手すり壁の上から、ハグリッドの小屋を覗き見ていた。影のような姿はいま、小屋の窓を横切り、一時的に灯りを遮《さえぎ》った。

マーチバンクス教授の目を首筋に感じて、ハリーはもう一度望遠鏡に目を押し当てて、月を見上げた。月の位置はもう一時間も前に書き入れている。マーチバンクス教授が離れていったとき、ハリーは遠くの小屋からの吠え声を聞いた。声は闇を衝《つ》いて響き渡り、天文学塔のてっぺんまで聞こえてくる。ハリーのまわりの数人が、望遠鏡の後ろからひょいと顔を出し、ハグリッドの小屋のほうを見る。

トフティ教授がコホンとまた軽く咳をした。

「みなさん、気持ちを集中するんじゃよ」教授がやさしく注意する。

大多数の生徒はまた望遠鏡にもどった。ハリーが左側を見ると、ハーマイオニーが、放心したようにハグリッドの小屋を見つめている。

「ゥオホン――あと二十分」トフティ教授が言う。

ハーマイオニーは飛び上がって、すぐに星座図にもどった。ハリーも自分の星座図を見る。金星をまちがえて火星と書き入れていたことに気づき、かがんで訂正した。校庭にバーンと大音響が轟《とどろ》いた。あわてて下を見ようとした何人かが、望遠鏡の端で顔を突いてしまい、「あいたっ！」とさけぶ。

ハグリッドの小屋の戸が勢いよく開いた。中からあふれ出る光でハグリッドの姿がはっきりと見える。五人に取り囲まれ、巨大な姿が吠《ほ》え、両の拳《こぶし》を振り回している。五人がいっせいにハグリッドめがけて細い赤い光線を発射している。「失神《しっしん》」させようとしているらしい。

「やめて！」ハーマイオニーがさけぶ。

「慎みなさい！」トフティ教授が咎《とが》めるように言った。「試験中じゃよ！」

しかし、もうだれも星座図など見てはいなかった。ハグリッドの小屋の周囲で赤い光線が飛び交い続けている。しかし、光線はなぜかハグリッドの体で撥《は》ね返されているようだ。ハグリッドは依然としてがっしりと立ち、ハリーの見るかぎりまだ戦っていた。怒号《どごう》とさけび声が校庭に響き渡る。

「おとなしくするんだ、ハグリッド！」男がさけぶ。

「おとなしくが糞喰《くそく》らえだ。ドーリッシュ、こんなことでおれは捕まらんぞ！」ハグリッドが吠えた。

ファングの姿が小さく見えた。ハグリッドを護ろうと、まわりの魔法使いに何度も飛びかかっている。しかし、ついに「失神光線」に撃たれ、ばったりと倒れる。ハグリッドは怒りに吠え、ファングを倒した犯人を体ごと持ち上げて投げ飛ばした。男は数メートルも吹っ飛んだろうか、そのまま起き上がらない。ハーマイオニーは両手で口を押さえ、息を呑《の》む。ハリーがロンを振り返ると、ロンも恐怖の表情を顔に貼りつけている。三人ともいままで、ハグリッドの本気で怒っている姿を見たことがなかった。

「見て！」

手すり壁から身を乗り出しているパーバティが金切り声を上げ、城の真下を指さした。正面扉がふたたび開いていた。暗い芝生にまた光がこぼれ、一つの細長い影が、芝生を波立たせて進んでいく。

「ほれ、ほれ！」トフティ教授が気を揉《も》んだ。「あと十六分しかないのですぞ！」

しかし、いまやだれ一人として教授の言うことに耳を傾けようとはしない。だれもが、ハグリッドの小屋をめざし、戦いの場へと疾走する一つの人影を見つめていた。

「なんということを！」人影が走りながらさけんだ。「なんということを！」

「マクゴナガル先生だわ！」ハーマイオニーがささやいた。

「おやめなさい！　やめるんです！」マクゴナガル先生の声が闇を走る。「なんの理由があって攻撃するのです？　なにもしていないのに。こんな仕打ちを――」

ハーマイオニー、パーバティ、ラベンダーが悲鳴を上げる。小屋のまわりの人影から、四本もの「失神光線《しっしんこうせん》」がマクゴナガル先生めがけて発射された。小屋と城のちょうど半ばで、赤い光線がマクゴナガル先生を突き刺した。一瞬、先生の体が輝き、不気味な赤い光を発した。そして体が撥《は》ね上がり、仰向けにドサッと落下し、そのまま動かなくなった。

「南無三《なむさん》！」

試験のことをすっかり忘れてしまったかのように、トフティ教授がさけんだ。

「不意打ちだ！　けしからん仕業だ！」

「卑怯者！」ハグリッドが大音声《だいおんじょう》でさけんだ。

その声は塔のてっぺんにまでもはっきり聞こえた。城の中でもあちこちで灯《あか》りが点《つ》きはじめた。

「とんでもねえ卑怯者め！　これでも食らえ――これでもか――」

「あーっ――」ハーマイオニーが息を呑《の》んだ。

ハグリッドが一番近くで攻撃していた二つの人影に思いっ切り拳《こぶし》を振《ふる》った。あっという間に二人がなぎ倒される。気絶したらしい。そのあとで、ハグリッドは背中を丸めて前屈みになる。ついに呪文に倒れたかのように見えた。しかし、倒れるどころか次の瞬間、ハグリッドは背中に袋のようなものを背負ってぬっと立ち上がった。――呪いに撃たれてぐったりしたファングを肩に担いでいるのだと、ハリーはすぐ気づいた。

「捕まえなさい、捕まえろ！」アンブリッジがさけぶ。

しかし一人残った助っ人はハグリッドの拳の届く範囲に近づくのをためらっている。むしろ、急いで後ずさりしはじめ、気絶した仲間の一人につまずいて転んだ。ハグリッドは向きを変え、首にファングを巻きつけるように担いだまま、走り出していた。アンブリッジが「失神光線」で最後の追い討ちをかけたが、外れた。ハグリッドは全速力で遠くの校門へと走り、闇に消えた。

静寂に震えが走り、長い一瞬が続いた。全員が口を開けたまま校庭を見つめている。やがてトフティ教授が弱々しい声で告げた。

「うむ……みなさん、あと五分ですぞ」

ハリーはまだ三分の二しか図を埋めていなかったが、早く試験が終わって欲しかった。ようやく終わったあと、ハリー、ロン、ハーマイオニーは望遠鏡をいいかげんにケースに押し込み、螺旋《らせん》階段を飛ぶように下りた。生徒はだれも寮にはもどらず、階段の下で、いま見たことを興奮した様子で大声で話し合っている。

「あの悪魔！」ハーマイオニーが喘《あえ》ぎながら吐《は》き棄《す》てた。怒りでまともに話もできないほどだ。「真夜中にこっそりハグリッドを襲うなんて！」

「トレローニーの二の舞を避けたかったのはまちがいない」アーニー・マクミランが、人垣を押し分けて三人の会話に加わり、思慮深げに言う。

「ハグリッドはよくやったよな？」ロンは感心したというより恐いという顔で言う。「どうして呪文が撥《は》ね返ったんだろう？」

「巨人の血のせいよ」ハーマイオニーが震えながら答える。「巨人を『失神』させるのはとっても難しいわ。トロールと同じで、とってもタフなの……それよりもおかわいそうなマクゴナガル先生……『失神光線』を四本も胸に。もうお若くはないでしょう？」

「ひどい、実にひどい」アーニーはもったいぶって頭を振った。「さあ、僕はもう寝るよ。みんな、おやすみ」

いま目撃したことを興奮冷めやらずに話しながら、三人のまわりからだんだん人が去っていく。

「少なくとも連中は、ハグリッドをアズカバン送りにはできなかったな」

ロンがあらためて状況を口にした。

「ハグリッドはダンブルドアのところへ行ったんだろうな？」

「そうだと思うわ」ハーマイオニーは涙ぐんでいる。「ああ、ひどいわ。ダンブルドアはすぐにもどっていらっしゃると、ほんとにそう思ってたのに、今度はハグリッドまでいなくなってしまうなんて」

　三人が足取りも重くグリフィンドールの談話室にもどると、そこは超満員だった。校庭での騒ぎで何人かの生徒が目を覚まし、その何人かが急いで友達を起こしたようだ。三人より先に帰っていたシェーマスとディーンが、天文学塔のてっぺんで見聞きしたことを、みなに話して聞かせていた。

「だけど、どうしていまハグリッドをクビにするの？」アンジェリーナ・ジョンソンが腑に落ちないと首を振る。「トレローニーの場合とはちがう。今年はいつもよりずっといい授業をしていたのに！」

「アンブリッジは半人間を憎んでるわ」肘掛椅子《ひじかけ》に崩れるように腰を下ろしながら、ハーマイオニーが苦々しげに言った。「前からずっとハグリッドを追い出そうと狙っていたのよ」

「それに、ハグリッドが自分の部屋にニフラーを入れたって思ってるわ」

　ケイティ・ベルが引き取った。

「ゲッ、やばい」リー・ジョーダンが口を覆った。「ニフラーをあいつの部屋に入れたのは僕だよ。フレッドとジョージが二、三匹僕に残していったんだ。浮遊術で窓から入れたのさ」

「アンブリッジはどっちみちハグリッドをクビにしたさ」ディーンが言う。「ハグリッドはダンブルドアに近すぎたもの」

「そのとおりだ」ハリーもハーマイオニーの隣の肘掛《ひじかけ》椅子に埋もれた。

「マクゴナガル先生が大丈夫だといいんだけど」ラベンダーが涙声で言う。

「みんなが城に運び込んだよ。僕たち、寮の窓から見てたんだ」コリン・クリービーが言った。「あんまりよくないみたいだった」

「マダム・ポンフリーが治すわ」アリシア・スピネットがきっぱりと言い切った。

「いままで治せなかったことがないもの」


談話室が空になったのはもう明け方の四時近くだった。ハリーは目が冴《さ》えていた。ハグリッドが暗闇に疾走していく姿が、脳裏を離れない。アンブリッジに腹が立って、どんな罰を与えても十分ではないような気がした。ただし、腹ぺこの「尻尾《しっぽ》爆発スクリュート」の檻《おり》に餌《えさ》として放り込めというロンの意見は、一考する価値があると思った。

ハリーは、身の毛のよだつような復讐はないかと考えながら眠りについた。それでも三時間後に起きたときは、まったく寝たような気がしなかった。

最後の試験は「魔法史」で、午後に行われる予定だ。朝食後、ハリーはもう一度ベッドにもどりたくてしかたがなかった。しかし、午前中を最後の追い込みに当てていたので、談話室の窓際に座り、両手で頭を抱えて必死で眠り込まないようにしながら、ハーマイオニーが貸してくれた一メートルの高さに積み上げられたノートを拾い読みした。

五年生は二時に大広間に入り、裏返しにされた試験問題の前に座った。ハリーは疲れ果てていた。とにかくこれを終えて眠りたい。そして明日、ロンと二人でクィディッチ競技場に行こう――ロンの箒《ほうき》を借りて飛ぶんだ――そして、勉強から解放された自由を味わうんだ。

「試験問題を開いて」

大広間の奥からマーチバンクス教授が合図し、巨大な砂時計をひっくり返した。

「始めてよろしい」

ハリーは最初の問題をじっと見た。数秒後、一言も頭に入っていない自分に気づく。高窓の一つにスズメバチがぶつかり、ブンブンと気が散る音を立てている。ゆっくりと、まだるっこく、ハリーはやっと答えを書きはじめた。

名前がなかなか思い出せなかったし、年号もあやふやだった。四番の問題に飛んだ。

四、杖《つえ》規制法は、十八世紀の小鬼《ゴブリン》の反乱の原因になったか。それとも反乱をよりよく掌握するのに役立ったか。意見を述べよ。

時間があったらあとでこの問題にもどろうと思い、第五問に挑戦した。

五、一七四九年の秘密保護法の違反はどのようなものであったか。また、再発防止のためにどのような手段が導入されたか。

自分の答えは重要な点をいくつか見落としているような気がして、どうにも気にかかる。どこかで吸血鬼が登場したような感じがする。

ハリーは後ろのほうの問題を見て、絶対に答えられるものを探した。十番の問題に目が止まる。

十、国際魔法使い連盟の結成にいたる状況を記述せよ。また、リヒテンシュタインの魔法戦士が加盟を拒否した理由を説明せよ。

頭はどんよりとして動かなかったが、これならわかる、とハリーは思った。ハーマイオニーの手書きの見出しが目に浮かぶ。「国際魔法使い連盟の結成」……このノートは今朝読んだばかりだ。

ハリーは書きはじめた。ときどき目を上げてマーチバンクス教授の脇の机に置いてある大型砂時計を確認する。ハリーの真ん前はパーバティ・パチルで、長い黒髪が椅子の背よりも下に流れていた。一、二度、パーバティが頭を少し動かすたびに、髪に小さな金色の光がきらめくのをじっと見つめている自分に気づき、ハリーは自分の頭をぶるぶるっと振ってはっきりさせなければならなかった。

「……国際魔法使い連盟の初代最高大魔法使いはピエール・ボナコーであるが、リヒテンシュタインの魔法社会は、その任命に異議を唱えた。なぜならば――」

ハリーの周囲ではだれもかれもが、あわてて巣穴を掘るネズミのような音を立て、羊皮紙《ようひし》に羽根ペンで書きつけている。頭の後ろに太陽が当たって暑い。ボナコーはなにをしてリヒテンシュタインの魔法使いを怒らせたんだっけ？　トロールと関係があったような気がするけど……ハリーはまたぼうっとパーバティの髪を見つめていた。「開心術」が使えたら、パーバティの後頭部の窓を開いて、ピエール・ボナコーとリヒテンシュタインの不和の原因になったのはトロールのなんだったのかが見られるのに……。

ハリーは目を閉じ、両手に顔を埋《うず》めた。瞼《まぶた》の裏の赤い火照りが、暗くひんやりとしてきた。ボナコーはトロール狩りをやめさせ、トロールに権利を与えようとした……しかし、リヒテンシュタインはとくに狂暴な山トロールの一族にてこずっていた……それだ。

ハリーは目を開けた。羊皮紙の輝くような白さが目に滲《し》みて涙が出た。ゆっくりと、ハリーはトロールについて二行書き、そこまでの答えを読み返す。この答えでは情報も少ないし詳しくもない。しかし、ハーマイオニーの連盟に関するノートはなんページもなんページも続いていたはずだ。

ハリーはまた目を閉じた。ノートが見えるように、思い出せるように……連盟の第一回の会合はフランスで行われた。そうだ。でも、それはもう書いてしまった……。小鬼は出席しようとしたが、締め出された……それも、もう書いた……。そして、リヒテンシュタインからはだれも出席しようとしなかった……。

考えるんだ。両手で顔を覆い、ハリーは自分自身に言い聞かせた。周囲で羽根ペンがカリカリと、果てしのない答えを書き続けている。正面の砂時計の砂がサラサラと落ちていく……。

ハリーはまたしても、神秘部の冷たく暗い廊下を歩いている。目的に向かうしっかりとした足取りで、ときおり走った。今度こそ目的地に到達するのだ……いつものように、黒い扉がパッと開いてハリーを入れた。ここは、たくさんの扉がある円形の部屋だ……。

石の床をまっすぐ横切り、二番目の扉を通り……壁にも床にも点々と灯《あか》りが踊る。そしてあの奇妙なコチコチという機械音。しかし、探求している時間はない。急がなければ……。

第三の扉までの最後の数歩は駆け足だった。この扉も、他の扉と同じくひとりでにパッと開いた……。

ふたたびハリーは、大聖堂のような広い部屋にいた。棚が立ち並び、たくさんのガラスの球が置いてある……心臓がいまや激しく喉元《のどもと》を打っている……今度こそ、そこに着く……九十七番に着いたとき、ハリーは左に曲がり、二列の棚の間の通路を急いだ……。

しかし、突き当たりの床に人影がある。黒い影が、手負いの獣のようにうごめいている……ハリーの胃が恐怖で縮んだ……いや興奮で……。

ハリーの口から声が出た。かん高い、冷たい、人間らしい思いやりのかけらもない声が……。

「それを取れ。俺様《おれさま》のために……さあ、持ち上げるのだ……俺様は触れることができぬ……しかし、おまえにはできる……」

床の黒い影がわずかに動いた。指の長い白い手が、ハリー自身の腕の先についている。その手が杖《つえ》をつかんで上がるのが見えた……かん高い冷たい声が「クルーシオ！苦しめ！」と唱えるのを、ハリーは聞いた。

床の男が苦痛にさけび声を漏《も》らし、立とうとしたが、また倒れてのた打ち回る。ハリーは笑っていた。ハリーは杖を下ろした。呪いが消え、人影はうめき声を上げて動かなくなった。

「ヴォルデモート卿《きょう》が待っているぞ……」

床の男は、両腕をわなわなと震わせ、ゆっくりと肩をわずかに持ち上げ、顔を上げた。血まみれの、やつれた顔が、苦痛に歪《ゆが》みながらも、頑として服従を拒んでいた……。

「殺すなら殺せ」シリウスがかすかな声で言う。

「言われずとも最後はそうしてやろう」

冷たい声が返す。

「しかし、ブラック、まず俺様《おれさま》のためにそれを取るのだ……これまでの痛みが本当の痛みだと思っているのか？　考えなおせ……時間はたっぷりある。だれにも貴様のさけび声は聞こえぬ……」

ところが、ヴォルデモートがふたたび杖《つえ》を下ろしたとき、だれかがさけんだ。だれかが大声を上げ、熱い机から冷たい石の床へと横ざまに落ちた。床にぶつかり、ハリーは目を覚ました。まだ大声でさけんでいる。

傷痕《きずあと》が火のように熱く、ハリーの周囲で、大広間は騒然となっていた。

第32章　炎の中から

「行きません……医務室に行く必要はありません……行きたくない……」トフティ教授を振り解きながら、ハリーは切れ切れに言葉を吐《は》く。生徒がいっせいに見つめる中、ハリーを支えて玄関ホールまで連れ出したトフティ教授は気遣わしげにハリーを見ている。

「僕――僕、なんでもありません。先生」ハリーは顔の汗を拭《ぬぐ》い、つっかえながら訴えた。「大丈夫です……眠ってしまって……怖い夢を見て……」

「試験のプレッシャーじゃな！」老魔法使いは、ハリーの肩をわなわなする手で軽くたたきながら、同情するように言う。「さもありなん、お若いの、さもありなん！さあ、冷たい水を飲んで。大広間にもどっても大丈夫かの？　試験はもうほとんど終わっておるが、最後の仕上げをしてはどうかな？」

「はい」ハリーは自分がなにを答えているかもわかっていなかった。「あの……いいえ……もう、いいです……できることはやったと思いますから……」

「そうか、そうか」老魔法使いはやさしくいたわった。「私が君の答案用紙を集めようの。君はゆっくり横になるがよい」

「そうします」ハリーはこっくりとうなずく。「ありがとうございます」

老教授の踵《かかと》が大広間の敷居の向こうに消えるや、ハリーは大理石の階段を駆け上がり、廊下を突っ走った。あまりの速さに、通り道の肖像画がブツブツ文句を言う。さらに何階分かの階段を矢のように駆け上り、最後は医務室の両開き扉を開けて嵐のように突っ込んだ。マダム・ポンフリーが――ちょうどモンタギューに口を開けさせ、あざやかなブルーの液体をスプーンで飲ませているところだった――驚いて悲鳴を上げる。

「ポッター、どういうつもりです？」

「マクゴナガル先生にお会いしたいんです」ハリーが息も絶え絶えに言葉を吐《は》いた。「いますぐ……緊急なんです！」

「ここにはいませんよ、ポッター」マダム・ポンフリーが悲しそうに言う。「今朝、聖マンゴに移されました。あのお年で、『失神光線』が四本も胸を直撃でしょう？命があったのが不思議なくらいです」

「先生が……いない？」ハリーはショックに言葉を失った。

すぐ外でベルが鳴り、いつものように生徒たちが医務室の上や下の廊下にあふれ出るドヤドヤという騒音が遠くに聞こえる。ハリーはマダム・ポンフリーを見つめたまま、じっと動かなかった。恐怖がわき上がってくる。

話せる人はもうだれも残っていない。ダンブルドアは行ってしまった。ハグリッドもまた行ってしまった。それでも、マクゴナガル先生がいると思っていた。短気で融通がきかないところはあるかもしれないが、マクゴナガルはやはりいつでも信頼できる確実な存在だった……。

「驚くのもむりはありません、ポッター」マダム・ポンフリーが怒りを込めて、まったくそのとおりという顔をする。「昼日中に一対一で対決したら、あんな連中なんぞにミネルバ・マクゴナガルが『失神』させられるものですか！　卑怯者、そうです……見下げ果てた卑劣な行為です……わたしがいなくなれば生徒はどうなるかと心配でなかったら、わたしだって抗議の辞任をするところです」

「ええ」ハリーはなにも理解せずに相槌《あいづち》を打つ。

頭が真っ白のまま、医務室から込み合った廊下に出たハリーは、人込みに揉《も》まれながら立ち尽くした。言いようのない恐怖が、毒ガスのようにわき上がり、頭がぐらぐらして、どうしていいやら途方に暮れる……。

ロンとハーマイオニー。頭の中で声がした。

ハリーはまた走り出した。生徒たちを押し退《の》け、みなが怒る声にも気づかずに全速力で二つの階を下り、大理石の階段の上に着いたとき、二人が急いでハリーのほうにやってくるのが見えた。

「ハリー！」ハーマイオニーが、引きつった表情ですぐさま呼びかけた。「なにがあったの？　大丈夫？　気分が悪いの？」

「どこに行ってたんだよ？」ロンが問い詰めるように聞く。

「一緒にきて」ハリーは急き込んだ。「早く。話したいことがあるんだ」

ハリーは二人を連れて二階の廊下を歩き、あちこちの部屋を覗き込んでやっと空いている教室を見つけ、そこに飛び込んだ。ロンとハーマイオニーを入れるとすぐドアを閉め、ハリーはドアに寄りかかって二人と向き合った。

「シリウスがヴォルデモートに捕まった」

「ええっ？」

「どうしてそれが――？」

「見たんだ。ついさっき。試験中に居眠りしたとき」

「でも――でも、どこで？　どんなふうに？」真っ青な顔で、ハーマイオニーが問いかける。

「どうやってかはわからない」ハリーが説明する。「でも、どこなのかははっきりわかる。神秘部に、小さなガラスの球で埋まった棚がたくさんある部屋があるんだ。二人は九十七列目の棚の奥にいる……あいつがシリウスを使って、なんだか知らないけどそこにある自分の手に入れたいものを取らせようとしてるんだ……あいつがシリウスを拷問してる……最後には殺すって言ってるんだ！」

ハリーは、膝《ひざ》が震え、声も震えている自分に気づいた。机に近づき、その上に腰掛け、なんとか自分を落ち着かせようとした。

「僕たち、どうやったらそこへ行けるかな？」ハリーが聞く。

一瞬、沈黙が流れた。やがてロンが口を開く。「そこへ、い――行くって？」

「神秘部に行くんだ。シリウスを助けに！」ハリーは大声を出した。

「でも――ハリー……」ロンの声が細くなった。

「なんだ？　なんだよ？」ハリーは詰問調になる。

まるで自分が理不尽なことを聞いているかのように二人が呆気《あっけ》に取られた顔で自分を見ているのが、ハリーには理解できなかった。

「ハリー」ハーマイオニーの声は、なんだか怖がっているようだ。「あの……あの、どうやって……ヴォルデモートはどうやって、だれにも気づかれずに神秘部に入れたのかしら？」

「僕が知るわけないだろ？」ハリーは声を荒らげる。「僕たちがどうやってそこに入るかが問題なんだ！」

「でも……ハリー、ちょっと考えてみて」

ハーマイオニーが一歩ハリーに詰め寄る。

「いま、夕方の五時よ……魔法省には大勢の人が働いているわ……ヴォルデモートもシリウスも、どうやってだれにも見られずに入れる？　ハリー……二人とも世界一のお尋《たず》ね者なのよ……闇祓《やみばら》いだらけの建物に、だれにも気づかれずに入ることができると思う？」

「さあね。ヴォルデモートは『透明マント』とかなんとかを使ったのさ！」ハリーがさけんだ。

「とにかく、神秘部は、僕がいつ行っても空っぽだ——」

「あなたは一度も神秘部に行ってはいないわ」ハーマイオニーが静かに訂正する。

「そこの夢を見た。それだけよ」

「普通の夢とはちがうんだ！」

今度はハリーが立ち上がってハーマイオニーに一歩詰め寄り、真正面から大声を浴びせかけった。肩をつかんでがたがた揺すぶってやりたかった。

「ロンのパパのことはいったいどうなんだ？　あれはなんだったんだ？　おじさんの身に起きたことが、どうして僕にわかったんだ？」

「それは言えてるな」ロンがハーマイオニーを見ながら静かに肯定する。

「でも、今回のは――あまりにもありえないことよ！」ハーマイオニーがほとんど捨《す》て鉢《ばち》になって反論する。「ハリー、シリウスはずっとグリモールド・プレイスにいるのに、いったいどうやってヴォルデモートがシリウスを捕まえたって言うの？」

「シリウスは神経が参っちゃって、ちょっと気分転換したくなったのかも」ロンが心配そうに答える。「ずいぶん前から、あそこを出たくてしょうがなかったんだからな――」

「でも、なぜなの？」ハーマイオニーは言い張る。「ヴォルデモートが武器だかなんだかを取らせるのに、いったいなぜシリウスを使いたいわけ？」

「知るもんか。理由は山ほどあるだろ！」ハリーがハーマイオニーに向かって大声を上げる。「たぶん、シリウスの一人や二人痛めつけたって、ヴォルデモートはなんとも感じないんだろ――」

「あのさあ、いま思いついたんだけど」ロンが声をひそめた。「シリウスの弟は『死喰い人』だったよね？　たぶんその弟がシリウスに、どうやって武器を手に入れるか、秘密を教えたんだ！」

「そうだ――だからダンブルドアは、あんなにシリウスを閉じ込めておきたがったんだ！」

ハリーにとって、ロンの思いつきは渡りに舟だった。

「ねえ、悪いけど」ハーマイオニーの声が高くなる。「二人とも辻褄《つじつま》が合ってないことに気がつかない？　それに、言ってることになんの証拠もないわ。ヴォルデモートとシリウスがそこにいるかどうかさえ確かではないし――」

「ハーマイオニー、ハリーは二人を見たんだ！」ロンが急にハーマイオニーに詰め寄る。

「いいわ」ハーマイオニーは気圧されながらもきっぱりと言った。「でも、これだけは言わせて――」

「なんだい？」

「ハリー……あなたを批判するつもりじゃないのよ！　でも、あなたって……なんて言うか……つまり……ちょっとそんなところがあるんじゃないかって――その――人助け癖って言うかな？」

ハリーはハーマイオニーを睨《にら》みつけた。

「それ、どういう意味なんだ？『人助け癖』って？」

「あの……あなたって……」ハーマイオニーはますます不安そうな顔をする。「つまり……たとえば去年も……湖で……三校対抗試合のとき……すべきじゃなかったのに……つまり、あのデラクールの妹を助ける必要がなかったのに……あなた少し……やりすぎて……」

ちくちくするような熱い怒りがハリーの体を駆け巡る。こんなときに、あの失敗を思い出させるなんて、どういうつもりだ？

「もちろん、あなたがそうしたのは、本当に偉かったわ」ハリーの表情を見て、すくみ上がり、ハーマイオニーがあわてて言い足した。「みんなが、すばらしいことだって思ったわ――」

「それは変だな」ハリーは声が震えた。「だって、ロンがなんて言ったかはっきり憶《おぼ》えてるけど、僕が『英雄気取りで』時間をむだにしたって……。今度もそうだって言いたいのか？　僕がまた英雄気取りになってると思うのか？」

「ちがうわ。ちがう、ちがう！」ハーマイオニーはひどく驚いた顔をした。「そんなことを言ってるんじゃないわ！」

「じゃ、早く言いたいことを全部言えよ。僕たち、ただ時間をむだにしてるだけじゃないか！」

ハリーは、いらだちを抑えられずどなりまくった。

「私が言いたいのは――ハリー、ヴォルデモートはあなたのことを知っているわ。ジニーを秘密の部屋に連れていったのは、あなたを誘い出すためだった。『あの人』はそういう手を使うのよ。『あの人』は知ってるのよ、あなたが――シリウスを救いにいくような人間だって！　『あの人』がただ、あなたを神秘部に誘《おび》き寄せようとしてるんだったら――？」

「ハーマイオニー、あいつが僕をあそこに行かせるためにやったかどうかなんて、どうでもいいんだ――マクゴナガルは聖マンゴに連れていかれたし、僕たちが話のできる騎士団は、もうホグワーツには一人もいない。そして、もし僕らが行かなければ、シリウスは死ぬんだ！」

「でもハリー――あなたの夢が、もし――単なる夢だったら？」

ハリーは焦《じ》れったさにわめき声を上げた。ハーマイオニーはびくっとして、ハリーから離れるように後ずさった。

「君にはわかってない！」ハリーがふたたび大声を上げた。「悪夢を見たんじゃない。ただの夢じゃないんだ！　なんのための『閉心術』だったと思う？　ダンブルドアがなぜ僕にこういうことを見ないようにさせたかったと思う？　なぜなら全部本当のことだからなんだ、ハーマイオニー――シリウスが窮地に陥ってる。僕はシリウスを見たんだ。ヴォルデモートに捕まったんだ。これは事実なんだ。ほかにはだれも知らない。つまり、助けられるのは僕たちしかいないんだ。君がやりたくないなら、一緒にこなくたっていいさ。だけど、僕は行く。わかったね？　それに、僕の記憶が正しければ、君を吸魂鬼から救い出したとき、君は『人助け癖』が問題だなんて言わなかった。それに――」ハリーはロンを見た。「――君の妹を僕がバジリスクから助けたときだって――」

「僕は問題だなんて一度も言ってないぜ」ロンが熱くなった。

「だけど、ハリー、あなた、たったいま自分で言ったわ」ハーマイオニーが激しい口調で言い返した。「ダンブルドアは、あなたにこういうことを頭から締め出す訓練をして欲しかったのよ。ちゃんと『閉心術』を実行していたら、見なかったはずよ、こんな――」

「なんにも見なかったかのように振る舞えって言うんだったら――」

「シリウスが言ったでしょう。あなたが心を閉じることができるようになるのが、なによりも大切だって！」

「いいや、シリウスも言うことが変わるさ。僕がさっき見たことを知ったら――」

教室のドアが開いた。ハリー、ロン、ハーマイオニーがさっと振り向く。ジニーが何事だろうという顔で入ってくる。そのあとから、いつものようにたまたま迷い込んできたような顔で、ルーナも入ってきた。

「こんにちは」ジニーが戸惑いながら挨拶をする。「ハリーの声が聞こえたのよ。なんでどなってるの？」

「なんでもない」ハリーが乱暴に言う。

ジニーが眉《まゆ》を吊り上げた。

「私にまで八つ当たりする必要はないわ」ジニーが冷静に返す。「なにか私にできることはないかと思っただけよ」

「じゃ、ないよ」ハリーはぶっきらぼうだ。

「あんた、ちょっと失礼よ」ルーナがのんびりと言う。

ハリーは悪態をついて顔を背けた。いまこんなときに、ルーナ・ラブグッドとばか話なんか、絶対にしたくない。

「待って」突然ハーマイオニーが言った。

「待って……ハリー、この二人に手伝ってもらえるわ」

ハリーとロンがハーマイオニーを見た。

「ねえ」ハーマイオニーが急き込んだ。「ハリー、私たち、シリウスがほんとに本部を離れたのかどうか、はっきりさせなきゃ」

「言っただろう。僕が見たん――」

「ハリー、お願いだから!」ハーマイオニーが必死で説く。「お願いよ。ロンドンに出撃する前に、シリウスが家にいるかどうかだけ確かめましょう。もしあそこにいなかったら、そのときは、約束する。もうあなたを引き止めない。私も行く。私、やるわ――シリウスを救うために、ど――どんなことでもやるわ」

「シリウスが拷問されてるのは、いまなんだ！」ハリーがどなった。「ぐずぐずしてる時間はないんだ」

「でも、もしヴォルデモートの罠《わな》だったら。ハリー、確かめないといけないわ。どうしてもよ」

「どうやって？」ハリーが問い詰める。「どうやって確かめるんだ？」

「アンブリッジの暖炉を使って、それでシリウスと接触できるかどうかやってみなくちゃ」

ハーマイオニーは考えただけでも恐ろしいという顔をする。

「もう一度アンブリッジを遠ざけるわ。でも、見張りが必要なの。そこで、ジニーとルーナが使えるわ」

「うん、やるわよ」いったいなにが起こっているのか、理解に苦しんでいる様子だったが、ジニーは即座に答えた。

「『シリウス』って、あんたたちが話してるのは『スタビィ・ボードマン』のこと？」

ルーナもルーナらしく言う。

だれも答えない。

「オーケー」ハリーは食ってかかるようにハーマイオニーに言う。「オーケー。手早くそうする方法が考えられるんだったら、賛成するよ。そうじゃなきゃ、僕はいますぐ神秘部に行く」

「神秘部？」ルーナが少し驚いたような顔をした。「でも、どうやってそこへ行くの？」

またしてもハリーは無視した。

「いいわ」

ハーマイオニーは両手をからみ合わせて机の間を往《い》ったり来たりしながら言った。

「いいわ……それじゃ……だれか一人がアンブリッジを探して——別な方向に追いはらう。部屋から遠ざけるのよ。口実は——そうね——ピーブズがいつものように、なにかとんでもないことをやらかそうとしているとか……」

「僕がやる」ロンが即座に手を挙げた。「ピーブズが『変身術』の部屋をぶち壊してるとかなんとか、あいつに言うよ。アンブリッジの部屋からずうっと遠いところだし。どうせだから、途中でピーブズに出会ったら、ほんとにそうしろって説得できるかもしれないからな」

「変身術」の部屋をぶち壊すことにハーマイオニーが反対しなかったことが、事態の深刻さを示している。

「オーケー」

ハーマイオニーは眉間《みけん》にしわを寄せて、往《い》ったり来たりし続けていた。

「それと、私たちが部屋に侵入している間、生徒たちをあの部屋から遠ざけておく必要があるわ。じゃないと、スリザリン生のだれかが、きっとアンブリッジに告げ口する」

「ルーナと私が廊下の両端に立つわ」ジニーがすばやく答える。「そして、だれかが『首絞《くびじ》めガス』をどっさり流したから、あそこに近づくなって警告するわ」

ハーマイオニーは、ジニーが手回しよくこんな嘘を考えついたことに、驚いた顔をする。ジニーは肩をすくめた。

「フレッドとジョージが、いなくなる前にそれをやろうって計画していたのよ」

「オーケー」ハーマイオニーがおもむろに言う。「それじゃ、ハリー、あなたと私は『透明マント』をかぶって、部屋に忍び込む。そしてあなたはシリウスと話ができる――」

「ハーマイオニー、シリウスはあそこにいないんだ！」

「あのね、あなたは――シリウスが家にいるかどうか確かめられるっていう意味よ。その間、私が見張ってるわ。アンブリッジの部屋にあなた一人だけでいるべきじゃないと思うの。リーがニフラーを窓から送り込んで、窓が弱点だということは証明ずみなんだから」

怒っていらだちはしていたものの、一緒にアンブリッジの部屋に行くとハーマイオニーが申し出たのは、団結と忠誠の証だとハリーには心強かった。

「僕……オーケー、ありがとう」ハリーがボソボソと小声で言う。

「これでよしと。さあ、こういうことを全部やっても、五分以上はむりだと思うわ」ハリーが計画を受け入れた様子なのでほっとしながら、ハーマイオニーが言った。「フィルチもいるし、『尋問官親衛隊《じんもんかんしんえいたい》』なんていう卑劣なのもうろうろしているしね」

「五分で十分だよ」ハリーが言った。「さあ、行こう——」

「いまから？」ハーマイオニーが度肝を抜かれた顔をした。

「もちろんいまからに決まってる！」ハリーが怒る。「なんだと思ったんだい？　夕食のあとまで待つとでも？　ハーマイオニー、シリウスはたったいま拷問されてるんだぞ！」

「私——ええ、いいわ」ハーマイオニーはもう捨《す》て鉢《ばち》だ。「じゃ、『透明マント』を取りにいってきて。私たちは、アンブリッジの廊下の端であなたを待ってるから。いい？」

ハリーは答えもせず、部屋から飛び出し、外でうろうろ屯《たむろ》している生徒たちをかき分けはじめた。二つ上の階で、シェーマスとディーンに出くわした。二人は陽気にハリーに話しかけ、今晩、寮の談話室で、試験終了のお祝いを明け方まで夜明かしでやる計画だと言う。ハリーはほとんど聞いていなかった。二人がバタービールを闇で何本調達する必要があるかを議論しているうちに、ハリーは肖像画の穴を這《は》い登った。「透明マント」とシリウスのナイフをしっかり鞄に入れて肖像画の穴から二人のいるところにもどってきたときでも、ハリーが途中でいなくなったことにさえ二人は気づいていなかった。

「ハリー、ガリオン金貨を二、三枚寄付しないか？　ハロルド・ディングルがファイア・ウィスキーを少し売れるかもしれないって言うんだけど――」

しかし、ハリーはもう、猛烈な勢いで廊下を駆け抜けていた。数分後に、最後の二、三段は階段を飛び下りて、ロン、ハーマイオニー、ジニー、ルーナのところへもどる。四人はアンブリッジの部屋がある廊下の端に塊《かた》まっていた。

「取ってきた」ハリーはハァハァと息を切らす。「それじゃ、準備はいいね？」

「いいわよ」ハーマイオニーがひそひそ声で言う。ちょうどやかましい六年生の一団が通り過ぎたところだった。「じゃ、ロン――アンブリッジを牽制《けんせい》しにいって……ジニー、ルーナ、みんなを廊下から追い出しはじめてちょうだい……ハリーと私は『マント』を着て、まわりが安全になるまで待つわ……」

ロンが大股で立ち去る。真っ赤な髪が廊下の向こう端に行くまで見えていた。ジニーは、押し合いへし合いしている生徒の間を縫って、赤毛頭を見え隠れさせながら廊下の反対側に向かった。そのあとを、ルーナのブロンド頭がついて行く。

「こっちにきて」ハーマイオニーがハリーの手首をつかみ、石の胸像裏の窪んだ場所に引っ張り込んだ。中世の醜い魔法使いの胸像は、台の上でブツブツひとり言をつぶやいている。

「ねえ——ハリー、本当に大丈夫なの？　まだとっても顔色が悪いわ」

「大丈夫」ハリーは鞄から「透明マント」を引っ張り出しながら、短く答えた。たしかに傷痕《きずあと》は疼《うず》いていたが、それほどひどくはなかったので、ハリーはヴォルデモートがまだシリウスに致命傷は与えていないという気がした。ヴォルデモートがエイブリーを罰したときはこんな痛みよりもっとひどかった……。

「ほら」ハリーは「透明マント」をハーマイオニーと二人でかぶった。目の前の胸像がラテン語でブツブツつぶやくひとり言を聞き流し、二人は耳をそばだてた。

「ここは通れないわよ！」ジニーがみなに呼びかけていた。「だめ。悪いけど、回転階段を通って回り道をしてちょうだい。だれかがすぐそこで『首絞《くび》《じ》めガス』を流したの——」

みながぶうぶう言う声が聞こえてきた。だれかが不機嫌な声で言う。

「ガスなんて見えないぜ」

「無色だからよ」ジニーがいかにも説得力のあるいらだち声で言い返す。「でも、突っ切って歩きたいならどうぞ。ほかに私たちの言うことを信じないばかがいたら、あなたの死体を証拠にするから」

次第に人がいなくなる。「首絞めガス」のニュースがどうやら広まったらしく、もうだれもこちらのほうにはこなくなった。ついに周辺にだれもいなくなったとき、ハーマイオニーが小声で言った。「これぐらいでいいんじゃないかしら、ハリー――さあ、やりましょう」

二人は「マント」に隠れたまま前進した。ルーナがこちらに背中を見せて、廊下の向こう端に立っている。ジニーのそばを通るとき、ハーマイオニーがささやいた。

「うまくやったわね……合図を忘れないで」

「合図って？」アンブリッジの部屋のドアに近づきながら、ハリーがそっと聞いた。

「アンブリッジがくるのを見たら、『ウィーズリーは我が王者』を大声で合唱するの」ハーマイオニーが答えた。ハリーはシリウスのナイフの刃をドアと壁の隙間に差し込む。ドアがカチリと開き、二人は中に入った。

絵皿のけばけばしい子猫が、午後の陽射しを浴びてぬくぬくと日向ぼっこをしている。それ以外は、前のときと同じように、部屋は静かで人気がない。ハーマイオニーはほっとため息を漏《も》らした。

「二匹目のニフラーのあとで、なにか安全対策が増えたかと思ってたけど」

二人は「マント」を脱いだ。ハーマイオニーは急いで窓際に行って見張りに立ち、杖《つえ》を構えて校庭を見下ろす。ハリーは暖炉に急行し、煙突飛行粉の壺《つぼ》をつかみ、火格子《ひごうし》にひと摘み投げ入れた。たちまちエメラルドの炎が燃え上がる。ハリーは急いで膝《ひざ》をつき、めらめら踊る炎に頭を突っ込んでさけんだ。

「グリモールド・プレイス十二番地！」

膝は冷たい床にしっかりついたままだったが、ハリーの頭は、遊園地の回転乗り物から降りたばかりのようなめまいを感じた。灰が渦巻く中で目をぎゅっと閉じていたが、回転が止まって目を開くと、グリモールド・プレイスの冷たい長い厨房《ちゅうぼう》が目に入った。

だれもいない。それは予想していた。しかしハリーは、だれもいない厨房を見たとたんに突然胃の中で飛び跳ねたどろどろの熱い恐怖には無防備だった。

「シリウスおじさん？」ハリーがさけんだ。「シリウス、いないの？」

ハリーの声が厨房中に響いた。しかし、返事はない。暖炉の右のほうで、なにかがちょろちょろうごめく小さな音がする。

「そこにだれかいるの？」ただのネズミかもしれないと思いながら、ハリーは呼びかけた。

屋敷しもべ妖精のクリーチャーが見えた。なんだかひどくうれしそうだ。ただ、両手を最近ひどく傷つけたらしく、包帯をぐるぐる巻きにしている。

「ポッター坊主の顔が暖炉にあります」妙に勝ち誇った目つきで、こそこそとハリーを盗み見ながら、空っぽの厨房に向かって、クリーチャーが告げた。「この子はなんでやってきたのだろう？　クリーチャーは考えます」

「クリーチャー、シリウスはどこだ？」ハリーが問いかけた。

しもべ妖精はゼイゼイ声で含み笑いをする。

「ご主人様はお出かけです。ハリー・ポッター」

「どこへ出かけたんだ？　クリーチャー、どこへ行ったんだ？」

クリーチャーはケッケッと笑うばかりだ。

「いいかげんにしないと」そう言ったものの、こんな格好では、クリーチャーを罰する方法などほとんどないことぐらい、ハリーにはよくわかっていた。

「ルーピンは？　マッド-アイは？　だれか、だれもいないの？」

「ここにはクリーチャーのほかだれもいません」しもべ妖精はうれしそうにそう言うと、ハリーに背を向けて、のろのろと厨房の奥の扉のほうに歩きはじめた。「クリーチャーは、いまこそ奥様とちょっとお話をしようと思います。長いことその機会がなかったのです。クリーチャーのご主人様が、奥様からクリーチャーを遠ざけられていたので――」

「シリウスはどこに行ったんだ?」ハリーは妖精の後ろからさけんだ。「クリーチャー、神秘部に行ったのか?」

クリーチャーは足を止めた。ハリーの目の前には椅子の脚が林立し、そこを通してクリーチャーの禿《は》げた後頭部がやっと見える。

「ご主人様は、哀れなクリーチャーにどこに出かけるかを教えてくれません」妖精が小さい声で答える。

「でも、知ってるんだろう!」ハリーは、なおもさけぶ。「そうだな? どこに行ったか知ってるんだ!」

一瞬沈黙が流れた。やがて妖精は、これまでにない高笑いをした。

「ご主人様は神秘部からもどってこない!」クリーチャーは上機嫌で言った。「クリーチャーはまた奥様と二人きりです!」

そしてクリーチャーはちょこちょこ走り、扉を抜けて玄関ホールへと消えていった。

「こいつ――!」

しかし、悪態も呪いも一言も言わないうちに、頭のてっぺんに鋭い痛みを感じた。

ハリーは灰を吸い込んで咽《む》せた。炎の中をぐいぐい引きもどされていく。そしてぎょっとするほど唐突に、ハリーは、だだっ広い蒼《あお》ざめたアンブリッジ先生の顔を見上げていた。アンブリッジはハリーの髪をつかんで暖炉から引きもどし、ハリーの喉《のど》をかき切らんばかりに、首をぎりぎりまで仰向かせた。

「よくもまあ」アンブリッジはハリーの首をさらに引っ張って天井を向けさせる。「二匹もニフラーを入れられたあとで、このわたくしが、汚《けが》らわしいゴミ漁りの獣を一匹たりとも忍び込ませるものですか。この愚か者。二匹目のあとで、出入口には全部『隠密探知呪文《おんみつたんち》』をかけてあったのよ。こいつの杖《つえ》を取り上げなさい」アンブリッジが見えないだれかに向かってさけぶと、だれかの手がハリーのローブのポケットを探り、杖を取り出す気配がした。

「あの子のも」ドアのそばで揉《も》み合う音が聞こえ、ハリーはハーマイオニーの杖も、たったいまもぎ取られたと知る。

「なぜわたくしの部屋に入ったのか、言いなさい」アンブリッジはハリーの髪の毛をつかんだ手をゆさゆさと振る。ハリーはよろめいた。

「僕――ファイアボルトを取り返そうとしたんだ！」ハリーはかすれ声で答える。

「嘘つきめ」アンブリッジがまたハリーの頭をゆさゆさ揺すぶる。「ファイアボルトは地下牢で厳しい見張りをつけてある。よく知ってるはずですよ、ポッター。わたくしの暖炉に頭を突っ込んでいたわね。だれと連絡していたの？」

「だれとも――」ハリーはアンブリッジから身を振り解こうとしながら答えた。髪の毛が数本、頭皮と別れ別れになるのを感じた。

「嘘つきめ！」アンブリッジがさけび、ハリーを突き放した。ハリーは前のめりになり、机にガーンとぶつかった。すると、ハーマイオニーがミリセント・ブルストロードに捕まり、壁に押しつけられているのが見えた。マルフォイが窓に寄りかかり、薄笑いを浮かべながら、ハリーの杖《つえ》を片手で放り上げてはまた片手で受けている。

外が騒がしくなり、大柄なスリザリン生が数人入ってきた。ロン、ジニー、ルーナをそれぞれがっちり捕まえている。そして――ハリーはうろたえた――ネビルがクラッブに首を絞められ、いまにも窒息しそうな顔で入ってきたのだ。四人ともさるぐつわをかまされている。

「全部捕えました」ワリントンがロンを乱暴に前に突き出した。

「あいつですが」ワリントンが太い指でネビルを指した。「こいつを捕まえるのを邪魔しようとしたんで」今度はジニーを指さす。ジニーは自分を捕まえている大柄のスリザリンの女子生徒の向こう脛《ずね》を蹴飛ばそうとしていた。「それで一緒に連れてきました」

「結構、結構」ジニーが暴れるのを眺めながらアンブリッジが言う。「さて、まもな

くホグワーツは『非ウィーズリー地帯』になりそうだわね？」、
マルフォイがへつらうように大声で笑った。アンブリッジは満足げにニーッと笑い、チンツ張りの肘掛椅子《ひじかけいす》に腰を下ろして花園のガマガエルよろしく、目をパチクリ瞬《しばたた》かせながら捕虜を見上げた。

「さて、ポッター」アンブリッジが口を開く。「おまえはわたくしの部屋の周囲に見張りを立て、この道化を差し向けて」アンブリッジはロンのほうを顎《あご》でしゃくる──マルフォイがますます大声で笑う──「ポルターガイストが『変身術』の部屋を壊しまくっていると言わせたわね。わたくしはね、そいつが学校の望遠鏡のレンズにインクを塗りたくるのに忙しいということを百も承知だったのよ──フィルチさんがそう教えてくれたばかりだったのでね」

「おまえがだれかと話すことを目的としていたのは明白だわ。アルバス・ダンブルドアだったの？　それとも半人間のハグリッド？　ミネルバ・マクゴナガルじゃないわね。まだ弱っていてだれとも話せないと聞いてますしね」

マルフォイと尋問官親衛隊《じんもんかんしんえいたい》のメンバーが二、三人、それを聞いてまた笑う。ハリーは怒りと憎しみとで体が震えた。

「だれと話そうが関係ないだろう」ハリーがうなった。

アンブリッジのたるんだ顔が引き締まる。

「いいでしょう」例の危険きわまりない、偽の甘ったるい声でアンブリッジが言う。「結構ですよ、ミスター・ポッター……自発的に話すチャンスを与えたのに、おまえは断った。強制するしか手はないようね。ドラコ――スネイプ先生を呼んできなさい」

マルフォイはハリーの杖《つえ》をローブにしまい、にやにやしながら部屋を出ていく。しかしハリーはそれをほとんど意識していなかった。たったいま、あることに気づいたのだ。忘れていたなんて、なんてばかだったんだろう。ハリーのシリウス救出に手を貸せる騎士団員はみないなくなってしまったと思っていた――まちがいだった。不死鳥の騎士団員が、まだ一人ホグワーツに残っている――スネイプだ。

部屋がしんとなった。ただ、スリザリン生がロンやほかの捕虜を押さえつけようと揉《も》み合い、すったもんだする音だけが聞こえる。ロンはワリントンの羽交《はがい》締《じ》めに抵抗して唇から血を流し、アンブリッジの部屋の絨毯《じゅうたん》に滴《したた》らせていた。ジニーは両腕をがっちりつかまれながらも、六年生の女子生徒の足を踏みつけようと、まだがんばっている。ネビルはクラッブの両腕を引っ張りながらも、顔がだんだん紫色になってきていた。ハーマイオニーはミリセント・ブルストロードを撥《は》ね退《の》けようと、虚しく抵抗している。しかし、ルーナは自分を捕えた生徒のそばにだらんと立ち、成り行きに退屈しているかのように、ぼんやり窓の外を眺めていた。

ハリーは、自分をじっと見つめるアンブリッジを見返した。廊下で足音がしても、ハリーは意識的に無表情で平気な顔をしていた。ドラコ・マルフォイがもどってきて、ドアを押さえてスネイプを部屋に入れた。

「校長、お呼びですか？」スネイプは揉《も》み合っている二人組たちを、まったく無関心の表情で見回しながら言った。

「ああ、スネイプ先生」アンブリッジがにこっと笑って立ち上がった。「ええ、『真実薬』をまた一瓶《ひとびん》欲しいのですが、なるべく早くお願いしたいの」

「最後の一瓶を、ポッターを尋問《じんもん》するのに持っていかれましたが」スネイプは、簾《すだれ》のようなねっとりした黒髪を通して、アンブリッジを冷静に観察しながら答える。「まさか、あれを全部使ってしまったということはないでしょうな？　三滴で十分だと申し上げたはずですが」

アンブリッジが赤くなった。

「もう少し調合していただけるわよね？」憤慨するといつもそうなるのだが、アンブリッジの声がますます甘ったるく女の子っぽくなった。

「もちろん」スネイプはフフンと唇を歪《ゆが》める。「成熟するまでに満月から満月までを要するので、大体一か月で準備できますな」

「一か月？」アンブリッジがガマガエルのようにふくれてがなり立てる。「一か月？

わたくしは今夜必要なのですよ、スネイプ! たったいま、ポッターがわたくしの暖炉を使ってだれだか知りませんが、一人、または複数の人間と連絡していたのを見つけたのです!」

「ほう?」スネイプはハリーを振り向き、はじめてかすかな興味を示した。「まあ、驚くにはあたりませんな。ポッターはこれまでも、あまり校則に従う様子を見せたことがありませんので」

冷たい暗い目がハリーを抉《えぐ》るように見据《みす》える。ハリーは怯《ひる》まずに見返し、一心に夢で見たことに意識を集中した。スネイプが自分の心を読んで理解してくれますように……。

「こいつを尋問《じんもん》したいのよ!」アンブリッジが怒ったようにさけび、スネイプはハリーから目を逸《そ》らして怒りに震えるアンブリッジの顔を見る。「こいつにむりにでも真実を吐《は》かせる薬が欲しいのっ!」

「すでに申し上げたとおり」スネイプがすらりと答える。「『真実薬』の在庫はもうありません。ポッターに毒薬を飲ませたいのなら別ですが――また、校長がそうなさるなら、我輩《わがはい》としては、お気持ちはよくわかると申し上げておきましょう――だが、お役には立てませんな。問題は、おおかたの毒薬というものは効き目が早すぎ、飲まされた者は真実を語る間もないということでして」

スネイプはハリーに視線をもどす。ハリーはなんとかして無言で意思を伝えようと、スネイプを見つめた。

ヴォルデモートが神秘部でシリウスを捕えた。ハリーは必死で意識を集中した。ヴォルデモートがシリウスを捕えた――。

「あなたは停職です！」アンブリッジ先生が金切り声を上げ、スネイプは眉《まゆ》をわずかに吊り上げてアンブリッジを見返した。「あなたはわざと手伝おうとしないのです！　もっとましかと思っていました。ルシウス・マルフォイが、いつもあなたのことをとても高く評価していたのに！　さあ、わたくしの部屋から出ていきなさい！」

スネイプは皮肉っぽく礼をして立ち去りかけた。騎士団に対していまなにが起こっているかを伝える最後の望みが、いままさにドアから出ていこうとしている……。

「あの人がパッドフットを捕まえた！」ハリーがさけんだ。「あれが隠されている場所で、あの人がパッドフットを捕まえた！」

スネイプが部屋のドアの取っ手に手をかけて止まった。

「パッドフット？」アンブリッジがまじまじとハリーを見て、スネイプを見た。「パッドフットとはなんなの？　なにが隠されているの？　スネイプ、こいつはなにを言っているの？」

スネイプはハリーを振り返った。不可解な表情だった。スネイプがわかったのかどうか、ハリーにはわからない。しかし、アンブリッジの前で、これ以上はっきり話すことなどとうていできない。

「さっぱりわかりませんな」スネイプが冷たく言い捨てる。「ポッター、我輩《わがはい》に向かってわけのわからんことをわめきちらして欲しいときは、君に『戯言薬《たわごとやく》』を飲用してもらおう。それから、クラッブ、少し手を緩めろ。ロングボトムが窒息死したら、さんざん面倒な書類を作らねばならんからな。しかもおまえが求職するときの紹介状に、そのことを書かねばならなくなるぞ」

スネイプはピシャリとドアを閉めて出ていった。残されたハリーは前よりもひどい混乱状態に陥った。スネイプが最後の頼みの綱だった。アンブリッジはと言えば、怒りといらだちに胸を波打たせ、ハリーと同じように混乱しているように見える。

「いいでしょう」アンブリッジは杖《つえ》を取り出した。「しかたがない……ほかに手はない……この件は学校の規律の枠を超えます……魔法省の安全の問題です……そう……そうだわ……」

アンブリッジは自分で自分を説得しているようだった。ハリーを睨《にら》み、片手に持った杖で空いているほうの手のひらをパシパシたたきながら息を荒らげ、神経質に右に左に体を揺らしている。アンブリッジを見つめながら、ハリーは杖のない自分がひどく無力に感じられた。

「あなたがこうさせるのですよ、ポッター……やりたくはないのです」アンブリッジはその場に落ち着かない様子で体を揺すり続けている。「しかし、場合によっては使用が正当化される……ほかに選択の余地がないということが、大臣にはわかるにちがいない……」

マルフォイは待ち切れない表情を浮かべてアンブリッジを見つめている。

「『磔《はりつけ》の呪い』なら舌も緩むでしょう」アンブリッジが低い声でつぶやく。

「やめて！」ハーマイオニーが悲鳴を上げた。「アンブリッジ先生――それは違法です」

しかし、アンブリッジはまったく意に介さない。ハリーがこれまで見たこともない、いやらしい、意地汚い、興奮した表情を浮かべ、杖を構えた。

「アンブリッジ先生、大臣は先生に法律を破って欲しくないはずです！」ハーマイオニーがさけぶ。

「知らなければ、コーネリウスは痛くも痒《かゆ》くもないでしょう」アンブリッジは言い放った。いまや、少し息をはずませ、杖をハリーの体のあちこちに向けてどこが一番痛むか、狙いを定めているようだ。「この夏、吸魂鬼にポッターを追えと命令したのがこのわたくしだと、コーネリウスは知らなかったわ。それでも、ポッターを退校にするきっかけができて大喜びしたことに変わりはない」

「あなたが？」ハリーは絶句した。「あなたが僕に吸魂鬼を差し向けた？」

「だれかが行動を起こさなければね」アンブリッジは杖《つえ》をハリーの額《ひたい》にぴたりと合わせながら、ささやくように言う。「だれもかれも、おまえをなんとか黙らせたいと愚痴《ぐち》ってばかり――おまえの信用を失墜させたいとね――ところが、実際になにか手を打ったのはわたくしだけ……ただ、おまえはうまく逃れたものよね、え？　ポッター？　今日はそうはいかないよ。今度こそ」アンブリッジは息を深く吸い込んで唱えた。「クル――」

「やめてーっ！」ミリセント・ブルストロードの陰から、ハーマイオニーが悲痛な声を上げた。「やめて――ハリー――白状しないといけないわ！」

「絶対だめだ！」陰に隠れて少ししか姿の見えないハーマイオニーを見つめて、ハリーがさけんだ。

「白状しないと、ハリー、どうせこの人はあなたからむりやり聞き出すじゃない。なんで……なんでがんばるの？」

ハーマイオニーはミリセント・ブルストロードのローブの背中に顔を埋《うず》めてめそめそ泣き出した。ミリセントはすぐにハーマイオニーを壁に押しつけるのをやめ、むかついたようにハーマイオニーから身を引いた。

「ほう、ほう、ほう！」アンブリッジが勝ち誇ったような顔になる。「ミスなんでも質問のお嬢ちゃんが、答えをくださるのね！　さあ、どうぞ、嬢ちゃん、どうぞ！」

「アー――ミー――ニー――ダミー！」さるぐつわをかまされたままで、ロンがさけぶ。

ジニーはハーマイオニーをはじめて見るかのような目で見つめ、ネビルもまだ息を詰まらせながら見つめている。しかしハリーはふと気づいた。ハーマイオニーは両手に顔を埋《うず》め、絶望的にすすり泣いているのだが、涙は一滴も見えない。

「みんな――みんな、ごめんなさい」ハーマイオニーが泣き声で言う。「でも――私、がまんできない――」

「いいのよ、いいのよ、嬢ちゃん！」アンブリッジがハーマイオニーの両肩を押さえ、自分がさっきまで座っていたチンツ張りの椅子に押しつけるように座らせ、その上にのしかかった。「さあ、それじゃ……ポッターはさっき、だれと連絡を取っていたのか教えてちょうだい」

「あの」ハーマイオニーが両手の中でしゃくり上げる。「あの、なんとかしてダンブルドア先生と話をしようとしていたんです」

ロンは目を見開いて体を固くした。ジニーは自分を捕まえているスリザリン生の爪先を踏んづけようとがんばるのをやめた。ルーナでさえ少し驚いた顔をしている。幸いなことに、アンブリッジも取り巻き連中も、ハーマイオニーのほうばかりに気を取られて、こうした不審な挙動には気づかない。

「ダンブルドア?」アンブリッジの言葉に熱がこもった。「それじゃ、ダンブルドアがどこにいるかを知ってるのね?」

「それは……いいえ!」ハーマイオニーがすすり上げた。「ダイアゴン横丁の『漏《も》れ鍋《なべ》』を探したり、『三本の箒《ほうき》』も『ホッグズ・ヘッド』までも――」

「ばかな子だ――ダンブルドアがパブなんかにいるものか。魔法省が省を挙げて捜索しているのに!」アンブリッジは、たるんだ顔のしわというしわにありありと失望の色を浮かべてうめいた。

「でも――でも、とっても大切なことを知らせたかったんです!」ハーマイオニーはますますきつく両手で顔を覆いながら泣きさけんだ。ハリーにはそれが、苦しみの仕草ではなく相変わらず出ていない涙をごまかすためのものだとわかっている。

「なるほど?」アンブリッジは急に興奮が蘇《よみがえ》った様子だ。「なにを知らせたかったというの?」

「私たち……私たち知らせたかったんです。あれが、で――できたって!」ハーマイオニーは息を詰まらせる。

「なにができたって?」アンブリッジが問い詰め、またしてもハーマイオニーの両肩をつかみ、軽く揺すぶった。「なにができたの? 嬢ちゃん?」

「あの……武器です」ハーマイオニーが小声になって漏らした。

「武器？　武器？」アンブリッジの両眼が興奮で飛び出したように見える。

「レジスタンスの手段をなにか開発していたのね？　魔法省に対して使う武器ね？

もちろん、ダンブルドアの命令でしょう？」

「は――は――はい」ハーマイオニーが喘《あえ》ぎ喘ぎ続ける。「でも、ダンブルドアは完成する前にいなくなって、それで、やっ――やっ――やっと私たちで完成したんです。それなのに、ダンブルドアが見――見――見つからなくて、知ら――知ら――知らせられないんです！」

「どんな武器なの？」アンブリッジは、ずんぐりした両手でハーマイオニーの肩をきつく押さえながら、厳しく問いただす。

「私たちには、よ――よ――よくわかりません」

ハーマイオニーは激しく洟《はな》をすすり上げた。

「私たちは、た――た――ただ言われたとおり、ダン――ダン――ダンブルドア先生に言われたとおり、やっ――やっ――やっただけ」

アンブリッジは狂喜して身を起こした。

「武器のところへ案内しなさい」アンブリッジが命じる。

「見せたくないです……あの人たちには」ハーマイオニーが指の間からスリザリン

生を見回して、かん高い声を出した。

「おまえが条件をつけるんじゃない」アンブリッジ先生が厳しく叱る。

「いいわ」ハーマイオニーがまた両手に顔を埋《うず》めてすすり泣いた。「いいわ……みんなに見せるといいんだわ。みんながあなたに向かって武器を使うといいんだわ！　ほんとは、たくさんたくさん人を呼んで見せて欲しいわ！　それ――それがあなたにふさわしいわ――ああ、そうなって欲しい――学校中が武器のありかを知って、その使い――使い方も。そしたら、あなたがだれかにいやがらせをしたとき、みんながあなたを、こ――攻撃できるわ！」

これはアンブリッジに相当効き目があった。アンブリッジはちらりと疑り深い目で尋問官親衛隊《じんもんかんしんえいたい》を見た。飛び出した目が一瞬マルフォイを捕えた。意地汚い貪欲な表情を浮かべていたマルフォイは、とっさにそれを隠すことができなかった。

アンブリッジはしばらくハーマイオニーを見つめ続けた後、やがて、自分ではまちがいなく母親らしいと思い込んでいる声で話しかけた。

「いいでしょう、嬢ちゃん、あなたとわたくしだけにしましょう……それと、ポッターも連れていきましょうね？　さあ、立って」

「先生」マルフォイが熱っぽく口を挟んだ。「アンブリッジ先生、だれか親衛隊の者が一緒に行って、お役に――」

「わたくしはれっきとした魔法省の役人ですよ、マルフォイ。杖《つえ》もない十代の子供二人ぐらい、わたくし一人では扱い切れないとでも思うのですか？」アンブリッジが鋭く言い返す。「いずれにしても、この武器は、学生が見るべきものではないようです。あなたたちはここにいて、わたくしがもどるまで、この連中がだれも――」アンブリッジはロン、ジニー、ネビル、ルーナをぐるりと指さした。「逃げないようにしていなさい」

「わかりました」マルフォイはがっかりしてすねた様子だ。

「さあ、二人ともわたくしの前を歩いて、案内しなさい」

アンブリッジはハーマイオニーとハリーに杖を突きつけた。

「先に行きなさい」

第33章　闘争と逃走

ハーマイオニーがいったいなにを企んでいるのか、いや、企てがあるのかどうかさえ、ハリーには見当もつかない。アンブリッジの部屋を出て廊下を歩くときも、ハリーはハーマイオニーより半歩遅れて歩いた。どこに向かっているのかをハリーが知らない様子を見せれば、疑われるのがわかっているからだ。アンブリッジは、荒い息遣いが聞こえるほどハリーのすぐ後ろを歩いている。ハーマイオニーに話しかけることなどとうていできない。

ハーマイオニーは階段を下り、玄関ホールへと先導する。大広間の両開きの扉から、大きな話し声や皿の上でカチャカチャ鳴るナイフやフォークの騒音が響いてくる。――ハリーには信じられなかった。ほんの数メートル先に、なんの心配事もなく夕食を楽しみ、試験が終わったことを祝っている人がいるなんて……。

ハーマイオニーは正面玄関の樫《かし》の扉をまっすぐに抜け、石段を下りて、とろりと心地よい夕暮れの外気の中に出た。太陽が、禁じられた森の木々の梢にまさに沈もうとしている。ハーマイオニーは目的地をめざし、芝生をすたすた歩いている――アンブリッジが小走りについてくる――三人の背後の芝生に、長い影がマントのように黒々と波打った。

「ハグリッドの小屋に隠されているのね？」アンブリッジが待ち切れないようにハリーの耳元で問いかける。

「もちろん、ちがいます」ハーマイオニーが痛烈に言い放つ。「ハグリッドがまちがえて起動してしまうかもしれないじゃないですか」

「そうね」アンブリッジはますます興奮が高まってきたようだ。「そう、もちろん、あいつならやりかねない。あのデカぶつのうすのろの半人間め」

アンブリッジが笑う。ハリーは、振り向いてアンブリッジの首根っこを絞めてやりたいという強い衝動に駆られたが、踏《ふ》み止《とど》まった。柔らかな夕闇の中で、額《ひたい》の傷痕《きずあと》が疼《うず》いているが、まだ灼熱の痛みではない。ヴォルデモートが仕留めにかかっていたなら激痛が走るにちがいない。

「それじゃ……どこなの？」ハーマイオニーが禁じられた森へとずんずん歩き続けるので、アンブリッジの声が少し不安そうになっている。

「あの中です、もちろん」ハーマイオニーは黒い木々を指さす。「生徒が偶然にしても見つけられないところじゃないといけないでしょう？」

「そうですとも」そうは言ったものの、アンブリッジの声が今度はさらに不安げだった。「そうですとも……結構、それでは……二人ともわたくしの前を歩き続けなさい」

「それじゃ、先生の杖《つえ》を貸してくれませんか？　僕たちが先を歩くなら」ハリーが頼んだ。

「いいえ、そうはいきませんね、ミスター・ポッター」アンブリッジが杖でハリーの背中を突きながら甘ったるく言う。「お気の毒だけど、魔法省は、あなたたちの命よりわたくしの命のほうにかなり高い価値をつけていますからね」

森の取っつきの木立ちのひんやりした木陰に入るのを待って、ハリーはなんとかしてハーマイオニーの目を捕えようとした。さっきからいろいろむちゃなことをやらかしはしたが、杖なしで森を歩くのはそれ以上に無鉄砲なことに思える。しかしハーマイオニーは、アンブリッジを軽蔑したようにちらりと見て、まっすぐ森へと突き進んでいく。その歩く速さときたら、短足のアンブリッジが追いつくのに苦労するほどだった。

「ずっと奥なの？」イバラでローブを破られながら、アンブリッジが聞く。

「ええ、そうです」ハーマイオニーが答える。「ええ、しっかり隠されてるんです」

ハリーはますます不安になった。ハーマイオニーはグロウプを訪ねたときの道ではなく、三年前、怪物蜘蛛《ぐも》のアラゴグの巣に行ったときの道をたどっている。あのときハーマイオニーは一緒ではなかった。行く手にどんな危険があるのか、ハーマイオニーは知らないのかもしれない。

「えーと――この道でまちがいないかい?」ハリーは、はっきり指摘するような聞き方をした。

「ええ、大丈夫」ハーマイオニーは不自然なほど大きな音を立てて下草を踏みつけながら、冷たく硬い声で答えた。背後で、アンブリッジが倒れた若木につまずいて転んだ。二人とも立ち止まって助け起こしたりはしない。ハーマイオニーは、振り返って大声で「もう少し先です!」と言ったきり、どんどん進んでいく。

「ハーマイオニー、声を低くしろよ」急いで追いつきながら、ハリーがささやいた。「ここじゃ、なにが聞き耳を立ててるかわからないし――」

「聞かせたいのよ」ハーマイオニーが小声でつぶやく。

アンブリッジがやかましい音を立てながら後ろから走ってくるところだった。

「いまにわかるわ……」

ずいぶん長い時間歩いたような気がする。やがて、またしても密生する林冠が、いっさいの光を遮《さえぎ》る森の奥深くへと入り込んだ。前にもこの森で感じたことがあるのだが、ハリーには、見えない何物かの目がじっと注がれているような気がしてしかたがない。

「あとどのくらいなんですか？」ハリーの背後で、アンブリッジが怒ったように問いただした。

「もうそんなに遠くないです！」

薄暗い湿った平地に出たとき、ハーマイオニーがさけんだ。

「もうほんのちょっと――」

空を切って一本の矢が飛んできた。そしてドスッと恐ろしげな音を立て、ハーマイオニーの頭上の木に突き刺さる。あたりの空気が蹄《ひづめ》の音で満ち満ちた。森の底が揺れているのを、ハリーは感じた。アンブリッジは小さく悲鳴を上げ、ハリーを盾《たて》にするように自分の前に押し出す。

ハリーはそれを振り解き、周囲を見た。四方八方から五十頭あまりのケンタウルスが現れた。矢をつがえ、弓を構え、ハリー、ハーマイオニー、アンブリッジを狙っている。三人はじりじりと平地の中央に後ずさりする。アンブリッジは恐怖でヒーヒーと小さく奇妙な声を上げている。ハリーは横目でハーマイオニーを見た。にっこりと勝ち誇った笑顔を浮かべている。

「だれだ？」声がした。

ハリーは左を見た。包囲網の中から、マゴリアンと呼ばれていた栗毛のケンタウルスが、同じく弓矢を構えて歩み出てくる。ハリーの右側で、アンブリッジがまだヒーヒー言いながら、進み出てくるケンタウルスに向かって、わなわな震える杖《つえ》を向けていた。

「だれだと聞いているのだぞ、ヒトよ」マゴリアンが荒々しく言う。

「わたくしはドローレス・アンブリッジ！」アンブリッジが恐怖に上ずった声で答えた。「魔法大臣上級次官にしてホグワーツ校校長、並びにホグワーツ校の高等尋問《じんもん》官《かん》です！」

「魔法省の者だと？」マゴリアンが聞いた。周囲を囲む多くのケンタウルスが、落ち着かない様子でザワザワと動く。

「そうです！」アンブリッジがますます高い声で言い募《つの》った。「だから、気をつけなさい！　魔法生物規制管理部の法令により、おまえたちのような半獣がヒトを攻撃すれば――」

「我々のことをなんと呼んだ？」荒々しい風貌《ふうぼう》の黒毛のケンタウルスがさけんだ。ハリーにはそれがベインだと知れた。三人のまわりで憤りの声が広がり、弓の弦がキリキリとしぼられる。

「この人たちをそんなふうに呼ばないで！」ハーマイオニーが憤慨したが、アンブリッジには聞こえていないようだ。マゴリアンに震える杖《つえ》を向けたまま、アンブリッジはしゃべり続ける。「法令第十五号『B』にはっきり規定されているように、『ヒトに近い知能を持つと推定され、それゆえその行為に責任が伴うと思料される魔法生物による攻撃は――』」

「ヒトに近い知能？」マゴリアンが繰り返した。ベインやほかの数頭が激怒してうなり、蹄《ひづめ》で地を掻《か》いている。「人間！　我々はそれが非常な屈辱だと考える！　我々の知能はありがたいことに、おまえたちのそれをはるかに凌駕《りょうが》している」

「我々の森で、なにをしている？」

険しい顔つきの灰色のケンタウルスが轟《とどろ》くような声で聞く。ハリーとハーマイオニーがこの前ハグリッドと一緒に森にきたとき見た顔だ。

「どうしてここにいるのだ？」

「おまえたちの森？」

アンブリッジは恐怖のせいばかりではなく、今度はどうやら憤慨して震えている。

「いいですか。魔法省がおまえたちに、ある一定の区画に棲《す》むことを許しているからこそ、ここに棲めるのです――」

一本の矢がアンブリッジの頭すれすれに飛んできて、くすんだ茶色の髪の毛に当たって抜けた。アンブリッジは耳をつんざく悲鳴を上げ、両手でパッと頭を覆った。数頭のケンタウルスが吠《ほ》えるように声援し、他の何頭かは轟々《ごうごう》と笑った。薄明かりの平地にこだまする、いななくような荒々しい笑い声と、地を掻く蹄の動きが、いやが上にも不安感をかき立てる。

「人間よ、さあ、だれの森だ?」ベインが声を轟《とどろ》かせた。

「汚らわしい半獣!」アンブリッジは両手でがっちり頭を覆いながらさけぶ。「けだもの! 手に負えない動物め!」

「黙って!」ハーマイオニーがさけんだが、遅すぎた。アンブリッジはマゴリアンに杖を向け、金切り声で唱えた。「インカーセラス! 縛れ!」

ロープが太い蛇のように空中に飛び出してケンタウルスの胴体にきつく巻きつき、両腕を捕えた。マゴリアンは激怒してさけび、後足で立ち上がって縄を振り解こうとしている。他のケンタウルスがいっせいに襲いかかってきた。

ハリーはハーマイオニーをつかみ、引っ張って地面に押しつけた。周囲に雷のような蹄の音が鳴り響き、ハリーは恐怖を覚えながら地面に顔を伏せていた。しかしケンタウルスは、怒りにさけび吠え哮《たけ》りながら、二人を飛び越えたりまわりを回ったりしている。

「やめてぇぇぇぇぇ!」アンブリッジの悲鳴が聞こえた。「やめてぇぇぇぇぇ……わたくしは上級次官よ……おまえたちなんかに——放せ、このけだもの……あぁぁぁぁ！」

ハリーは赤い閃光《せんこう》が一本走るのを見た。アンブリッジがどれか一頭を失神させようとしたにちがいない。次の瞬間、アンブリッジの大きな悲鳴が聞こえた。ハリーが頭をわずかに持ち上げて見ると、アンブリッジが背後からベインに捕えられ、空中高く持ち上げられて恐怖にさけびながらもがいている。杖《つえ》が手を離れて地上に落ちた。ハリーは心が躍った。手が届きさえすれば――。しかし、杖に手を伸ばしたとき、一頭のケンタウルスの蹄《ひづめ》がその上に下りてきて、杖を真っ二つに折った。

「さあ！」

ハリーの耳に吠《ほ》え声が響き、太い毛深い腕がどこからともなく下りてきて、ハリーを引っ張り起こした。ハーマイオニーも同じく引っ張られ、立たせられた。さまざまな色のケンタウルスの背中や首が激しく上下するその向こうに、ハリーはベインに連れ去られていくアンブリッジの姿を木の間隠れに見た。ひっきりなしに悲鳴を上げていたが、その声は次第にかすかになり、蹄で地面を蹴るまわりの音にかき消されてついに聞こえなくなった。

「それで、こいつらは？」ハーマイオニーをつかんでいた、険しい顔の灰色のケンタウルスが言った。

「この子たちは幼い」ハリーの背後でゆったりとした悲しげな声が言う。「我々は仔《こ》馬《うま》を襲わない」

「こいつらはあの女をここに連れてきたんだぞ、ロナン」ハリーをがっちりとつかんでいたケンタウルスが異を唱える。「しかもそれほど幼くはない……こっちの子は、もう青年になりかかっている」ケンタウルスがハリーのローブの首根っこをつかんで揺する。

「お願いです」ハーマイオニーが息を詰まらせながら言った。「お願いですから、私たちを襲わないでください。私たちはあの女の人のような考え方はしません。魔法省の役人じゃありません！　ここにきたのは、ただ、あの人をみなさんに追いはらって欲しいと思ったからです」

ハーマイオニーをつかんでいた灰色のケンタウルスの表情から、ハリーはハーマイオニーがとんでもないまちがいを口にしたとすぐに知った。灰色のケンタウルスは首をぶるっと後ろに振り、後足で激しく地面を蹴って吠えるように言い放った。

「ロナン、わかっただろう？　こいつらはもう、ヒト類特有の傲慢《ごうまん》さを持っているのだ。つまり、人間の女の子よ、おまえたちの代わりに、我々が手を汚すというわけだな？　おまえたちの奴隷として行動し、忠実な猟犬のようにおまえたちの敵を追いはらうというわけか？」

「ちがいます！」ハーマイオニーは恐怖のあまり金切り声を上げて否定した。「お願いです――そんなつもりじゃありません！　私はただ、みなさんが――助けてくださるんじゃないかと――」

これが事態をますます悪くしたようだ。

「我々はヒトを助けたりしない！」

ハリーをつかんでいたケンタウルスがうなるように言う。つかんだ手に一段と力が入り、同時に後足で少し立ち上がったので、ハリーの足が一瞬地面から浮き上がった。

「我々は孤高の種族だ。そのことを誇りにしている。おまえたちがここを立ち去った後、おまえたちの企てを我々が実行したなどと吹聴することを許しはしない！」

「僕たち、そんなことを言うつもりはありません！」ハリーがさけんだ。「僕たちの望むことを実行したのじゃないことはわかっています――」

しかし、だれもハリーに耳を貸さない。

群れの後方の顎《あご》ひげのケンタウルスがさけぶ。

「こいつらは、頼みもしないのにここにきた。つけを払わなければならない！」

そのとおりだというううなり声がわき起こり、そして月毛のケンタウルスがさけんだ。

「あの女のところへ連れていけ！」

「あなたたちは罪のないものは傷つけないって言ってたのに！」

ハーマイオニーが、今度こそ本物の涙を頰に伝わらせながらさけんだ。

「あなたたちを傷つけることはなにもしていないわ。杖《つえ》も使わないし、脅しもしなかった。私たちは学校に帰りたいだけなんです。お願いです。帰して――」

「我々全員が裏切り者のフィレンツェと同じわけではないのだ、人間の女の子！」

灰色のケンタウルスがのさけびに同調して、仲間からいななきがさらにわき起こる。

「我々のことを、きれいなしゃべる馬とでも思っていたんじゃないかね？　我々は昔から存在する種族だ。魔法族の侵略も侮辱も許しはしない。おまえたちの法律は認めないし、おまえたちが我々より優秀だとも認めない。我々は――」

我々がどうなのか、二人には聞こえなかった。そのとき、開けた平地の端でバキバキという大音響が聞こえてきた。あまりの物音に、ハリーも、ハーマイオニーも、平地を埋めた五十余頭のケンタウルスも、全員が振り返った。ハリーを捕まえていたケンタウルスの両手がさっと弓と矢立てに伸び、ハリーはふたたび地上に落とされる。ハーマイオニーも落ちた。ハリーが急いでハーマイオニーのそばに行ったとき、二本の太い木の幹が不気味に左右に押し開かれ、その間から巨人グロウプの奇怪な姿が現れた。

グロウプに一番近かったケンタウルスが思わず後ずさりして、背後にいた仲間にぶつかる。平地にはいまや弓と矢が林立し、いまにも放たれんとしていた。鬱蒼《うっそう》とした林冠のすぐ下にぬーっと現れた灰色味を帯びた巨大な顔を的に、矢はいっせいに上に向けられている。グロウプのねじ曲がった口がぽかんと開いている。レンガ大の黄色い歯が、朧《おぼろ》げな明かりの中でかすかに光っている。泥色の鈍い目が、足元の生き物を見定めるのに細くなった。両方の踵《かかと》から、ちぎれたロープが垂れ下がっている。

　グロウプはさらに大きく口を開いた。

「ハガー」

　ハリーには「ハガー」がなんのことかも、なんの言語なのかもわからなかったが、それもどうでもよかった。ハリーは、ほとんどハリーの背丈ほどもあるグロウプの両足を見つめていた。ハーマイオニーはハリーの腕にしっかりしがみついている。ケンタウルスは静まり返って巨人を見つめていた。グロウプは、なにか落とし物でも探すように、ケンタウルスの間を覗き込み、巨大な丸い頭を右に左に振っている。

「ハガー！」グロウプはさきほどより執拗に言い続けている。

「ここを立ち去れ、巨人よ！」マゴリアンが呼びかけた。「我らにとって、おまえは歓迎されざる者だ！」

　グロウプにとって、この言葉はなんの印象も与えなかったようだ。少し前屈みになり（ケンタウルスが弓を引きしぼった）、また声を轟《とどろ》かせた。

「ハガー！」

数頭のケンタウルスが、今度は心配そうな戸惑い顔をする。しかし、ハーマイオニーはハッと息を呑《の》んだ。

「ハリー！」ハーマイオニーがささやいた。「『ハグリッド』って言いたいんだと思うわ！」

まさにこのとき、グロウプは二人に目を止めた。一面のケンタウルスの群れの中に、たった二人の人間。グロウプはさらに二、三十センチ頭を下げ、じっと二人を見つめる。ハリーはハーマイオニーが震えているのを感じた。グロウプはふたたび大きく口を開け、深く轟《とどろ》く声を放った。

「ハーミー」

「まあ」ハーマイオニーはいまにも気を失いそうな様子で声に出した。ハーマイオニーがあまりにきつくにぎりしめるので、ハリーは腕が痺《しび》れかけている。「お――憶《おぼ》えてたんだわ！」

「ハーミー！」グロウプが吠《ほ》えた。「ハガー、どこ？」

「知らないの！」ハーマイオニーが悲鳴に近い声を出す。「ごめんなさい、グロウプ、私、知らないの！」

「グロウプ　ハガー　欲しい！」

巨人の巨大な片手が下に伸びてきた。ハーマイオニーは今度こそ本物の悲鳴を上げ、二、三歩走るように後ずさりして、ひっくり返った。巨人の手がハリーのほうに襲いかかり、白毛のケンタウルスの足をなぎ倒したとき、ハリーは覚悟を決めた。杖《つえ》なしで、パンチでもキックでも噛《か》みつきでも、なんでもやってやる。

このときをケンタウルスは待っていた。――グロウプの広げた指がハリーからあと二、三十センチというところで、巨人めがけて五十本の矢が放たれた。巨大な顔に矢が浴びせかかり、巨人は痛みと怒りで吠《ほ》え哮《たけ》りながら身を起こす。巨大な両手で顔をこすると、矢柄《やがら》は折れたが、矢尻はかえって深々と突き刺さる。

グロウプはさけびながら巨大な足を踏み鳴らし、ケンタウルスはその足を避けて散り散りになった。小石ほどもあるグロウプの血の雨を浴びつつも、ハリーはハーマイオニーを助け起こした。木の陰に隠れようと全速力で走り、木陰に入るなり二人は振り返った。グロウプは顔から血を流しながら、やみくもにケンタウルスにつかみかかっている。ケンタウルスはてんでんばらばらになって退却し、平地の向こう側の木立ちへと疾駆していた。ハリーとハーマイオニーは、グロウプがまたしても怒りに吠え、両脇の木々をたたき折りながら、ケンタウルスを追って森に飛び込んでいくのを見ていた。

「ああ、もう」ハーマイオニーは激しい震えで膝《ひざ》が抜けてしまっている。「ああ、恐かった。それにグロウプは皆殺しにしてしまうかも」

「そんなこと気にしないな。正直言って」ハリーが苦々しく言う。

ケンタウルスの駆ける音、巨人がやみくもに追う音が、次第にかすかになってきた。その音を聞いているうちに、傷痕《きずあと》がまたしても激しく疼《うず》いた。恐怖の波がハリーを襲う。

あまりにも時間をむだにしてしまった――あの光景を見たときより、シリウスを救い出すことがいっそう難しくなっている。ハリーは不幸にも杖を失ってしまったばかりか、禁じられた森のど真ん中で、いっさいの移動の手段もないまま立ち往生してしまっていた。

「名案だったね」ハーマイオニーに向かって、ハリーは吐《は》き棄《す》てるように言い放った。せめて怒りのはけ口が必要だった。「まったく名案だったよ。これからどうするんだ？」

「お城に帰らなくちゃ」ハーマイオニーが消え入るように言う。

「そのころには、シリウスはきっと死んでるよ！」

ハリーは癇癪《かんしゃく》を起こして、近くの木を蹴飛ばした。頭上でキャッキャッとかん高い声が上がった。見上げると、怒ったボウトラックルが一匹、ハリーに向かって小枝のような長い指を曲げ伸ばしして威嚇《いかく》している。

「でも、杖《つえ》がなくては、私たちなにもできないわ」

ハーマイオニーはしょんぼりそう言いながら、力なく立ち上がった。

「いずれにしても、ハリー、ロンドンまでずうっと、いったいどうやって行くつもりだったの？」

「うん、僕たちもそのことを考えてたんだ」

ハーマイオニーの背後で聞き慣れた声がした。

ハリーもハーマイオニーも思わず寄り添い、木立ちを透かして声のした方向を窺《うかが》った。

ロンが目に入った。ジニー、ネビル、そしてルーナがそのあとから急いでついてくる。全員、かなりボロボロだ。──ジニーの頬にはいく筋も長いひっかき傷があり、ネビルの右目の上にはたん瘤《こぶ》が紫色にふくれ上がっていた。ロンの唇は前よりもひどく出血している──しかし、全員がかなり得意げだ。

「それで？」

ロンが低く垂れた木の枝を押し退《の》け、杖をハリーにさし出しながら言った。

「なにかいい考えはあるのかい」

「どうやって逃げたんだ？」ハリーは杖を受け取りながら、驚いて聞いた。

「失神光線を二、三発と、武装解除術。ネビルは『妨害の呪い』のすごいやつを一発かましてくれたぜ」ロンはなんでもなさそうに答えながら、ハーマイオニーにも杖を渡した。「だけど、なんてったって一番はジニーだな。マルフォイをやっつけた――コウモリ鼻糞《はなくそ》の呪い――最高だったね。やつの顔がものすごいビラビラでべったり覆われちゃってさ。とにかく、君たちが森に向かうのが窓から見えたからあとを追ったのさ。アンブリッジはどうしちゃったんだ？」

「連れていかれた」ハリーが答えた。「ケンタウルスの群れに」

「それで、ケンタウルスは、あなたたちを放って行っちゃったの？」ジニーは度肝を抜かれたように言った。

「ううん。ケンタウルスはグロウプに追われていったのさ」ハリーが言う。

「グロウプってだれ？」ルーナが興味を示した。

「ハグリッドの弟」ロンが即座に答える。「とにかく、いま、それは置いといて。ハリー、暖炉でなにかわかったかい？『例のあの人』はシリウスを捕まえたのか？それとも――」

「そうなんだ」ハリーが答えたそのとき、傷痕《きずあと》がまたちくちく痛んだ。「だけど、シリウスがまだ生きてるのは確かだ。ただ、助けにいこうにも、どうやってあそこに行けばいいかがわからない」

みな黙り込んだ。問題がどうにもならないほど大きすぎて、恐ろしかった。

「まあ、全員飛んでいくほかないでしょう？」突然ルーナが言う。ハリーがいままで聞いたルーナの声の中でも、一番沈着冷静な声だった。

「オーケー」ハリーはいらつきながらルーナに食ってかかった。「まず言っとくけど、自分のことも含めて言ってるつもりなら、『全員』がなにかするわけじゃない。第二に、トロールの警備がついていない箒《ほうき》は、ロンのだけ。だから――」

「私も箒を持ってるわ！」ジニーが言った。

「ああ、でも、おまえは行かない」ロンが怒ったように言う。

「お言葉ですけど、シリウスのことは、私もあなたたちと同じぐらい心配してるのよ！」

そう言って歯を食いしばったジニーは、急にフレッドとジョージに驚くほどそっくりな顔になった。

「君はまだ――」ハリーが言いかけたが、ジニーは激しく言い返した。

「私、あなたが賢者の石のことで『例のあの人』と戦った年より三歳も上よ。それに、マルフォイがアンブリッジの部屋で特大の空飛ぶ鼻糞《はなくそ》に襲われて足止めになっているのは、私がやったからだわ――」

「それはそうだけど――」

「僕たちDAはみんな一緒だよ」ネビルが静かに加わった。「なにもかも、『例のあの人』と戦うためじゃなかったの？　今回のは、現実になにかできるはじめてのチャンスなんだ――それとも、全部ただのゲームだったの？」

「ちがうよ――もちろん、ちがうさ」ハリーはいらだった。

「それなら、僕たちも行かなきゃ」ネビルが当然のように言う。「僕たちも手伝いたいのさ」

「そうよ」ルーナがうれしそうににっこりする。

ハリーはロンと目を合わせた。ロンもまったく同じことを考えているのがわかった。ハリー自身とロンとハーマイオニーのほかに、シリウス救出のためにDAメンバーの中からだれかを選出するとしても、ジニー、ネビル、ルーナの三人は選ばないだろう。

「まあ、どっちにしろ、それはどうでもいいんだ」ハリーは焦《じ》れったそうに言った。「だって、どうやってそこに行くのかまだわからないんだし――」

「それは解決ずみだと思ったけど」ふたたびルーナが癪《しゃく》に障《さわ》る言い方をした。「全員飛ぶのよ！」

「あのさあ」ロンが怒りを抑え切れずに言い返す。「君は箒なしでも飛べるかもしれないよ。でもほかの僕らは、いつでも羽を生やせるってわけには――」

「箒《ほうき》のほかにも飛ぶ方法はあるわ」ルーナが落ち着きはらって遮《さえぎ》った。

「カッキー・スノーグルかなんかの背中に乗っていくのか？」ロンが問い詰める。

「『しわしわ角《づの》スノーカック』は飛べません」ルーナは威厳のある声で答えた。「だけど、あれは飛べるわ。それに、ハグリッドが、あれは乗り手の探している場所を見つけるのがとっても上手《うま》いって、そう言ってるもン」

ハリーはくるりと振り返った。二本の木の間で白い眼が気味悪く光る。セストラルが二頭、まるでこれまでの会話が全部わかっているかのように、ひそひそ話のほうを見つめている。

「そうだ！」ハリーはそうつぶやくと、一頭に近づいた。セストラルは爬虫類《はちゅうるい》のような頭を振り、長い黒いたてがみを後ろに揺すり上げた。ハリーは逸《はや》る気持ちで手を伸ばし、一番近くの一頭の艶《つや》つやした首をなでた。こいつらを醜いと思ったことがあるなんて、なんということだ！

「それって、へんてこりんな馬のこと？」ロンが自信なさそうに言いながら、ハリーがなでているセストラルの少し左の一点を見つめる。「だれかが死んだのを見たことがないと見えないってやつ？」

「うん」ハリーが答える。

「何頭？」

「二頭だけ」

「でも、三頭必要ね」ハーマイオニーはまだ少しショック状態だったが、覚悟を決めたように言う。

「四頭よ、ハーマイオニー」ジニーがしかめ面をする。

「ほんとは全部で六人いると思うよ」ルーナが数えながら平然と言う。

「ばかなこと言うなよ。全員は行けない！」ハリーが怒った。「いいかい、君たち――」ハリーはネビル、ジニー、ルーナを指さした。「君たちには関係ないんだ。君たちは――」

三人がまたいっせいに、激しく抗議した。ハリーの傷痕《きずあと》がもう一度、前より強く疼《うず》いた。一刻の猶予もできない。議論している時間はない。

「オーケー、いいよ。勝手にしてくれ」ハリーはぶっきらぼうに言い捨てた。「だけど、セストラルがもっと見つからなきゃ、君たちは行くことができ――」

「あら、もっとくるわよ」ジニーが自信たっぷりに言った。

ロンと同じように、馬を見ているような気になっているらしいが、とんでもない方向に目を凝らしている。

「なぜそう思うんだい？」

「だって、気がついてないかもしれないけど、あなたもハーマイオニーも血だらけよ」ジニーが平然と言う。「そして、ハグリッドが生肉でセストラルを誘《おび》き寄せるってことはわかってるわ。そもそもこの二頭だって、たぶん、それで現れたのよ」

そのときハリーはローブが軽く引っ張られるのを感じて後ろを見た。一番近いセストラルが、グロウプの血で濡れた袖《そで》をなめている。

「オーケー、それじゃ」すばらしい考えが閃《ひらめ》いた。「ロンと僕がこの二頭に乗って先に行く。ハーマイオニーはあとの三人とここに残って、もっとセストラルを誘《おび》き寄せればいい」

「私、残らないわよ！」ハーマイオニーが憤然として言った。

「そんな必要ないもン」ルーナがにっこりした。「ほら、もっときたよ……あんたたち二人、きっとものすごく臭いんだ……」

ハリーが振り向いた。少なくとも六、七頭が、鞣《なめ》し革《がわ》のような両翼をぴったり胴体につけ、暗闇に眼を光らせて、木立ちを慎重にかき分けながらやってくる。もう言い逃れはできない。

「しかたがない」ハリーが怒ったように言う。「じゃ、どれでも選んで、乗ってくれ」

第34章　神秘部

ハリーは一番近くのセストラルのたてがみにしっかりと手を巻きつけ、手近の切り株に足を乗せてすべすべした背中に不器用によじ登った。セストラルはいやがらなかったが、首を回し、牙《きば》をむき出して、ハリーのローブをもっとなめようとする。

翼のつけ根に膝《ひざ》を入れると安定感があることがわかり、位置を決めたところでハリーはみなを振り返った。ネビルはフウフウ言いながら二番目のセストラルの背に這《は》い上がったところで、短い足の片方を背中の向こう側に回してまたがろうとしていた。ルーナはもう横座りに乗って、毎日やっているかのような慣れた手つきでローブを整えている。しかし、ロン、ハーマイオニー、ジニーは口をぽかんと開けて空を見つめ、その場にじっと突っ立ったままでいる。

「どうしたんだ？」ハリーが聞いた。

「どうやって乗ればいいんだ？」ロンが消え入るように言う。「乗るものが見えないっていうのに？」

「あら、簡単だよ」

ルーナが乗っていたセストラルからいそいそと下りてきて、ロン、ハーマイオニー、ジニーにすたすたと近づいた。

「こっちだよ……」

ルーナは、三人をそのあたりに立っているセストラルのところへ引っ張っていき、一人ひとりを手伝って背中に乗せた。ルーナが乗り手の手を馬のたてがみにからませてやり、しっかりつかむように言うと、三人ともひどく緊張しているようにうなずいた。三人が乗馬したのを確認すると、ルーナは自分の馬の背にもどった。

「こんなの、むちゃだよ」

空いている手で恐る恐る自分の馬の首に触り、その手を上下に動かしながら、ロンがつぶやく。

「むちゃだ……見えたらいいんだけどな――」

「見えないままのほうがいいんだよ」ハリーが沈んだ声で言う。「それじゃ、みんな、準備はいいね？」

全員がうなずいた。ハリーには、五組の膝《ひざ》がローブの下で力の入るのが見えた。

「オッケー……」

ハリーは自分のセストラルの黒い艶《つや》つやした後頭部を見下ろし、ゴクリと生唾を飲んだ。

「それじゃ、ロンドン、魔法省、来訪者入口」ハリーは半信半疑で行き先を唱えた。「えーと……どこに行くか……わかったらだけど……」

セストラルはなんの反応もしない。と思った次の瞬間、ハリーが危うく落馬しそうになるほどすばやい動きで、両翼がさっと伸びた。馬はゆっくりとかがみ込み、力強く地を蹴るとロケット弾のように急上昇した。あまりの速さあまりの急角度で昇ったので、骨ばった馬の尻から滑り落ちないよう、ハリーは両腕両足でがっちり胴体にしがみつかなければならなかった。ハリーは目を閉じ、絹のような馬のたてがみに顔を押しつける。セストラルは、高い木々の梢を突き抜け、血のように赤い夕焼けに向かって飛翔した。

ハリーは、これまでこんなに高速で移動した気憶はない。セストラルは広い翼をほとんど羽ばたかせず、城の上を一気に飛び越していく。涼《すず》しい空気が顔を打ち、吹きつける風にハリーは目を細めた。振り返ると、五人の仲間があとから昇ってくるのが見える。ハリーのセストラルが巻き起こす後流《こうりゅう》から身を護るのに、五人ともそれぞれの馬の首にしがみついて、できるだけ低く伏せている。

ホグワーツの校庭を飛び越え、ホグズミードを過ぎる。眼下には山々や峡谷の広がりが見えた。陽が翳《かげ》りはじめると、通り過ぎる村々の小さな光の集落が見えてきた。そして、丘陵地の曲りくねった一本道を、せかせかと家路に急ぐ一台の車も……。

「気味が悪いよー！」ハリーの背後でロンがさけぶのがかすかに聞こえる。こんな高いところを、これといって目に見える支えがないまま猛スピードで飛ぶのは、たしかにへんな気持ちだろうと、ハリーは三人を思いやった。

陽が落ち、空は柔らかな深紫色に変わり、小さな銀色の星が撒き散らされている。やがて、地上からどんなに離れ、どんなに速く飛んでいるかは、マグルの街灯《あか》りでしか判断がつかなくなった。ハリーは自分の馬の首に両腕をしっかり巻きつけ、もっと速く飛んで欲しいと願っていた。シリウスが神秘部の床に倒れているのを目撃してから、どれぐらいの時が経ったのだろう？　シリウスは、あとどれほどヴォルデモートに抵抗し続けられるだろう？　確実なのは、ハリーの名付け親が、まだヴォルデモートの望むことをやっていないということ、そして死んでもいないということだけだ。もしそのどちらかが起こっていれば、ヴォルデモートの歓喜か激怒の感情がハリー自身の体を駆け巡り、ウィーズリー氏が襲われた夜と同じように、傷痕《きずあと》に焼きごてを当てられたような痛みが走るはずだ。

一行は、深まる闇の中を飛びに飛んだ。ハリーは顔が冷えて強張り、セストラルの胴をきつく挟んでいる足は痺《しび》れていた。しかし、体位を変えることなどとうていできない。滑り落ちてしまう……。耳元にうなる轟々《ごうごう》たる風の音で、なにも聞こえない。冷たい夜風で口が乾き、凍りついている。どれほど遠くまできたのか、ハリーにはまったく感覚がない。ただ、足元の生き物を信じるだけだ。セストラルは、目的地を定めたかのように猛スピードで夜を貫き、ほとんど羽ばたきもせずに先へ先へと進んでいる。

もしも、間に合わなかったら……。

シリウスはまだ生きている。戦っている。ハリーはそれを感じている……。

もしも、ヴォルデモートがシリウスは屈服しないと見切りをつけたら……。

ハリーにもわかるはずだ……。

ハリーの胃袋がぐらっとした。セストラルの頭が、急に地上を向いて傾き、ハリーは馬の首に沿って少し前に滑った。ついに降りはじめた……背後で悲鳴が聞こえたような気がする。ハリーは危なっかしげに身をよじって振り返ったが、だれかが落ちていく様子はない……たぶん、ハリーがいま感じたのと同じように、方向転換で全員が衝撃を受けたのだろう。

前後左右の明るいオレンジ色の灯りが次第に大きく丸くなってきた。全員の目に建物の屋根が見え、光る昆虫の目のようなヘッドライトの流れや、四角い淡黄色の窓明かりが見える。出し抜けに、という感じで、全員が矢のように歩道に突っ込んでいった。ハリーは最後の力を振りしぼってセストラルにしがみつき、急な衝撃に備えた。しかし、馬はまるで影法師のようにふわりと暗い地面に着地した。ハリーは馬の背中から滑り降り、通りを見回した。打ち壊された電話ボックスも、少し離れたところにあるゴミのあふれた大型ゴミ運搬容器も以前のままだ。どちらも、ぎらぎらしたオレンジ一色の街灯を浴び、色彩を失っている。

ロンが少し離れたところに着地し、たちまちセストラルから歩道に転げ落ちた。

「もう、こりごりだ」ロンがもそもそ立ち上がりながら言う。セストラルから大股で離れるつもりだったらしいが、なにしろ見えないので、その尻に衝突してまた転びかけた。「二度といやだ、絶対いやだ……最悪だった——」

ハーマイオニーとジニーがそれぞれロンの両脇に着地して、二人ともロンよりは少し優雅に滑り降りたが、ロンと同じように、しっかりした地上にもどれてほっとした顔をしている。ネビルは震えながら飛び降り、ルーナはすっと下馬した。

「それで、ここからどこ行くの?」

ルーナはまるで楽しい遠足でもしているように、一応、行き先に興味を持っているような聞き方をした。

「こっち」

ハリーは感謝を込めてちょっとセストラルをなで、先頭を切って壊れた電話ボックスへと急ぎ、ドアを開けた。

「入れよ。早く！」ためらっているみなを、ハリーは促した。

ロンとジニーが従順に入っていく。ハーマイオニー、ネビル、ルーナがそのあとからぎゅうぎゅう押して入った。ハリーは、入る前にもう一度セストラルをちらりと振り返る。ゴミ容器の中から腐った食べ物のクズを漁っている。ハリーはルーナのあとからボックスに体を押し込んだ。

「受話器に一番近い人、ダイヤルして！　62442！」ハリーが指示した。

ロンがダイヤルに触れようと腕を奇妙にねじ曲げながら、数字を回した。ダイヤルが元の位置にもどると、電話ボックスに落ち着きはらった女性の声が響いた。

「魔法省へようこそ。お名前とご用件をおっしゃってください」

「ハリー・ポッター、ロン・ウィーズリー、ハーマイオニー・グレンジャー」ハリーは早口で告げた。「ジニー・ウィーズリー、ネビル・ロングボトム、ルーナ・ラブグッド……ある人を助けにきました。魔法省が先に助けてくれるなら別ですが！」

「ありがとうございます」落ち着いた女性の声が言う。「外来の方はバッジをお取りになり、ローブの胸にお着けください」

六個のバッジが、釣り銭が出てくるコイン返却口の受け皿に滑り出てきた。ハーマイオニーが全部すくい取って、ジニーの頭越しに無言でハリーに渡した。ハリーが一番上のバッジを見た。

〝ハリー・ポッター　救出任務〟

「魔法省への外来の方は、杖《つえ》を登録いたしますので、守衛室にてセキュリティ・チェックを受けてください。守衛室はアトリウムの一番奥にございます」

「わかった！」ハリーが大声を出す。傷痕《きずあと》がまた疼《うず》いたのだ。「さあ、早く出発してくれませんか？」

電話ボックスの床がガタガタ揺れたかと思うと、ボックスのガラス窓越しに歩道が迫《せ》り上がりはじめた。ゴミ漁りをしているセストラルも迫り上がって、姿が見えなくなった。頭上は闇に呑《の》まれ、一行はガリガリという鈍い軋《きし》み音とともに魔法省のある深みへと沈んでいった。

一筋の和らかい金色の光が射し込み、一行の足下を照らす。光は徐々に広がり、体の下から上へと登っていく。ハリーは膝《ひざ》を曲げ、鮨詰め状態の中で可能なかぎり杖を構え、アトリウムでだれかが待ち伏せしているのではないかと、ガラス窓越しに窺《うかが》った。しかし、そこは完全に空っぽのようだった。照明は日中に来た前回のときより薄暗く、壁沿いに作りつけられたいくつものマントルピースの下には火の気がない。しかし、エレベーターが滑らかに停止すると、ハリーは例の金色の記号が、暗いブルーの天井にしなやかにくねり続けているのを見た。

「魔法省です。本夕はご来省ありがとうございます」女性の声が言う。電話ボックスのドアがパッと開く。ハリーはボックスから転がり出た。ネビルとルーナがそれに続く。アトリウムには、黄金の噴水が絶え間なく吹き上げる水音しかない。魔法使いと魔女の杖、ケンタウルスの矢尻、小鬼の帽子の先、しもべ妖精の両耳から、間断なく水が噴き上げ、まわりの水盆に落ちている。

「こっちだ」ハリーが小声で指示を出す。六人はホールを駆け抜けた。ハリーは先頭に立って噴水を通り過ぎ、守衛室に向かう。ハリーの杖を計量した守衛が座っていたデスクだが、いまはだれもいない。

ハリーは必ず守衛がいるはずだと思っていた。いないということは不吉な印にちがいない。エレベーターに向かう金色の門をくぐりながら、ハリーはますますいやな予感を募らせた。ハリーは一番近くの「▼」のボタンを押す。エレベーターはほとんどすぐにガタゴトと現れ、金の格子扉がガチャガチャ大きな音を響かせて横に開いた。みなが飛び乗る。ハリーが「9」を押すと、扉がガチャンと閉まり、エレベーターがジャラジャラ、ガラガラ音を立てて降り出した。ウィーズリーおじさんときた日には、エレベーターがこんなにうるさいとはハリーは気づかなかった。こんな騒音を立てていたら、建物の中にいる守衛が一人残らず気づくのではなかろうか。しかし、エレベーターが止まると、落ち着きはらった女性の声が告げた。

「神秘部です」

格子扉が横に開いた。廊下に出る。なんの気配もない。動くものは、エレベーターからの一陣の風で揺らめく手近の松明《たいまつ》だけだ。

ハリーは取っ手のない黒い扉に向かった。何か月も夢に見たその場所に、ハリーはついにやってきた。

「行こう」そうささやくと、ハリーは先頭に立って廊下を歩いた。ルーナがすぐ後ろで、口を少し開け、周囲を見回しながらついてくる。

「オーケー、いいか」ハリーは扉の二メートルほど手前で立ち止まった。「どうだろう……何人かはここに残って——見張りとして、それで——」

「それで、なにかがきたら、どうやって知らせるの？」ジニーが眉《まゆ》を吊り上げる。

「あなたはずうっと遠くかもしれないのに」

「みんな君と一緒に行くよ、ハリー」ネビルが言う。

「よし、そうしよう」ロンがきっぱりと応じた。

ハリーは、やはりみなを連れていきたくはなかった。しかし、それしか方法はなさそうだ。ハリーは扉のほうを向き、歩き出す……夢と同じように、扉がパッと開き、ハリーは前進した。みなもあとに続いて扉を抜けた。

そこは大きな円形の部屋だった。床も天井も、なにもかもが黒い。なんの印もない、まったく同一の取っ手のない黒い扉が、黒い壁一面に間隔を置いて並んでいる。壁の所どころに蠟燭《ろうそく》立てがあり、青い炎が燃えている。光る大理石の床に、冷たい炎がちらちらと映るさまは、まるで足下に暗い水があるようだ。

「だれか扉を閉めてくれ」ハリーが低い声で言った。

ネビルが命令に従ったとたん、ハリーは後悔した。背後の廊下から細長く射し込んでいた松明の灯《あか》りがなくなると、この部屋は本当に暗く、しばらくの間、壁に揺らめく青い炎と、それが床に映る幽霊のような姿しか見えなかった。

夢の中では、ハリーはいつも、入口の扉の対面にある扉をめざして部屋を横切り、そのまま前進していた。しかし、ここには一ダースほどの扉がある。自分の正面にあるいくつかの扉を見つめ、どの扉がそれなのかを見定めようとしていたそのとき、ゴロゴロと大きな音がして、蠟燭が横に動きはじめた。円形の部屋が回り出している。

ハーマイオニーが床も動くのではと恐れたかのように、ハリーの腕をしっかりつかんだ。しかし、そうはならなかった。壁が急速に回転する数秒間、青い炎がネオン灯のように筋状にぼやけた。それから、回転を始めたときと同じように突然音が止まり、すべてがふたたび動かなくなった。

ハリーの目には青い筋が焼きつき、他にはなにも見えない。

「あれはなんだったんだ？」ロンが恐る恐るささやく。

「どの扉から入ってきたのかわからなくするためだと思うわ」ジニーが声をひそめて言う。

そのとおりだと、ハリーにもすぐにわかった。出口の扉を見分けるのは、真っ黒な床の上で蟻を見つけるようなものだ。その上、周囲の十二の扉のどれもが、これから前進する扉である可能性がある。

「どうやってもどるの?」ネビルが不安そうに聞いた。

「いや、いまはそんなこと問題じゃない」青い筋の残像を消そうと目を瞬《しばた》き、杖《つえ》をいっそう強くにぎりしめながら、ハリーが力んだ。

「シリウスを見つけるまでは出ていく必要がないんだから――」

「でも、シリウスの名前を呼んだりしないで!」ハーマイオニーが緊迫した声で言う。しかし、そんな忠告は、いまのハリーにはまったく無用だ。できるだけ静かにすべきだと、本能が教えていた。

「それじゃ、ハリー、どっちに行くんだ?」ロンが聞く。

「わからな――」ハリーは言いかけた言葉を呑《の》み込んだ。「夢では、エレベーターを降りたところの廊下の奥にある扉を通って、暗い部屋に入った――この部屋だ――それからもう一つの扉を通って入った部屋は、なんだか……キラキラ光って……。どれか試してみよう」ハリーは思い切って言う。「正しい方向かどうか、見ればわかる。

さあ」

ハリーはいま自分の正面にある扉へとまっすぐ進んだ。みながそのすぐあとに続く。ハリーは左手で冷たく光る扉の表面に触れ、開いたらすぐに攻撃できるように杖を構えて扉を押した。

簡単にパッと開いた。

最初の部屋が暗かったせいで、天井から金の鎖でぶら下がるいくつかのランプが、この細長い長方形の部屋をずっと明るい印象にしている。しかし、ハリーが夢で見た、キラキラと揺らめく灯《あか》りはなかった。この場所はがらんとしている。机が数卓と、部屋の中央に巨大なガラスの水槽があるだけだ。全員が泳げそうな巨大な水槽は、濃い緑色の液体で満たされ、その中に、半透明の白いものがいくつも物憂げに漂っている。

「これ、なんだい？」ロンがささやいた。

「さあ」ハリーが答える。

「魚？」ジニーが声をひそめた。

「アクアビリウス・マゴット、水蛆虫《みずうじむし》だ！」ルーナが興奮する。「パパが言ってた。魔法省で繁殖してるって――」

「ちがうわ」ハーマイオニーが気味悪そうに言いながら、水槽に近づいて横から覗き込む。

「脳みそよ」

「脳みそ?」

「そう……いったい魔法省はなんのために?」

ハリーも水槽に近づいた。本当だ。近くで見るとまちがいない。不気味に光りながら、脳みそは緑の液体の深みで、まるでぬめぬめしたカリフラワーのように、ゆらゆらと見え隠れしている。

「出よう」ハリーが言った。「ここじゃない。別のを試さなきゃ」

「この部屋にも扉があるよ」ロンが周囲の壁を指さした。ハリーはがっかりした。いったいこの場所はどこまで広いんだ?

「夢では、暗い部屋を通って次の部屋に行った」ハリーが言う。「あそこにもどって試すべきだと思う」

そこで全員が急いで暗い円形の部屋にもどる。ハリーの目に、今度は青い蠟燭《ろうそく》の炎ではなく、脳みそが幽霊のように泳いでいた。

「待って!」ルーナが脳みその部屋を出て扉を閉めようとしたとき、ハーマイオニーが鋭く制した。

「フラグレート! 焼印!」

ハーマイオニーが空中に×印を描くと、扉に燃えるように赤い「×」が印された。扉がカチリと閉まるやゴロゴロと大きな音がして、またしても壁が急回転しはじめた。しかし今度は、薄青い中に大きく赤と金色がぼやけて見える。ふたたび壁が停止したとき、燃えるような「×」は焼印されたまま残り、もう試しずみの扉であることを示していた。

「いい考えだよ」ハリーが言った。「オーケー、次はこれだ――」

ハリーは今度も真正面の扉に向かい、杖《つえ》を構えたままで扉を押し開けた。みなもすぐあとに続いた。

今回の部屋は前のより広く、薄暗い照明の長方形の部屋だった。中央が窪んで、六、七メートルの深さの大きな石坑になっている。穴の中心に向かって急な石段が刻まれ、ハリーたちが立っているのはその一番上の段だ。部屋をぐるりと囲む階段が、石のベンチのように見える。円形劇場か、ハリーが裁判を受けた最高裁のウィゼンガモット法廷のような造り。ただし、中央には、鎖のついた椅子ではなく石の台座が置かれ、その上にやはり石のアーチが立っている。アーチは相当に古く、ひびが入ってボロボロで、まだ立っていることだけでもハリーにとっては驚きだった。周囲には支える壁もなく、アーチにはすり切れたカーテンかベールのような黒い物が掛かっている。まわりの冷たい空気は完全に静止しているのに、その黒い物は、たったいまだれかが触れたようにかすかに波打っていた。

「だれかいるのか？」ハリーは一段下のベンチに飛び降りながら声をかけた。答える声はなかったが、ベールは相変わらずはためき、揺れている。

「用心して！」ハーマイオニーが声をかける。

ハリーは一段また一段と急いで石のベンチを下り、窪んだ石坑の底に着いた。台座にゆっくりと近づいていくハリーの足音が大きく響く。尖《とが》ったアーチは、いま立っている所から見るほうが、上から見下ろしていたときよりずっと高く見える。ベールは、いましがただれかがそこを通ったかのように、まだゆっくりと揺れていた。

「シリウス？」ハリーはもう一度声をかけた。さっきよりは近くからなので、低い声で呼んでみた。

アーチの裏側のベールの陰にだれかが立っているような、奇妙な感じがする。杖《つえ》をしっかりつかみ、ハリーは台座に沿ってじりじりと回り込んだ。しかし、裏側にはだれもいない。すり切れた黒いベールの裏側が見えるだけだった。

「行きましょう」石段の中腹からハーマイオニーが呼んだ。「なんだか変だわ。ハリー、さあ、行きましょう」

ハーマイオニーは、脳みそが泳いでいた部屋のときよりもずっと怯《おび》えた声をしている。しかしハリーは、どんなに古ぼけていても、アーチがどこか美しいと思った。ゆっくり波打つベールがハリーを惹《ひ》きつける。台座に上がってアーチをくぐりたいという強い衝動に駆られた。

「ハリー、行きましょうよ。ね?」ハーマイオニーがさっきより強く促す。

「うん」しかしハリーは動かなかった。たったいま、なにかが聞こえた。ベールの裏側から、かすかにささやく声、ブツブツつぶやく声が聞こえる。

「なにを話してるんだ?」ハリーはアーチに向かって大声で問いかける。声が石のベンチの隅々に響いた。

「だれも話なんかしてないわ、ハリー!」ハーマイオニーが今度はハリーに近づきながら言った。

「この陰でだれかがひそひそ話してる」

ハリーはハーマイオニーの手が届かないところに移動し、ベールを睨《にら》み続けた。

「ロン、君か?」

「僕はここだぜ、おい」ロンがアーチの脇から現れた。

「だれかほかに、これが聞こえないの?」

ハリーがみなに向かって問いかけた。ひそひそブツブツが、次第に大きくなってきたからだ。ハリーは思わず台座に足をかけていた。

「あたしにも聞こえるよ」アーチの脇から現れ、揺れるベールを見つめながら、ルーナが息をひそめた。『『あそこ』に人がいるんだ」

『『あそこ』ってどういう意味？」ハーマイオニーが、一番下の石段から飛び降り、こんな場面に不釣合いなほど怒った声で詰問した。『『あそこ』なんて場所はないわ。ただのアーチよ。だれかがいるような場所なんてないわ。ハリー、やめて。もどってきて――」

ハーマイオニーがハリーの腕をつかんで引っ張る。ハリーは抵抗した。

「ハリー、私たち、なんのためにここにきたの？　シリウスよ！」ハーマイオニーがかん高い、緊張した声で言った。

「シリウス」ハリーは揺れ続けるベールを、催眠術にかかったようにまだじっと見つめながら繰り返した。

「うん……」

頭の中で、やっとなにかが元にもどった。シリウス、捕われ、縛られて拷問されている。それなのにハリーはアーチを見つめている。

ハリーは台座から数歩下がり、ベールからむりやり目を背けた。

「行こう」ハリーが言った。

「私、さっきからそうしようって――さあ、それじゃ行きましょう！」

ハーマイオニーが台座を回り込んで、もどり道の先頭に立つ。台座の裏側では、ジニーとネビルが、どうやら恍惚《こうこつ》状態でベールを見つめている。ハーマイオニーは無言でジニーの腕をつかみ、ロンはネビルの腕をつかんで、二人をしっかりと一番下の石段まで歩かせた。全員が石段を這《は》い登り、扉までもどった。

「あのアーチはなんだったと思う？」暗い円形の部屋までもどったとき、ハリーがハーマイオニーに聞いた。

「わからないけど、いずれにせよ、危険だったわ」ハーマイオニーがまた燃える「×」をしっかり扉に印しながら言った。

またしても壁が回転し、そしてまた静かになった。ハリーは適当な扉に近づき、押した。動かなかった。

「どうしたの？」ハーマイオニーが聞く。

「これ……鍵がかかってる……」ハリーが体ごとぶつかりながら言った。扉はびくともしない。

「それじゃ、これがそうなんじゃないか？」

ロンが興奮し、ハリーと一緒に扉を押し開けようとした。

「まちがいないよ！」

「どいて！」

ハーマイオニーが鋭くそう言うと、通常の扉の鍵の位置に杖《つえ》を向けて唱えた。

「アロホモーラ！」

何事も起こらない。

「シリウスのナイフだ！」

ハリーはローブの内側からナイフを引っ張り出し、扉と壁の間に差し込んだ。ハリーがナイフをてっぺんから一番下まで走らせ、取り出し、もう一度肩で扉にぶつかるのを、みな息を殺して見守った。扉は相変わらず固く閉まったままだ。その上、ハリーがナイフを見ると、刃が溶けている。

「いいわ。この部屋は放っておきましょう」ハーマイオニーが決然と言う。

「でも、もしここだったら？」ロンが不安と望みが入り交じった目で扉を見つめながら返した。

「そんなはずないわ。ハリーは夢で全部の扉を通り抜けられたんですもの」

ハーマイオニーはまた燃える「×」印をつけ、ハリーは役に立たなくなったシリウスのナイフの柄《え》をポケットにしまった。

「あの部屋に入ってたかもしれない物、なんだかわかる？」壁がまた回転しはじめたとき、ルーナが熱っぽく言った。

「どうせまた、じゅげむじゅげむでしょうよ」ハーマイオニーがこっそり言った。

ネビルが怖さを隠すように小さく笑った。

壁がすーっと止まり、ハリーは次第に絶望的になりながら、次の扉を押した。

「ここだ！」

美しい、ダイヤのきらめくような照明が踊っていることで、ハリーにはすぐこの部屋だとわかった。まぶしい光に目が慣れてくると、ハリーはありとあらゆるところで時計がきらめいているのを見た。大小さまざまな時計、床置時計、旅行用の提げ時計などが、部屋全体に並んだ本棚の間に掛けてあったり机に置いてあったり、絶え間なく忙しくチクタクと、まるで何千人の小さな足が行進しているような音を立てている。踊るようなダイヤのきらめきは、部屋の奥にそびえ立つ釣鐘《つりがね》形のクリスタルから出る光だった。

「こっちだ！」

正しい方向が見つかったという思いで、ハリーの心臓は激しく脈打った。ハリーは先頭に立ち、何列も並んだ机の間の狭い空間を、夢で見たと同じように光の源に向かって進む。ハリーの背丈ほどもあるクリスタルの釣鐘は、机の上に置かれ、中にはキラキラした風が渦巻いているようだった。

「まあ、見て！」

全員がそのそばまできたとき、ジニーが釣鐘の中心を指さした。

宝石のようにまばゆい卵が、キラキラする渦に漂っている。釣鐘の中で卵が上昇すると、割れて一羽のハチドリが現れ、釣鐘《つりがね》の一番上まで運ばれていく。しかし、風にあおられて落ちていくと、ハチドリの羽は濡れてくしゃくしゃになり、釣鐘の底まで運ばれてふたたび卵に閉じ込められた。

「立ち止まらないで！」ハリーが鋭く指示した。ジニーが立ち止まって、卵がまた鳥になる様子を見たいという素振りを見せていたからだ。

「あなただって、あの古ぼけたアーチでずいぶん時間をむだにしたわ！」ジニーは不機嫌な声を出したが、ハリーに従って釣鐘を通り過ぎ、その裏にある唯一の扉へと進んだ。

「これだ」あまりにも激しく速く打つ心臓の鼓動に、ハリーは言葉を遮《さえぎ》られてしまうかと思った。

「ここを通るんだ――」

ハリーは振り向いて全員を見回した。みな杖《つえ》を構え、急に真剣で不安な表情になっている。ハリーは扉に向きなおり、そして押した。扉が開いた。

〝そこ〟に着いた。その部屋を見つけた。教会のように高く、ぎっしりとそびえ立つ棚以外はなにもない。棚には小さな埃《ほこり》っぽいガラスの球が隙間なく置かれている。棚の間に、間隔を置いて取りつけられた燭台《しょくだい》の灯《あか》りで、ガラス球は鈍い光を放っている。さきほど通ってきた円形の部屋と同じように、蠟燭《ろうそく》が青く燃えている。部屋はとても寒かった。

ハリーはじわじわと前に進み、棚の間の薄暗い通路の一つを覗いた。なにも聞こえず、なにひとつ動く気配もない。

「九十七列目の棚だって言ってたわ」ハーマイオニーがささやく。

「ああ」ハリーが一番近くの棚の端を見上げながら、息を殺して言った。青く燃える蠟燭を載せた腕木がそこから突き出し、その下にぼんやりと銀色の数字が見える。53。

「右に行くんだと思うわ」ハーマイオニーが目を細めて次の列を見ながらささやいた。「そう……こっちが54よ……」

「杖を構えたままでいて」ハリーが低い声でみなに指示した。

延々と延びる棚の通路を、ときどき振り返りながら全員が忍び足で前進した。通路の先の先はほとんど真っ暗だ。ガラス球の下の棚には一つひとつ、小さな黄色く退色したラベルが貼りつけられている。気味の悪い液体が光っている球もあれば、切れた電球のように暗く鈍い色をしている球もある。

84番目の列を過ぎた……85……わずかの物音でも聞き逃すまいと、ハリーは耳をそばだてる。シリウスはいま、さるぐつわをかまされているのか、気を失っているのか……それとも――頭の中で勝手に声がする――もう死んでしまったのかも……。

それなら感じたはずだ、とハリーは自分に言い聞かせた。心臓が喉仏《のどぼとけ》を打っている。その場合は、僕にはわかるはずだ……。

「97よ！」ハーマイオニーが声を上げた。

全員がその列の端に塊《かた》まって立ち、棚の脇の通路を見つめた。そこにはだれもいない。

「シリウスは一番奥にいるんだ」ハリーは口の中が少し乾いていた。「ここからじゃ、ちゃんと見えない」

そしてハリーは、両側にそそり立つようなガラス球の列の間を、みなを連れて進んだ。通り過ぎる際に、ガラス球のいくつかが和らかい光を放つ。

「このすぐ近くにちがいない」一歩進むごとに、ずたずたになったシリウスの姿が、いまにも暗い床の上に見えてくるにちがいないという思いに囚われて、ハリーがささやいた。「もうこのへんだ……とっても近い……」

「ハリー？」ハーマイオニーがおずおずと声をかけたが、ハリーは答えたくなかった。口がカラカラだった。

「どこか……このあたり……」ハリーがつぶやく。

全員がその列の反対側の端に着き、そこを出るとまたしても薄暗い蠟燭《ろうそく》の灯《あか》りだった。だれもいない。埃《ほこり》っぽい静寂がこだまするばかりだ。

「シリウスはもしかしたら……」ハリーはしわがれ声でそう言うと、隣の列の通路を覗いた。「いや、もしかしたら……」ハリーは急いで、そのまた一つ先の列を見る。

「ハリー？」ハーマイオニーがふたたび声をかけた。

「なんだ？」ハリーがうなるように返す。

「ここには……シリウスはいないと思うけど」

だれもなにも言わない。ハリーはだれの顔も見たくなかった。吐《は》き気がした。なぜここにシリウスがいないのか、ハリーには理解できなかった。ここにいるはずだ。ここで、僕はシリウスを見たんだ……。

ハリーは棚の端を覗きながら列から列へと走った。空っぽの通路が、次々と目に入る。次には逆方向に、じっと見つめる仲間の前を通り過ぎて走った。どこにもシリウスの姿はない。争った跡さえない。

「ハリー？」ロンが呼びかけた。

「なんだ？」

ハリーはロンの言おうとしていることを聞きたくなかった。自分がばかだったと、ロンに聞かされたくなかった。ホグワーツに帰るべきだとも言われたくなかった。顔が火照ってくる。しばらくの間、ここの暗がりにじっと身をひそめていたかった。上の階のアトリウムの明るみに出る前に、そして仲間の咎《とが》めるような視線にさらされる前に……。

「これを見た？」ロンが言う。

「なんだ？」ハリーは今度は飛びつくように答えた――シリウスがここにいたという印、手がかりにちがいない。ハリーはみなが立っているところへ大股でもどった。九十七列目を少し入った場所だった。しかし、ロンは棚の埃《ほこり》っぽいガラス球を見つめているだけだった。

「なんだ？」ハリーはぶすっとして繰り返す。

「これ――これ、君の名前が書いてある」ロンが棚を指さしながら言う。

ハリーはもう少し近づいた。ロンが指さす先に、長年だれも触れなかったらしくずいぶん埃をかぶった、内側からの鈍い灯《あか》りで光る小さなガラス球があった。

「僕の名前？」ハリーはきょとんとして言った。

ハリーは前に進み出る。ロンほど背が高くないので、埃っぽいガラス球のすぐ下の棚に貼りつけられている黄色味を帯びたラベルを読むのに、首を伸ばさなければならない。およそ十六年前の日付けが、細長い蜘蛛《くも》の肢《あし》のような字で記され、その下にはこう書いてある。

S・P・TからA・P・W・B・Dへ
闇の帝王そして
（?）ハリー・ポッター

ハリーは目をみはった。

「これ、なんだろう?」ロンは不安げだった。「こんなところに、いったいなんで君の名前が?」

ロンは同じ棚にあるほかのラベルをざっと横に見ている。

「僕のはここにないよ」ロンが当惑したように言う。「僕たちのだれもここにはない」

「ハリー、触らないほうがいいと思うわ」ハリーが手を伸ばすと、ハーマイオニーが鋭く注意した。

「どうして?」ハリーが聞いた。「これ、僕に関係のあるものだろう?」

「触らないで、ハリー」突然ネビルが言う。ハリーはネビルを見た。丸い顔が汗で少し光っている。もうこれ以上のハラハラには耐えられないという表情だ。

「僕の名前が書いてあるんだ」ハリーが言った。

少し無謀な気持ちになり、ハリーは埃《ほこり》っぽい球の表面を指で包み込んだ。冷たいだろうと思っていたのに、そうではなかった。反対に、何時間も太陽の下に置かれていたような感じがする。まるで中の光が球を暖めているかのようだ。劇的なことが起こって欲しい。この長く危険な旅がやはり価値あるものだったと思えるような、わくわくするなにかが起こって欲しい。そう期待し、願いながら、ハリーはガラス球を棚から下ろし、じっと見つめた。

まったく何事も起こらなかった。みなハリーのまわりに集まり、ハリーが球にこびりついた埃を払い落とすのをじっと見つめている。

そのとき、背後から気取った声が上がった。

「よくやった、ポッター。さあ、こっちを向きたまえ。そうら、ゆっくりとね。そしてそれを私に渡すのだ」

第35章　ベールの彼方に

どこからともなく現れた黒い人影がまわりを囲み、右手も左手もハリーたちの進路を断った。フードの裂け目から目をぎらつかせ、十数本の光る杖先《つえさき》が、まっすぐにハリーたちの心臓を狙っている。ジニーが恐怖に息を呑《の》む。

「私に渡すのだ、ポッター」片手を突き出し、手のひらを見せて、ルシウス・マルフォイの気取った声が繰り返す。

腸《はらわた》がぐくんと落ち込み、ハリーは吐《は》き気さえ感じた。いつの間にか、二倍もの数の敵に囲まれている。

「私に」マルフォイがもう一度言う。

「シリウスはどこにいるんだ？」ハリーが聞いた。

死喰い人が数人、声を上げて笑った。ハリーの左側の黒い人影の中から、残酷な女の声が勝ち誇ったように大声で言い放つ。

「闇の帝王は、常にご存知だ！」

「常に」マルフォイが低い声でその言葉を受けた。「さあ、予言を私に渡すのだ。ポッター」

「シリウスがどこにいるか知りたいんだ！」

「シリウスがどこにいるか知りたいんだ！」左側の女が声色をまねた。

その女と仲間の死喰い人とが包囲網を狭め、ハリーたちからほんの数十センチのところに迫る。その杖先《つえさき》の光でハリーは目がくらんだ。

「おまえたちが捕まえているんだろう」

胸に突き上げてくる恐怖を無視して、ハリーが声を上げる。九十七列目に入ったときから、ハリーはこの恐怖と闘ってきた。

「シリウスはここにいる。僕にはわかっている」

「ちいちゃな赤ん坊が怖いよーって起っきして、夢が本物だって思いまちた」女がぞっとするような赤ちゃん声でハリーをからかった。すぐ横でロンがかすかに身動きするのを、ハリーは感じた。

「なにもするな」ハリーが低い声で言った。「まだだ――」

ハリーの声をまねた女が、しわがれた悲鳴のような笑い声を上げる。

「聞いたか？　聞いたかい？　私らと戦うつもりなのかね。ほかの子に指令を出してるよ！」

「ああ、ベラトリックス、君は私ほどにはポッターを知らないのだ」マルフォイが静かに言葉を繰り出す。「英雄気取りが大きな弱みでね。闇の帝王はそのことをよくご存知だ。さあ、ポッター、予言を私に渡すのだ」

「シリウスがここにいることはわかっている」

ハリーは恐怖で胸を締めつけられ、まともに息もつけないような気がした。

「おまえたちが捕えたことを知っているんだ！」

さらに何人かの死喰い人が笑った。一番大声で笑ったのはあの女だった。

「現実と夢とのちがいがわかってもよいころだな、ポッター」マルフォイが言う。

「さあ、予言を渡せ。さもないと我々は杖を使うことになるぞ」

「使うなら使え」

ハリーは自分の杖を胸の高さに構えた。同時に、ロン、ハーマイオニー、ネビル、ジニー、ルーナの五本の杖が、ハリーの両脇で上がる。ハリーは胃がぐっと締めつけられる思いがした。もし本当に、シリウスがここにいないなら、自分は友達を犬死させることになる……。

しかし、死喰い人は攻撃してこない。

「予言を渡せ。そうすればだれも傷つかぬ」マルフォイが落ち着きはらって言う。

今度はハリーが笑う番だった。
「ああ、そうだとも！」ハリーが言った。「これを渡せば――予言、とか言ったな？
そうすればおまえは、僕たちを黙って無事に家に帰してくれるって？」
ハリーが言い終わるか終わらないうちに、女の死喰い人がかん高く唱えた。
「アクシオ　予――」
ハリーは辛《かろ》うじて応戦した。女の呪文が終わらないうちに「プロテゴ！　護れ！」
とさけんで、指の先まで滑ったガラス球を、なんとか手の内に止《とど》めた。
「おー、やるじゃないの、ちっちゃなベビー・ポッターちゃん」フードの裂け目か
ら、女の血走った目が睨《にら》む。「いいでしょう。それなら――」
「言ったはずだ。やめろ！」
ルシウス・マルフォイが女に向かって吠《ほ》えた。
「もしもあれを壊したら――！」
ハリーは目まぐるしく考えを巡らせていた。死喰い人はこの埃《ほこり》っぽいスパンガラス
の球を欲しがっている。こんな球にハリーはまったく興味がない。ハリーの関心はた
だ、みなを生きてここから帰したいという一点だけ。自分の愚かさのせいで、友達に
とんでもない代償を払わせてはならない……。
女が仲間から離れ、前に進み出てフードを脱いだ。アズカバンがベラトリックス・

レストレンジの顔を虚ろにし、落ち窪んだ骸骨《がいこつ》のような顔にしてはいたが、それが狂信的な熱っぽさに輝いている。

「もう少し説得が必要なんだね？」ベラトリックスの胸が激しく上下している。「いいでしょう――一番小さいのを捕まえろ」ベラトリックスが横にいる死喰い人に命じた。「小娘を拷問するのを、こやつに見物させるのだ。私がやる」

ハリーはみながジニーの周囲を固めるのを感じた。ハリーは横に踏み出し、予言を胸に掲げて、ジニーの真ん前に立ちはだかった。

「僕たちのだれかを襲えば、これを壊すことになるぞ」ハリーがベラトリックスに向かって言い放った。「手ぶらで帰れば、おまえたちのご主人様はあまり喜ばないだろうな？」

ベラトリックスは動かなかった。舌の先で薄い唇をなめながら、ただハリーを睨みつけている。

「それで？」ハリーが聞いた。「いったいこれは、なんの予言なんだ？」

ハリーは話し続けるしか、他に方法を思いつかなかった。ハリーの腕に押しつけられたネビルの腕が、震えている。ほかのだれかも、ハリーの背後で荒い息をしていた。どうやってこの場を逃れるか、みなが必死で考えてくれていることをハリーは願った。ハリー自身の頭は真っ白だった。

「なんの予言、だって?」ベラトリックスの薄笑いが消え、オウム返しに聞いた。

「冗談だろう。ハリー・ポッター」

「いいや、冗談じゃない」

ハリーは、すばやく死喰い人から死喰い人へと目を走らせる。どこか手薄なところはないか? みなが逃れられる隙間はないか?

「なんでヴォルデモートが欲しがるんだ?」

何人かの死食い人が、ウッと息を漏《も》らした。

「なんと、不敵にもあの方のお名前を口にするか?」ベラトリックスがささやくように言った。

「ああ」ハリーは、また呪文で奪おうとするにちがいないと、ガラス球をしっかりにぎりしめていた。「ああ、僕は平気で言える。ヴォル――」

「黙れ!」ベラトリックスがかん高くさけぶ。「おまえの汚らわしい唇で、あの方のお名前を口にするでない。混血の舌で、その名を穢《けが》すでない。おまえはよくも――」

「あいつも混血だ。知っているのか?」ハリーは無謀にも言い募《つの》った。ハーマイオニーが小さくうめくのが耳に入る。「そうだとも、ヴォルデモートがだ。あいつの母親は魔女だったけど、父親はマグルだ――それとも、おまえたちには、自分が純血だと言い続けていたのか?」

「麻痺《まひ》――」

「やめろ！」

赤い閃光《せんこう》が、ベラトリックス・レストレンジの杖先《つえさき》から飛び出したが、マルフォイがそれを屈折させた。マルフォイの呪文で、閃光はハリーの左に三十センチほど逸《そ》れ、棚に当たって、ガラス球が数個粉々になった。

床に落ちたガラスの破片から、真珠色のゴーストのような半透明な姿が二つ煙のようにゆらゆらと立ち昇り、それぞれに語り出す。しかし互いの声にかき消され、マルフォイとベラトリックスのどなり合う声の合間に、言葉は切れ切れにしか聞き取れなかった。

「……太陽の至《し》の時、一つの新たな……」ひげの老人の姿が言う。

「攻撃するな！　予言が必要なのだ！」

「こいつは不敵にも――よくも――」ベラトリックスは支離滅裂にさけんだ。「平気でそこに――穢《けが》れた混血め――」

「予言を手に入れるまで待て！」マルフォイがどなる。

「……そしてそのあとには何者もこない……」若い女性の姿が言う。

砕けた球から飛び出した二つの姿は、溶けるように空に消えた。その姿も、かつての住処《すみか》も跡形もなく、ただガラスの破片が床に散らばっているだけとなる。しかし、その姿が、ハリーにあることを思いつかせた。どうやって仲間にそれを伝えるかが問題だ。

「まだ話してもらっていないな。僕に渡せと言うこの予言の、どこがそんなに特別なのか」

ハリーは、話し続けることで時間を稼いでいた。その間に足をゆっくり横に動かし、だれかの足を探った。

「私たちに小細工は通じないぞ、ポッター」マルフォイが言う。

「小細工なんかしてないさ」ハリーは半分しゃべるほうに気を使い、あとの半分は足で探ることに集中していた。するとだれかの足指に触れた。ハリーはそれを踏む。背後で鋭く息を呑《の》む気配がした。ハーマイオニーだな、とハリーは思った。

「なんなの？」ハーマイオニーが小声で聞く。

「ダンブルドアは、おまえが額《ひたい》にその傷痕《きずあと》を持つ理由が、神秘部の内奥に隠されていると、話さなかったのか？」マルフォイがせせら笑う。

「僕が——えっ？」一瞬、ハリーはなにをしようとしていたのかを忘れてしまった。「僕の傷痕がどうしたって？」

「なんなの？」ハリーの背後からハーマイオニーが、さっきより切羽詰まった声でささやいた。

「あろうことか?」マルフォイが意地の悪い喜びを声に出した。

死喰い人の何人かがまた笑った。その笑いにまぎれて、ハリーはできるだけ唇を動かさずに、ハーマイオニーにひっそりと指示した。

「棚を壊せ――」

「ダンブルドアはおまえに一度も話さなかったと?」マルフォイが繰り返す。「なるほど、ポッター、おまえがもっと早くこなかった理由が、それでわかった。闇の帝王はなぜなのか訝《いぶか》っておられた――」

「――僕が『いまだ』って言ったらだよ――」

「――その隠し場所を、闇の帝王が夢でおまえに教えたとき、なぜおまえは駆けつけてこなかいのかと。闇の帝王は、当然おまえが好奇心から、予言の言葉を正確に聞きたがるだろうとお考えだった……」

「そう考えたのかい?」ハリーが調子を合わせる。

背後でハーマイオニーが、ハリーの言葉をほかの仲間に伝えているのが耳で、というより気配で感じ取れた。死喰い人の注意を逸《そ》らすために、ハリーは話し続けることにした。

「それじゃ、あいつは、僕がそれを取りにやってくるよう望んでいたんだな? どうして?」

「どうしてだと？」マルフォイは信じ難いとばかりに、喜びの声を上げた。「なぜなら、神秘部から予言を取り出すことを許されるのは、ポッター、その予言にかかわる者だけだからだ。闇の帝王は、ほかの者を使って盗ませようとしたときに、それに気づかれた」

「それなら、どうして僕に関する予言を盗もうとしたんだ？」

「二人に関するものだ、ポッター。二人に関する……おまえが赤ん坊のとき、闇の帝王が何故《なにゆえ》おまえを殺そうとしたのか、不思議に思ったことはないのか？」

ハリーは、マルフォイのフードの細い切れ目をじっと覗き込んだ。奥で灰色の目がぎらぎら光っている。この予言のせいで僕の両親は死んだのか？　僕が額《ひたい》に稲妻形の傷を持つことになったのか？　すべての答えが、いま自分のこの手ににぎられていると言うのか？

「だれかがヴォルデモートと僕に関する予言をしたと言うのか？」

ハリーはルシウス・マルフォイを見つめ、暖かいガラス球をにぎる指にいっそう力を込めながら、静かに言った。球はスニッチとほとんど変わらない大きさで、埃《ほこり》でまだざらざらしている。

「そしてあいつは僕をこさせて、これを取らせたと言うのか？　どうして自分自身できて取らなかったんだ？」

「自分で取る?」ベラトリックスが狂ったように高笑いしながら、かん高い声で言い放った。

「闇の帝王が魔法省に入り込む?　省がおめでたくもあの方のご帰還を無視しているというのに?　私の親愛なるいとこのために時間をむだにしているこのときに、闇祓《やみばら》いたちの前に闇の帝王が姿を見せると言うのか?」

「それじゃ、あいつはおまえたちに汚い仕事をやらせてるわけか?」ハリーが言う。「スタージスに盗ませようとしたように――それにボードも?」

「なかなかだな、ポッター、なかなかだ……」マルフォイがゆっくりと話し出した。「しかし闇の帝王はご存知だ。おまえが愚か者ではな――」

「いまだ!」ハリーがさけぶ。

五つの声が、ハリーの背後で同時に唱えた。

「レダクト!　粉々!」

五つの呪文が五つの方向に放たれ、狙われたそれぞれの棚が爆発した。そびえ立つような棚がぐらりと揺れ、何百というガラス球が割れて真珠色の姿が次々に空中に立ち昇り、宙に浮かんだ。砕けたガラスと木っ端が雨あられと降る中で、久遠の昔からの予言の声が鳴り響いた――。

「逃げろ!」ハリーがさけぶ。

棚が危なっかしく揺れ、ガラス球がさらに頭上に落ちかけている。ハリーはハーマイオニーのローブを片手でにぎれるだけにぎり、ぐいと手前に引っ張りながら、片方の腕で頭を覆った。壊れた棚の塊《かたまり》やガラスの破片が、大音響とともに頭上に崩れ落ちてくる。死喰い人が一人、もうもうたる埃《ほこり》の中を突っ込んできた。ハリーはその覆面の顔に強烈な肘《ひじ》打《う》ちを食らわせた。つぶれた棚が轟音《ごうおん》を上げ、折り重なって崩れ落ちる。わめき声、うめき声、阿鼻叫喚《あびきょうかん》の中を、球から放たれた「予見者《よけんしゃ》」の切れ切れの声が不気味に響く――。

ハリーは行く手にだれもいないことに気づいた。ロン、ジニー、ルーナが両腕で頭をかばいながら、ハリーの横を疾走していくのが見える。なにか重たいものがハリーの横面にぶつかったが、ハリーは頭を少しかわしただけで全速力で走り通した。だれかの手がハリーの肩をつかんだ。

「ステューピファイ！　麻痺《まひ》せよ！」

ハーマイオニーの声が聞こえた。手はすぐに離れた――。

みなが九十七列目の端に出た。ハリーは右に曲がり、全力疾走した。すぐ後ろで足音が聞こえ、ハーマイオニーがネビルを励ます声がする。まっすぐだ。くるときに通った扉は半開きになっている。ガラスの釣鐘《つりがね》がキラキラ輝くのが見える。ハリーは弾丸のように扉を通った。予言はまだしっかりと安全ににぎりしめている。ほかのみなが飛ぶように扉を抜けるのを待って、ハリーは扉を閉めた――。

「コロポータス! 扉よくっつけ!」ハーマイオニーが息も絶え絶えに唱えると、扉は奇妙なグチャッという音とともに密閉された。

「みんな――みんなはどこだ?」ハリーが喘《あえ》ぎながら言った。

ロン、ルーナ、ジニーが先にいると思っていた。この部屋で待っていると思っていた。しかし、ここにはだれもいない。

「きっと道をまちがえたんだわ!」ハーマイオニーが、目に恐怖を浮かべて小声でつぶやいた。

「聞いて!」ネビルが訴える。

いま封印したばかりの扉の向こうから、足音やどなり声が響いてくる。ハリーは扉に耳を近づけた。ルシウス・マルフォイの吠《ほ》える声が聞こえる。

「ノットは放っておけ。放っておけと言っているのだ!――闇の帝王にとっては、そんなけがなど、予言を失うことに比べれば取るに足らぬことだ。ジャグソン、こっちにもどれ、組織を立てなおす! 二人、組になって探すのだ。いいか、忘れるな。予言を手に入れるまではポッターに手荒なまねはするな。ほかのやつらは必要なら殺せ――ベラトリックス、ロドルファス、左へ行け。クラッブ、ラバスタン、右だ――ジャグソン、ドロホフ、正面の扉だ――マクネアとエイブリーはこっちから――ルックウッド、あっちだ――マルシベール、私と一緒にこい！」

「どうしましょう？」

ハーマイオニーが頭のてっぺんから爪先まで震えながらハリーに聞く。

「そうだな、とにかく、このまま突っ立って、連中に見つかるのを待つという手はない」ハリーが答えた。「扉から離れよう」

三人はできるだけ音を立てないように走った。小さな卵が孵《ふ》化《か》を繰り返している輝くガラスの釣鐘《つりがね》を通り過ぎ、部屋の一番向こうにある、円形のホールに出る扉をめざしてとにかく走った。あと少しというときに、ハーマイオニーが呪文で封じた扉に、なにか大きな重いものが衝突する音をハリーは聞いた。

「どいてろ！」荒々しい声がした。

「アロホモーラ！」

扉がパッと開く。ハリー、ハーマイオニー、ネビルは机の下に飛び込んだ。二人の死喰い人のローブの裾《すそ》が、忙しく足を動かして近づいてくるのが見える。

「やつらはまっすぐホールに走り抜けたかもしれん」荒々しい声が言う。

「机の下を調べろ」もう一つの声が言った。

死喰い人たちが膝《ひざ》を折るのが見えた。机の下から杖《つえ》を突き出し、ハリーがさけぶ。

「麻痺《まひ》せよ！」

赤い閃光《せんこう》が近くにいた死喰い人に命中した。男はのけぞって倒れ、床置時計にぶつかり、時計が倒れた。しかし二人目の死喰い人は飛び退《の》いてハリーの呪文をかわし、よく狙いを定めようと机の下から這《は》い出そうとしていたハーマイオニーに杖を突きつけた。

「アバダ――」

ハリーは床を飛んで男の膝のあたりに食らいついた。男は転倒し、的が外れた。ネビルは助けようと夢中で机をひっくり返し、もつれ合っている二人に、やみくもに杖を向けてさけんだ。

「エクスペリアームス！」

ハリーの杖も死喰い人のも、持ち主の手を離れて飛び、「予言の間」の入口にもどる方角に飛んでいった。二人とも急いで立ち上がり、杖を追う。死喰い人が先頭で、ハリーがすぐあとに続き、ネビルは自分のやってしまったことに唖然《あぜん》としながらしんがりを走った。

「ハリー、どいて！」ネビルがさけんだ。なんとしてでもへまを取り返そうとしているらしい。

ハリーは飛び退いた。ネビルがふたたび狙い定めてさけぶ。

「麻痺せよ！」

赤い閃光《せんこう》が飛び、死喰い人の右肩を通り過ぎて、さまざまな形の砂時計がぎっしり詰まった壁際のガラス戸棚に当たった。戸棚は床に倒れ、バラバラに砕けてガラスが四方八方に飛び散った。と思ったら、またひょいと壁際にもどり、完全に元どおりになっている。そしてまた倒れ、またばらばらになった――。

死喰い人が、輝く釣鐘《つりがね》の脇に落ちていた自分の杖《つえ》をさっと拾い、振り向いた。ハリーは机の陰に身をかがめる。死喰い人のフードがずれて、目を塞いでいる。男は空いている手でフードをかなぐり捨て、さけんだ。

「麻――」

「麻痺《まひ》せよ！」ちょうど追いついたハーマイオニーがさけぶ。赤い閃光が死喰い人の胸の真ん中に当たった。男は杖を構えたまま硬直する。杖がカラカラと床に落ち、男は仰向けに釣鐘のほうに倒れた。釣鐘の硬いガラスにぶつかって、ゴツンという音とともに、男はずるずると床まで滑り落ちるものと思っていた。ところが男の頭は、まるでシャボン玉でできた釣鐘を突き抜けるように中に潜り込む。男は釣鐘の載ったテーブルに大の字に倒れ、頭だけをキラキラした風が詰まった釣鐘の中に横たえて、動かなくなった。

「アクシオ！　杖よこい！」ハーマイオニーがさけんだ。

ハリーの杖が片隅の暗がりからハーマイオニーの手の中に飛び込み、ハーマイオニーがそれをハリーに投げた。

「ありがとう」ハリーが礼を言う。「よし、ここを出――」

「見て！」ネビルがぞっとしたような声を上げた。その目は釣鐘の中の死喰い人の頭を見つめている。

三人ともふたたび杖を構えた。しかし、だれも攻撃しなかった。男の頭の様子を、三人ともに口を開け、呆気《あっけ》に取られて見つめた。

頭は見る見る縮んでいき、黒い髪も無精ひげも頭骸骨の中に引っ込んでだんだんつるつるになる。頬は滑らかに、頭蓋骨は丸くなり、全体が桃のような産毛で覆われていく……。

赤ん坊の頭だ。立ち上がろうともがく死喰い人の太い筋肉質の首の上に、赤子の頭が載っているさまは実に奇怪だ。しかし、三人が口をあんぐり開けて見ている間にも、頭はふくれはじめ、元の大きさにもどり、太い黒い毛が頭皮から顎《あご》からと生えてくる……。

『『時』だわ』ハーマイオニーが恐れおののいた声で言う。「『時』なんだわ……」

死喰い人が頭をすっきりさせようと、元のむさくるしい頭を振る。しかし意識がしっかりしないうちに頭がまた縮み出し、赤ん坊にもどりはじめる。

近くの部屋でさけぶ声がし、衝撃音と悲鳴が聞こえた。

「ロン?」目の前で展開しているぞっとするような変身から急いで目を背け、ハリーは大声で呼びかけた。「ジニー? ルーナ?」

「ハリー!」ハーマイオニーが悲鳴を上げる。

死喰い人が釣鐘から頭を引き抜いていた。奇々怪々なありさまだった。小さな赤ん坊の頭が大声でわめき、一方、太い腕を所かまわず振り回して危険きわまりない。危うく当たりそうになった腕をかわし、ハリーが杖《つえ》を構えると、驚いたことにハーマイオニーがその杖を押さえた。

「赤ちゃんを傷つけちゃだめ!」

そんなことを議論する間はなかった。「予言の間」からの足音がますます増え、大きくなってくる。大声で呼びかけたことで、自分たちの居所を知らせてしまったと気づいたときにはすでに遅かった。

「くるんだ!」

醜悪な赤ん坊頭の死喰い人がよたよたと動くのをそのままに、三人は部屋の反対側にある扉に向かって駆け出した。黒いホールにもどるその扉は開いたままになっていた。

扉までの半分ほどの距離を走ったとき、開いた扉の中に二人の死喰い人が黒いホールを横切ってこちらに向かってくるのが見えた。三人は進路を左に変え、暗いごたごたした小部屋に飛び込んで扉をバタンと閉めた。

「コロ――」ハーマイオニーが唱えはじめたが、呪文が終わる前に扉がバッと開き、二人の死喰い人が突入してきた。

勝ち誇ったように、二人がさけぶ。

「インペディメンタ！　妨害せよ！」

ハリー、ハーマイオニー、ネビルは、三人とも仰向けに吹っ飛んだ。ネビルは机を飛び越し姿が見えなくなり、ハーマイオニーは本棚に激突し、その上から分厚い本が滝のようにどっと降り注いだ。ハリーは背後の石壁に後頭部を打ちつけ、目の前に星が飛び、しばらくはめまいと混乱で反撃どころではなかった。

「捕まえたぞ！」ハリーの近くにいた死喰い人が大声で呼ばわった。「この場所は――」

「シレンシオ！　黙れ！」

ハーマイオニーの呪文で男の声が消えた。フードの穴から口だけは動かし続けていたが、なんの音も出てこない。もう一人の死喰い人が男を押し退《の》けた。

「ペトリフィカス　トタルス！　石になれ！」

二人目の死喰い人が杖を構えると同時に、ハリーが唱えた。両手両足をぴたりと張りつかせた死喰い人は、ハリーの足下の敷物の上に前のめりに倒れ、棒のように動かなくなった。

「うまいわ、ハ――」

しかし、ハーマイオニーが黙らせた死喰い人が、急に杖《つえ》を一振りした。紫の炎のようなものが閃《ひらめ》き、ハーマイオニーの胸の表面をまっすぐに横切った。ハーマイオニーは驚いたように「あっ」と小さく声を上げ、床にくずおれて動かなくなった。

「ハーマイオニー！」

ハリーはハーマイオニーのそばに膝《ひざ》をつき、ネビルは杖を前に構えながら急いで机の下から這《は》い出してくる。出てくるネビルの頭を死喰い人が強く蹴った――足がネビルの杖を真っ二つにし、ネビルの顔に当たった。ネビルは口と鼻を押さえ、痛みにうめき、体を丸めた。ハリーは杖を高く掲げ、振り返る。死喰い人は覆面をかなぐり捨て、杖をまっすぐにハリーに向けていた。細長く蒼白《あおじろ》い、歪《ゆが》んだ顔。「日刊予言者新聞《にっかんよげんしゃしんぶん》」で見覚えがある。アントニン・ドロホフ――プルウェット一家を殺害した闇の魔法使いだ。

ドロホフがにやりと笑う。空いているほうの手で、ハリーがまだしっかりにぎっている予言を指し、自分を指し、それからハーマイオニーを指した。しゃべることはできないが、言いたいことははっきり伝わる。予言をよこせ、さもないとこいつと同じ目にあうぞ……。

「僕が渡したとたん、どうせ皆殺しにするつもりだろう！」ハリーが吐《は》き棄《す》てた。

パニックで頭がキンキン鳴り、まともに考えられない。片手をハーマイオニーの肩に置くと、まだ暖かい。しかしハリーはハーマイオニーの顔をちゃんと見る勇気がなかった。

死なないで、どうか死なせないで。もし死んだら僕のせいだ……。

「ハリー、なにごあっでも」

ネビルが机の下から激しい声を上げた。押さえていた両手を放すと、はっきりと鼻が折れ、鼻血が口に顎《あご》にと流れているのがあらわになった。

「ぞれをわだじじゃだめ！」

すると扉の外で大きな音がして、ドロホフが振り返った——赤ん坊頭の死喰い人が戸口に現れていた。赤ん坊頭が泣きわめき、相変わらず大きなにぎり拳《こぶし》をむちゃくちゃに振り回している。ハリーはチャンスを逃さなかった。

「ペトリフィカス　トタルス！　石になれ！」

防ぐ間も与えず、呪文がドロホフに当たった。ドロホフは先に倒れていた仲間に折り重なって前のめりに倒れる。二人とも棒のように硬直し、ぴくりとも動かない。

「ハーマイオニー」赤ん坊頭の死喰い人がふたたびまごまごといなくなったので、ハリーはすぐさま、ハーマイオニーを揺り動かしながら呼びかけた。「ハーマイオニー、目を覚まして……」

「あいづ、ハーミーニーになにじだんだろう？」机の下から這《は》い出し、そばに膝《ひざ》をついて、ネビルが言った。鼻がどんどん腫《は》れ上がり、鼻血がダラダラ流れている。

「わからない……」

ネビルはハーマイオニーの手首を探った。

「みゃぐだ、ハリー。みゃぐがあるど」

安堵感が力強く体を駆け巡り、一瞬ハリーは頭がぼうっとした。

「生きてるんだね？」

「ん、ぞう思う」

一瞬、間があき、ハリーはその間に足音が聞こえはしないかと耳を澄ませた。しかし、聞こえるのは、隣の部屋で赤ん坊頭の死喰い人がヒンヒン泣きながらまごついている音だけだった。

「ネビル。僕たち、出口からそう遠くはない」ハリーがささやいた。「あの円形の部屋のすぐ隣にいるんだ……僕たちがあの部屋を通り、ほかの死喰い人がくる前に出口の扉を見つけられたら、君はハーマイオニーを連れて廊下をもどり、エレベーターに乗って……それで、だれか見つけてくれ……危険を知らせて……」

「ぞれで、ぎみはどうずるの？」ネビルは鼻血を袖《そで》で拭《ぬぐ》い、顔をしかめてハリーを見る。

「ほかのみんなを探さなきゃ」ハリーが言う。

「じゃ、ぼぐもいっじょにざがず」ネビルがきっぱりと言い張った。

「でも、ハーマイオニーが――」

「いっじょにづれでいげばいい」ネビルが断固として言う。「ぼぐが担ぐ。ぎみのほうがぼぐより戦いがじょーずだがら――」

ネビルは立ち上がってハーマイオニーの片腕をつかみ、ハリーを睨《にら》んだ。ハリーは一瞬のためらいの後、もう一方の腕をつかみ、ぐったりしたハーマイオニーの体をネビルの肩に担がせるのを手伝った。

「ちょっと待って」ハリーは床からハーマイオニーの杖《つえ》を拾い上げ、ネビルの手に押しつける。「これを持っていたほうがいい」

ネビルはゆっくりと扉のほうに進みながら、折れてしまった自分の杖の切れ端を蹴って脇に押しやった。

「ばあちゃんに殺ざれぢゃう」ネビルはふがふが言った。しゃべっている間にも鼻血がボタボタ落ちる。「あれ、ぼぐのババ《パパ》の杖なんだ」

ハリーは扉から首を突き出してあたりを用心深く見回す。赤ん坊頭の死喰い人が泣きさけび、あちこちぶつかり、床置時計を倒し、机をひっくり返し、わめき回って混乱している。ガラス張りの戸棚は、たぶん「逆転時計」が入っていたのだろうと、いまハリーはそう思う。倒れては壊れ、壊れては元どおりになって壁に立っていた。

「あいつは絶対僕たちに気づかないよ」ハリーがささやく。「さあ……僕から離れないで……」

ハリーたちはそっと小部屋を抜け出し、黒いホールに続く扉へともどっていく。ホールにはいま、まったく人影がない。二人はまた二、三歩前進する。ネビルはハーマイオニーの重みで少しよろめきながら歩いている。ハリーたちがホールに入ると「時の間」の扉はバタンと閉まり、ホールの壁がふたたび回転しはじめた。さっき後頭部を打ったことで、ハリーは安定感を失っているようだ。目を細め、少しふらふらしながら、ハリーは壁の動きが止まるのを待つ。ハーマイオニーの燃えるような×印が消えてしまっているのを見て、ハリーはがっかりした。

「さあ、どっちの方向だと――?」

しかし、どっちに行くかを決めないうちに、右側の扉がパッと開き、人が三人倒れ込んできた。

「ロン!」ハリーは声をからし、三人に駆け寄った。「ジニー――みんな大丈夫か――?」

「ハリー」ロンは力なくエヘヘと笑い、よろめきながら近づいてハリーのローブの前をつかみ、焦点の定まらない目でじっと見ている。「ここにいたのか……ハハハ……ハリー、変な格好だな……めちゃくちゃじゃないか……」

ロンの顔は蒼白《そうはく》で、口の端からなにかどす黒いものがたらたら流れている。次の瞬間、ロンはがくりと膝《ひざ》をついた。ハリーのローブはしっかりつかんだままだ。ハリーは引っ張られてお辞儀をするような姿勢になった。

「ジニー？」ハリーが恐る恐る聞いた。「なにがあったんだ？」

しかし、ジニーは頭を振り、壁にもたれたままずるずると座り込み、ハァハァ喘《あえ》ぎながら踵《かかと》をつかんだ。

「踵が折れたんだと思うよ。ポキッと言う音が聞こえたもン」ジニーの上にかがみ込みながら、ルーナが小声で言う。ルーナだけが無傷らしい。「やつらが四人で追いかけてきて、あたしたち、惑星がいっぱいの暗い部屋に追い込まれたんだ。とっても変なとこだったよ。あたしたち、しばらく暗闇にぽっかり浮かんでたんだ――」

「ハリー、僕たち『臭《くさ》い星』を見たぜ。」ロンはまだ弱々しくエヘへと笑いながら言った。

「ハリー、わかるか？　僕たち、『モー・クセー』を見たんだ――ハハハ――」

ロンの口の端に血の泡がふくれ、はじけた。

「――とにかく、やつらの一人がジニーの足をつかんで放さなかったから、あたし、『粉々呪文《こなごな》』を使って、そいつの目の前で冥王星《めいおうせい》をぶっとばしたんだ。だけど……」

ルーナはしかたがなかったという顔をジニーに向けた。ジニーは目を閉じたまま、浅い息をしている。

「それで、ロンのほうは？」ハリーは恐る恐る聞く。

ロンはエヘヘと笑い続け、まだハリーのローブの前にぶら下がったままだ。

「ロンがどんな呪文でやられたのかわかんない」ルーナが悲しそうに言う。「だけど、ロンはちょっとおかしくなっている。連れてくるのが大変だったよ」

「ハリー」ロンがハリーの耳を引っ張って自分の口元に近づけ、相変わらずエヘヘと力なく笑いながら言う。「この子、だれだか知ってるか？　ハリー？　ルーニーだぜ……いかれたルーニー・ラブグッドさ……ハハハ……」

「ここを出なくちゃならない」ハリーがみなに向かって決然と言う。「ルーナ、ジニーを支えられるかい？」

「うん」ルーナは安全のために杖《つえ》を耳の後ろに挟み、片腕をジニーの腰に回して助け起こそうとした。

「たかが踵《かかと》じゃない。自分で立てるわ！」ジニーがいらだちながら立とうとしたが、次の瞬間ぐらりと横に倒れそうになり、ルーナにつかまった。ハリーは、何か月か前にダドリーにそうしたように、ロンの腕を自分の肩に回し、そして周囲を見回した。一回で正しい出口に出る確率は十二分の一だ――。

　ロンを担ぎ、ハリーは扉の一つに向かった。あと一、二メートルというところで、ホールの反対側の扉が勢いよく開き、三人の死喰い人が飛び込んできた。先頭はベラトリックス・レストレンジだ。

「いたぞ！」ベラトリックスがかん高くさけんだ。

　失神光線が室内を飛んだ。ハリーは目の前の扉を押し開けてロンをそこに無造作に放り投げ、ネビルとハーマイオニーを助けにすばやく引き返した。全員が扉を通り、あわやというところで扉をピシャリと閉め、ベラトリックスを防いだ。

「コロポータス！　扉よ、くっつけ！」ハリーがさけぶ。扉の向こうで三人が体当たりする音が聞こえる。

「かまわん！」男の声がする。「ほかにも通路はある――捕まえたぞ。やつらはここだ！」

　ハリーはハッとして後ろを向いた。「脳の間」にもどっていた。たしかに壁一面に扉がある。背後のホールから足音が聞こえる。最初の三人に加勢するために、他の死喰い人たちが駆けつけてきたようだ。

「ルーナ――ネビル――手伝ってくれ！」

三人は猛烈な勢いで動き、扉という扉を封じて回った。次の扉に移動しようと急ぐあまり、ハリーはテーブルに衝突してその上を転がった。

「コロポータス！」

それぞれの扉の向こうに走ってくる足音が聞こえ、ときどき重い体が体当たりして扉が軋《きし》み、震えた。ルーナとネビルが反対側の壁の扉を呪文で封じている――そして、ハリーが部屋の一番奥にきたとき、ルーナのさけび声が聞こえた。

「コロ――あぁぁぁぁぁぁぁぁぁう……」

振り返ったとたん、ルーナが宙を飛ぶのが見えた。呪文が間に合わなかった扉を破り、五人の死喰い人がなだれ込んでくる。ルーナは机にぶつかり、その上を滑って向こう側の床に落下し、そのまま伸びてしまったようだ。ハーマイオニーと同じように動かない。

「ポッターを捕まえろ！」ベラトリックスがさけび、飛びかかってくる。ハリーはそれをかわし、部屋の反対側に疾走した。予言に当たるかもしれないと、連中が躊《ちゅう》躇《ちょ》しているうちは、僕は安全だ――。

「おい！」ロンがよろよろと立ち上がり、へらへら笑いながら、ハリーのほうに酔っぱらいのような千鳥足でやってくる。「おい、ハリー、ここには脳みそがあるぜ。ハハハハ。気味が悪いな、ハリー？」

「ロン、どくんだ。伏せろ――」

しかし、ロンはもう、水槽に杖《つえ》を向けていた。

「ほんとだぜ、ハリー、こいつら脳みそだ――ほら――『アクシオ！　脳みそよ、こい！』」

一瞬、すべての動きが止まったかのようだった。ハリー、ジニー、ネビル、そして死喰い人も一人残らず、我を忘れて水槽の上を見つめた。緑色の液体の中から、まるで魚が飛び上がるように、脳みそが一つ飛び出す。一瞬、それは宙に浮き、くるくる回転しながら、高々とロンに向かって飛んでくる。動く画像を連ねたリボンのようなものが何本も、まるで映画のフィルムが解《ほど》けるように脳から尾を引いている――。

「ハハハ、ハリー、見ろよ――」ロンは、脳みそがけばけばしい中身を吐《は》き出すのを見つめている。「ハリー、きて触ってみろよ。きっと気味が――」

「ロン、やめろ！」

脳みその尻尾《しっぽ》のように飛んでくる何本もの「思考の触手」に触れたらどうなるか、ハリーにはわからなかった。しかし、よいことになるはずがない。電光石火、ハリーはロンに向かって走った。だが、ロンはもう両手を伸ばして脳みそを捕まえている。

ロンの肌に触れたとたん、何本もの触手が縄のようにロンの腕にからみつきはじめた。

「ハリー、どうなるか見て――あっ――あっ――いやだよ――だめ、やめろ――やめろったら――」

しかし細いリボンは、いまやロンの胸にまで巻きついている。ロンは引っ張り、引きちぎろうとしたが、脳みそはタコが吸いつくように、しっかりとロンの体をからめ取っていた。

「ディフィンド！　裂けよ！」

ハリーは目の前でロンに固く巻きついてゆく触手を断ち切ろうとしたが、切れない。ロンが縄目に抵抗してもがきながら倒れた。

「ハリー、ロンが窒息しちゃうわ！」

踵《かかと》を折って動けないジニーが、床に座ったまままさけんだ――とたんに、死喰い人の一人が放った赤い閃光《せんこう》がその顔を直撃し、ジニーは横ざまに倒れ、その場で気を失った。

「ステューピファイ！」ネビルが後ろを向き、襲ってくる死喰い人に向かってハーマイオニーの杖《つえ》を振る。「ステューピファイ！　ステューピファイ！」

何事も起こらない。

死喰い人の一人が、逆にネビルに向かって「失神呪文《しっしん》」を放ったが、わずかにネビルを逸《そ》れた。いまや五人の死喰い人と戦っているのは、ハリーとネビルだけ。二人の死喰い人が銀色の光線を矢のように放ち、運よく逸れはしたが、二人の背後の壁が抉《えぐ》れて穴があいた。

ベラトリックス・レストレンジがハリーめがけて突進してくる。ハリーは一目散に走った。予言の球を頭の上に高く掲げ、部屋の反対側へと全速力で駆けもどる。ハリーは、死喰い人たちをほかのみなから引き離すことしか考えていなかった。

うまくいったようだ。死喰い人はハリーを追って疾走してくる。椅子をなぎ倒し、テーブルを撥《は》ね飛ばしながら、それでも予言を傷つけることを恐れて、ハリーに向かって呪文を投げかけようとはしなかった。ハリーはただ一つだけ開いたままになっている扉から飛び出した。死喰い人たちが入ってきた扉だ。ハリーは祈った。ネビルがロンのそばにいて、なんとか解き放つ方法を見つけてくれますよう。扉の向こう側の部屋に二、三歩走り込んだとたん、ハリーは床が消えるのを感じた——。

急な石段を、ハリーは一段、また一段とぶつかりながら転げ落ち、ついに一番底の窪みに仰向けに打ちつけられた。息が止まるほどの衝撃だった。窪みには台座が置かれ、石のアーチが建っている。部屋中に死喰い人の笑い声が響き渡る。見上げると、「脳の間」にいた五人が階段を下りてくる。さらに他の死喰い人たちが別の扉から現れ、石段から石段へと飛び移りながらハリーに迫ってくる。ハリーは立ち上がった。しかし足がわなわな震え、ほとんど立っていられないくらいだ。予言は奇跡的に壊れず、ハリーの左手にあった。右手はしっかりと杖《つえ》をにぎっている。ハリーは周囲に目を配り、死喰い人を全員視野に入れるようにしながら、後ずさりした。足の裏側に固いものが当たる。アーチが建っている台座だ。ハリーは後ろ向きのまま台座に上がった。

死喰い人全員が、ハリーを見据《みす》えて立ち止まる。何人かはハリーと同じように息を切らしている。一人はひどく出血していた。「全身金縛《かなしば》り術」が解けたドロホフが、杖をまっすぐハリーの顔に向け、にやにや笑っている。

「ポッター、もはやこれまでだな」

ルシウス・マルフォイが気取った声でそう言うと、覆面を脱いだ。

「さあ、いい子だ。予言を渡せ」

「ほ――ほかのみんなは逃がしてくれ。そうすればこれを渡す！」ハリーは必死だった。

死喰い人の何人かが笑った。

「おまえは取引できる立場にはないぞ、ポッター」ルシウス・マルフォイの青白い顔が喜びで輝いている。「見てのとおり、我らは十人、おまえは一人だ……。それとも、ダンブルドアは数の数え方を教えなかったのか？」

「一人じゃのいぞ！」上のほうでさけぶ声がした。「まだ、ぼぐがいる！」

ハリーはがっかりした。ネビルが不器用に石段を下りてくる。震える手に、ハーマイオニーの杖をしっかりにぎっていた。

「ネビル――だめだ――ロンのところへもどれ」

「ステュービフィ！」杖を死喰い人の一人一人に向けながら、ネビルがまたさけんでいる。「ステュービフィ！　ステュービ――」

中でも大柄な死喰い人が、ネビルを後ろから羽交締《はがいじ》めにした。ネビルは足をバタバタさせてもがいている。数人の死喰い人が笑った。

「そいつはロングボトムだな？」ルシウス・マルフォイがせせら笑う。「まあ、おまえのばあさんは、我々の目的のために家族を失うことには慣れている……おまえが死んだところで大したショックにはなるまい」

「ロングボトム？」

ベラトリックスが、意外な名を耳にしたように聞き返した。邪悪そのものの笑みが、落ち窪んだ顔を輝かせる。

「おや、おや、坊ちゃん、私はおまえさんのご両親とはお目にかかる喜ばしい機会があってね」

「知ってるぞ！」

ネビルが吠《ほ》え、羽交絞めにしている死喰い人に激しく抵抗した。男がさけんだ。

「だれか、こいつを失神させろ！」

「いや、いや、いや」

ベラトリックスは、有頂天になっている。興奮で生き生きした顔でハリーを一瞥《いちべつ》し、またネビルに視線をもどす。

「いーや。両親と同じように気が触れるまで、どのぐらい持ちこたえられるか、やってみようじゃないか……それともポッターが予言をこっちへ渡すというなら別だが」

「わだじじゃだみだ！」

ネビルは我を忘れてわめいた。ベラトリックスが杖《つえ》を構え、自分と自分を捕まえている死喰い人に近づく間も、足をバタつかせ、全身をよじって抵抗している。

「あいづらに、ぞれをわだじじゃだみだ、ハリー！」

ベラトリックスが杖を上げた。

「クルーシオ！　苦しめ！」

ネビルは悲鳴を上げ、両足を縮めて胸に引きつけたので、一瞬、死喰い人に持ち上げられる格好になった。死喰い人が手を放し、床に落ちたネビルは苦痛にひくひく体を引き攣《つ》らせ、悲痛な声を上げ続ける。

「いまのはまだご愛嬌だよ！」

ベラトリックスは杖を下ろし、悲鳴がやみ、足下に倒れて泣きじゃくるネビルをそのまま放置した。そしてハリーを睨《にら》む。

「さあ、ポッター、予言を渡すか、それともかわいい友が苦しんで死ぬのを見殺しにするか！」

考える必要もない。道は一つだ。にぎりしめた手の温もりで熱くなっていた予言の球を、ハリーは差し出した。マルフォイがそれを取ろうと飛び出す。

そのとき、最上段の扉がまた二つバタンと開き、五人の新たな姿が駆け込んできた。シリウス、ルーピン、ムーディ、トンクス、キングズリーだ。

マルフォイが向きを変え、杖を上げたが、トンクスがすでにマルフォイめがけて「失神呪文」を放っていた。命中したかどうかを見る間もなく、ハリーは台座を飛び降りて光線を避けた。死喰い人たちは、出現した騎士団のメンバーに完全に気を取られている。五人は窪みに向かって石段を飛び降りながら、死喰い人に呪文を雨あられと浴びせかけた。矢のように動く人影と閃光《せんこう》が飛び交う中で、ハリーはネビルが這《は》いずり動いているのを見た。赤い閃光をもう一本かわし、ハリーも床を這ってネビルのそばに行く。

「大丈夫か？」ハリーが大声で聞くと同時に、二人の頭のすぐ上をまた一つ、呪いが飛び過ぎていった。

「うん」ネビルは自分で起き上がろうとした。

「それで、ロンは?」

「大丈夫だどおぼうよ——ぼぐが部屋を出だどぎ、まだ脳びぞど戦ってだ」

二人の間に呪文が当たり、石の床が炸裂した。いまのいままでネビルの手があったところが抉《えぐ》れて、穴があいた。二人とも急いでその場を離れた。そのとき、太い腕がどこからともなく伸びてきて、ハリーの首根っこをつかみ、爪先が床にすれすれに着くぐらいの高さまで引っ張り上げられた。

「それをこっちによこせ」ハリーの耳元で声がうなる。「予言をこっちに渡せ——」

男に喉《のど》をきつく締めつけられ、ハリーは息ができない。涙で霞んだ目で、ハリーは二、三メートル先でシリウスが死喰い人と決闘しているのを見た。キングズリーは二人を相手に戦っている。トンクスはまだ階段の中ほどに位置を取り、下のベラトリックスに向かって呪文を発射している——だれもハリーの危機に気づかない。ハリーは杖《つえ》を後ろ向きにし男の脇腹を狙ったが、呪文を唱えようにも声が出ない。男の空いているほうの手が、予言をにぎっているハリーの手を探って伸びてきた——。

「グアァァッ!」

ネビルがどこからともなく飛び出し、呪文が正確に唱えられないかわりに、ハーマイオニーの杖を死喰い人の覆面の目出し穴に思いっ切り突っ込んだ。男は痛さに吠《ほ》え、たちまちハリーを放す。ハリーはすばやく後ろを向き、喘《あえ》ぎながら唱えた。

「ステューピファイ！　麻痺《まひ》せよ！」

死喰い人はのけぞって倒れ、覆面が滑り落ちた。マクネアだ。バックビークの死刑執行人になるはずだった男は、いまや片目が腫れ上がり血だらけだ。

「ありがとう！」礼を言いながら、ハリーはネビルをそばに引き寄せた。シリウスと相手の死喰い人が突然二人のそばを通り抜けていったからだ。激しい決闘で、二人の杖が霞んで見えた。そのときハリーの足が、丸くて固いなにかに触れ、ハリーは滑った。一瞬、ハリーは予言を落としたかと思ったが、それは床をコロコロ転がっていくムーディの魔法の目だった。

目の持ち主は、頭から血を流して倒れている。ムーディを倒した死喰い人が、今度はハリーとネビルに襲いかかってきた。ドロホフだ。蒼白《あおじろ》い長い顔が歓喜に歪《ゆが》んでいる。

「タラントアレグラ！　踊れ！」ドロホフは杖をネビルに向けてさけんだ。ネビルの足がたちまち熱狂的なタップダンスを踏みはじめ、ネビルは体の平衡を崩してまた床に倒れた。

「さあ、ポッター――」

ドロホフはハーマイオニーに使ったと同じ、鞭《むち》打《う》つような杖の振り方をしたが、ハリーは同時に「プロテゴ！　護れ！」とさけんで応戦した。

顔の横を、なにか鈍いナイフのようなものが猛スピードで通り過ぎたような感じがする。その勢いでハリーは横に吹き飛ばされ、ネビルのぴくぴく踊る足につまずいた。しかし「盾《たて》の呪文」のおかげで、最悪にはいたらなかった。

ドロホフはもう一度杖《つえ》を上げた。「アクシオ！　予言よ――」

シリウスがどこからともなく飛んできて、肩からドロホフに体当たりをかまし、跳ね飛ばした。予言がまたしても指先まで飛び出したが、ハリーは辛《かろ》うじてつかみなおした。今度はシリウスとドロホフで決闘だ。二人の杖が剣のように光り、杖先から火花が散った――。

ドロホフが杖を引き、ハリーやハーマイオニーに使ったと同じ鞭《むち》の動きを始めた。ハリーははじかれたように立ち上がり、さけんだ。

「ペトリフィカス　トタルス！　石になれ！」

またしても、ドロホフの両腕両脚がパチンとくっつき、ドサッという音とともに仰向けに倒れる。

「いいぞ！」シリウスはさけびながらハリーの頭を引っ込めさせた。二人に向かって二本の失神光線が飛んできたのだ。「さあ、君はここから出て――」

もう一度、二人は身をかわした。緑の閃光が危うくシリウスに当たるところだった。部屋の向こう側で、トンクスが石段の途中から落ちていくのが見える。ぐったりした体が、一段、一段と転げ落ちていく。ベラトリックスが勝ち誇ったように、乱闘の中に駆けもどっていった。

「ハリー、予言を持って、ネビルをつかんで走れ！」

シリウスがさけび、ベラトリックスを迎え撃とうと突進していく。ハリーはそのあとのことは見ていなかった。ハリーの視界を横切って、キングズリーが揺れ動いた。覆面を脱ぎ捨てたあばた面のルックウッドと戦っている。ハリーが飛びつくようにネビルに近づいたとき、緑の光線がまた一本、ハリーの頭上をかすめた――。

「立てるかい？」抑えることのできない足をぴくぴくさせているネビルの耳元で、ハリーが大声で言う。「腕を僕の首に回して――」

ネビルは言われたとおりにした――ハリーが持ち上げた――ネビルの足は相変わらずあっちこっちと勝手に跳ね上がり、体を支えようとはしなかった。そのとき、どこからともなく男が襲いかかってきた。二人とも仰向けにひっくり返り、ネビルの足は裏返しのカブトムシのようにバタバタ動いている。ハリーは小さなガラス球が壊れるのを防ごうと、左手を高く差し上げていた。

「予言だ。こっちに渡せ、ポッター！」ルシウス・マルフォイがハリーの耳元でうなった。マルフォイの杖の先が、肋骨《ろっこつ》にぐいと突きつけられる。

「いやだ――杖《つえ》を――放せ……ネビル――受け取れ！」

ハリーは予言を放り投げた。ネビルは仰向けのまま回転して、球を胸に受け止めた。マルフォイが、今度は杖をネビルに向けた。しかし、ハリーは肩越しに自分の杖を後ろにいるマルフォイに突きつけて唱えた。

「インペディメンタ！　妨害せよ！」

マルフォイが後ろに吹っ飛んだ。ハリーがやっと立ち上がって振り返ると、マルフォイが台座に激突するのが見えた。台座の上では、シリウスとベラトリックスが決闘の最中にある。マルフォイの杖がふたたびハリーとネビルを狙う。しかし、攻撃の呪文を唱えようと息を吸い込む前に、ルーピンがその間に飛び込んできた。

「ハリー、みんなを連れて、行くんだ！」

ハリーはネビルのローブの肩をつかみ、体ごと最初の石段に引っ張り上げた。ネビルの足はぴくぴく痙攣《けいれん》して、とても体を支えるどころではない。ハリーは渾身《こんしん》の力で引っ張り、また一段上がった――。

呪文がハリーの足下の石段に当たった。石段が砕けてハリーは一段下に落ちた。ネビルはその場に座り込み、相変わらず足をバタつかせている。ネビルが予言を自分のポケットに押し込んだ。

「がんばるんだ！」ハリーは必死にさけび、ネビルのローブを引っ張った。「足を踏ん張ってみるんだ――」

ハリーはもう一度満身の力を込めて引っ張った。ネビルのローブが左側の縫い目に沿って裂けた――小さなスパンガラスの球がポケットからこぼれる。二人の手がそれを捕まえる間もなく、ネビルのバタつく足がそれを蹴った。球は二、三メートル右に飛び、落ちて砕けた。事態に愕然《がくぜん》として、二人は球の割れた場所を見つめた。目だけが極端に拡大された、真珠のように半透明な姿が立ち昇る。気づいているのは二人だけ。半透明な姿はさかんに口を動かしている。しかし、まわりの悲鳴やさけび、物のぶつかり合う音で、予言は一言も聞き取れない。語り終えると、その姿は跡形もなく消えてしまった。

「ハリー、ごべんね！」ネビルが大きな声で詫びた。両足を相変わらずバタつかせながらも、顔はすまなそうに苦悶《くもん》の表情をしている。「ごべんね、ハリー、ぞんなづもりじゃ――」

「そんなこと、どうでもいい！」ハリーがさけんだ。「なんとかして立ってみて。ここから出――」

「ダブルドー！」ネビルが言い、汗ばんだ顔がハリーの肩越しに空を見つめ、突然恍惚《こうこつ》の表情になった。

「えっ？」

「ダブルドー！」

ハリーは振り返って、ネビルの視線を追った。二人のまっすぐ上、「脳の間」の入口を背に、額縁の中に立つようにアルバス・ダンブルドアが立っていた。杖《つえ》を高く掲げ、その顔は怒りに白熱している。ハリーは、体の隅々までビリビリと電気が流れるような気がした――助かった。

ダンブルドアがたちまち石段を駆け下り、ネビルとハリーのそばを通り過ぎていく。二人とも、もうここを出ることなど考えていなかった。ダンブルドアはすでに石段の下にいる。一番近くにいた死喰い人がその姿に気づき、大声を出して仲間に知らせる。一人の死喰い人が、あわてて逃げ出した。反対側の石段を、猿がもがくような格好で登っていく。ダンブルドアの呪文が、いともやすやすと、まるで見えない糸でひっかけたかのように男を引きもどす――。

ただ一組だけは、この新しい登場者に気づかないらしく、戦い続けている。ハリーはシリウスがベラトリックスの赤い閃光《せんこう》をかわすのを見た。ベラトリックスに向かって笑っている。

「さあ、こい。今度はもう少しうまくやってくれ！」シリウスがさけぶ。その声が、広々とした空間に響き渡った。

二番目の閃光がまっすぐシリウスの胸に当たった。

シリウスの顔からは、まだ笑いが消えていなかったが、衝撃でその目は大きく見開かれた。

ハリーは無意識にネビルを放した。杖を引き抜き、階段を飛び下りた。ダンブルドアも台座に向かっている。

シリウスが倒れるまでに、永遠の時が流れたかのようだった。シリウスの体は優雅な弧を描き、そのままアーチに掛かっている古ぼけたベールを突き抜け、仰向けに沈んでいった。

かつてあんなにハンサムだった名付け親のやつれ果てた顔が、恐れと驚きの入り交じった表情を浮かべて古びたアーチをくぐり、ベールの彼方へと消えていくのをハリーは見ていた。ベールは一瞬、強い風に吹かれたかのようにはためき、そしてまた元どおりになった。

ハリーはベラトリックス・レストレンジの勝ち誇った雄叫《おたけ》びを聞いた。しかし、それはなんの意味もない。ハリーにはわかっている――シリウスはただ、このアーチの向こうに倒れただけだ。いますぐ向こう側から出てくる……。

しかし、シリウスは出てこない。

「シリウス！」ハリーは大声で名前を呼んだ。「シリウス！」

激しく喘《あえ》ぎながら、ハリーは階段下に立っていた。シリウスはあのベールのすぐ裏にいるにちがいない。僕が引きもどす……。

しかし、ハリーが台座に向かって駆け出すと、ルーピンがハリーの胸に腕を回して引き止めた。

「ハリー、もう君にはどうすることもできない――」

「連れもどして。助けて。向こう側に行っただけじゃないか！」

「――もう遅いんだ、ハリー」

「いまならまだ届くよ――」ハリーは激しくもがいた。しかし、ルーピンは腕を緩めなかった……。

「もう、どうすることもできないんだ。ハリー……どうすることも……あいつは行ってしまった」

第36章　「あの人」が恐れた唯一の人物

「シリウスはどこにも行ってない！」ハリーがさけぶ。

信じられない。いや、信じてなるものか。ありったけの力で、ハリーはルーピンに抵抗し続けた。ルーピンはわかっていない。あのベールの陰に人が隠れているんだ。最初にこの部屋に入ったとき、人のささやき声を聞いたもの。シリウスは隠れているだけだ。ただ見えないところに潜んでいるだけだ。

「シリウス！」ハリーは絶叫した。「シリウス！」

「あいつはもどってこられないんだ、ハリー」なんとかしてハリーを抑えようとしながら、ルーピンは涙声になった。「あいつはもどれない。だって、あいつは――死」

「シリウスは――死んでなんか――いない！」ハリーはわめいた。「シリウス！」

二人の周囲で動きは続いている。無意味な騒ぎ。呪文の閃光《せんこう》。ハリーにとってはなんの意味もない騒音。逸《そ》れた呪文が二人のそばを飛んでいこうが、もうどうでもよかった。すべてがどうでもよくなった。ただ、ルーピンは嘘をつかないで欲しい。シリウスはすぐそこに、あの古ぼけたベールの裏に立っているのに――いまにもそこから現れるのに――黒髪を後ろに振りはらい、意気揚々と戦いにもどろうとするのに――そうじゃないように装うのはやめて欲しい。

ルーピンはハリーを台座から引き離した。ハリーはアーチを見つめたまま、今度はシリウスに腹を立てていた。こんなに待たせるなんて――。

しかし、ルーピンを振り解こうともがきながらも、心のどこかでハリーにはわかっていた。シリウスはいままで僕を待たせたことなんてなかった……どんな危険を冒しても、必ず僕に会いにきてくれた。助けにきてくれた……ハリーが命を懸けて、こんなにシリウスを呼んでいるのに、シリウスがあのアーチから姿を現さないなら、その理由は一つしかない。シリウスは帰ってくることができないのだ……シリウスは本当に――。

ダンブルドアはほとんどの死喰い人を部屋の中央に一束にして、見えない縄で拘束したようだ。マッド-アイ・ムーディが、部屋の向こうからトンクスの倒れている場所まで這《は》っていき、トンクスを蘇生《そせい》させようとしていた。台座の向こうではまだ閃光《せんこう》が飛び、うめき声、さけび声がした。――キングズリーが、シリウスのあとを受け、ベラトリックスと対決するため躍り出た。

「ハリー？」

ネビルが一段ずつ石段を滑り降り、ハリーのそばにきていた。ハリーはもう抵抗していなかったが、ルーピンはそれでも念のためにハリーの腕をしっかり押さえつけていた。

「ハリー……ほんどにごべんね……」ネビルが言う。両足がまだどうしようもなく踊っている。「あのひど――ジリウズ・ブラッグ――ぎみのどもだぢだっだの？」

ハリーはうなずいた。

「さあ、ネビル」ルーピンが静かにそう言うと、杖《つえ》をネビルの足に向けて唱えた。

「フィニート　終われ」

呪文が解け、ネビルの両足は床に下りて静かになった。ルーピンは蒼《あお》ざめた顔をしている。

「さあ――みんなを探そう。ネビル、みんなはどこだ？」

ルーピンはそう言いながら、アーチに背を向ける。一言一言に痛みを感じているような言い方だ。

「みんなあぞごにいるよ」ネビルが言う。「ロンが脳びぞにおぞわれだげど、だいじょうびだど思う――ハービーニーは気をうじなってるげど、脈があっだ――」

台座の裏側からバーンと大きな音とさけび声が聞こえた。ハリーはキングズリーが苦痛にもだえながら床に倒れるのを見た。ダンブルドアがくるりと振り向くと、ベラトリックス・レストレンジは尻尾《しっぽ》を巻いて逃げ出した。ダンブルドアが呪文を向けたが、ベラトリックスはそれを逸《そ》らせ、すでに石段を中ほどまで上っていた――。

「ハリー――やめろ！」ルーピンがさけんだ。しかしすでにハリーは、緩んでいたルーピンの腕を振り解いていた。

「あいつがシリウスを殺した！」ハリーがどなる。「あいつが殺した――僕があいつを殺してやる！」

そして、ハリーは飛び出し、石段をすばやくよじ登る。背後でハリーを呼ぶ声がしたが、気にしなかった。ベラトリックスのローブの裾《すそ》がひらりと視界から消え、二人は脳みそが泳いでいる部屋にもどっていた……。

ベラトリックスは肩越しに呪いの狙いを定めた。水槽が宙に浮き、傾く。ハリーは中を満たしていたいやな臭いのする薬液でずぶ濡れになった。脳みそが滑り出し、ハリーに取りつき、色あざやかな長い触手を何本も吐《は》き出しはじめた。

「ウィンガーディアム　レヴィオーサ！　浮遊せよ！」

ハリーが呪文を唱えると、脳みそはハリーを離れ、空中へと飛んでいく。ぬるぬる滑りながら、ハリーは扉へと走った。床でうめいているルーナを飛び越し、ジニーを通り越し――ジニーが「ハリー――何事――？」と問いかけた――へらへら力なく笑っているロンを、そして、まだ気を失っているハーマイオニーを置き去りにして扉をぐいと開けると、黒い円形のホールに入る。ベラトリックスがホールの反対側の扉から出ていくのが見えた。その向こうにエレベーターに通じる廊下がある。

ハリーは走った。しかしベラトリックスは、その扉を出るとピシャリと閉めた。壁がすでに回りはじめている。またしてもハリーは、ぐるぐる回る壁の燭台《しょくだい》から出る、青い光の筋に取り囲まれていた。

「出口はどこだ？」

壁がふたたびゴトゴトと止まったとき、ハリーは捨《す》て鉢《ばち》になってさけんだ。

「出口はどこなんだ？」

部屋は、ハリーが問いかけるのを待っていたかのようだ。真後ろの扉がパッと開き、エレベーターへの通路が見えた。松明《たいまつ》の灯《あか》りに照らされた通路に人影はない。ハリーは走った……。

前方でエレベーターのガタゴト言う音が聞こえる。ハリーは廊下を疾走し、勢いよく角を曲がり、別のエレベーターを呼ぶボタンを拳《こぶし》でたたいた。ジャラジャラと音を立てながら、エレベーターが下りてくる。格子戸が開くなりハリーは飛び乗って、「アトリウム」のボタンをたたく。ドアがするすると閉まり、ハリーは昇っていく……。

格子戸が完全に開かないうちに隙間からむりやり体を押し出し、ハリーはあたりを見回した。ベラトリックスは、ホールの向こうの電話ボックス・エレベーターにたどり着こうとしている。しかし、ハリーが全速力で追うと、振り返ってハリーを狙い、呪いを放つ。ハリーは「魔法界の同胞の泉」の陰に隠れて呪いをかわす。呪文はハリーを飛び越し、アトリウムの奥にある金のゲートに当たった。ゲートは鐘が鳴るような音を出す。もう足音はしない。ベラトリックスは走るのをやめている。ハリーは泉の立像の陰にうずくまって、耳を澄ませた。

「出てこい、出てこい、ハリーちゃん！」

ベラトリックスが赤ちゃん声を作って呼びかける。磨き上げられた木の床に、その声が響いた。

「どうして私を追ってきたんだい？　私のかわいいいとこの仇《かたき》を討ちにきたんじゃないのかい？」

「そうだ！」ハリーの声が、何十人ものハリーの幽霊と合唱するように、部屋中にこだまする。

「そうだ！　そうだ！　そうだ！………」

「あぁぁぁぁぁ……あいつを愛してたのかい？　ポッター赤ちゃん？」

これまでにない激しい憎しみが、ハリーの胸にわき上がる。噴水の陰から飛び出し、ハリーが大声でさけんだ。「クルーシオ！　苦しめ！」

ベラトリックスが悲鳴を上げた。呪文はベラトリックスをひっくり返らせた。しかし、ネビルのように苦痛に泣きわめいたり、悶《もだ》えたりはしなかった――息を切らしながらも、すでに立ち上がっている。もう笑ってはいない。ハリーは黄金の噴水の陰にまた隠れた。ベラトリックスの逆呪いがハンサムな魔法使いの頭に当たり、頭部が吹き飛んで数メートル先に転がる。木の床に長々とすり傷をつけながら。

「『許されざる呪文』を使った経験がないようだね、小僧？」ベラトリックスが大声で愚弄《ぐろう》する。すでに赤ちゃん声は捨てていた。「本気になる必要があるんだよ、ポッター！　苦しめようと本気でそう思わなきゃ――それを楽しまなくちゃ――まっとうな怒りじゃ、そう長くは私を苦しめられないよ――どうやるのか教えてやろうじゃないか、え？　揉《も》んでやるよ――」

ハリーはじりじりと噴水の反対側まで回り込む。そのとき、ベラトリックスがさけんだ。

「クルーシオ！」

弓を持ったケンタウルスの腕がくるくる回りながら飛び、ハリーはまた身をかがめざるをえなかった。腕は、金色の魔法使いの頭部近くの床にドスンと落ちた。

「ポッター、おまえが私に勝てるわけがない！」ベラトリックスがさけぶ。

ハリーを直接狙えるよう、ベラトリックスが右に移動する音が聞こえる。ベラトリックスから遠ざかるように、ハリーは立像を反対側に回り込み、頭をしもべ妖精像の高さと同じぐらいにしてケンタウルスの足の陰にかがみ込んだ。

「私は、昔もいまも、闇の帝王の最も忠実な従者だ。あのお方から直接に闇の魔術を教わった。私の呪文の威力は、おまえのような青二才なんぞがどうあがいても太刀打ちできるものではない――」

ハリーは、首なしになってしまった魔法使いににっこり笑いかけている小鬼像のそばまで回り込み、噴水のまわりを窺《うかが》っているベラトリックスの背中に狙いを定めた。

「麻痺《まひ》せよ！」ハリーがさけんだ。

ベラトリックスの応戦はすばやかった。あまりの速さに、ハリーは身をかわす間もないほどだ。

「プロテゴ！」ハリーの「失神《しっしん》呪文」の赤い光線が、撥《は》ね返ってきた。ハリーは急いで噴水の陰に入ったが、小鬼の片耳が部屋の向こうまで吹き飛んだ。

「ポッター、一度だけチャンスをやろう！」ベラトリックスが大声で呼ばわった。「予言を私に渡せ――いま、こっちに転がしてよこすんだ――そうすれば命だけは助けてやろう！」

「それじゃ、僕を殺すしかないな。予言はなくなったんだから！」

ハリーは吠《ほ》えるように言う。そのとたん、額《ひたい》に激痛が走った。傷痕《きずあと》がまたしても焼けるように痛む。そして、自分自身の怒りとはまったく関連のない激しい怒りが込み上げてくるのを感じた。

「それに、あいつは知っているぞ！」ハリーはベラトリックスの狂ったような笑いに匹敵するほどの笑い声を上げた。「おまえの大切なヴォルデモート様は、予言がなくなってしまったことをご存知だ。おまえのこともご満足はなさらないだろうな？」

「なんだって？　どういうことだ？」ベラトリックスの声がはじめて怯《おび》えた。

「ネビルを助けて石段を上ろうとしたとき、予言の球が砕けたんだ！　ヴォルデモートは果たしてなんと言うだろうな？」

ハリーの傷痕がまたしても焼けるように痛んだ……あまりの痛みに、ハリーは目が潤んだ……。

「嘘つきめ！」

ベラトリックスがかん高くさけんだ。しかし、いまやその怒りの裏に、ハリーは恐怖を聞き取っている。

「おまえは予言を持っているんだ、ポッター、それを私によこすのだ。『アクシオ！　予言よ、こい！　アクシオ！　予言よ、こい！』」

ハリーはまた高笑いする。そうすればベラトリックスが激昂《げきこう》することがわかっているからだ。頭痛が次第にひどくなる。頭蓋骨が破裂するかと思うほどだ。ハリーは片耳になった小鬼像の後ろから、空っぽの手を振って見せ、ベラトリックスがまたもや緑の閃光《せんこう》を飛ばしてよこしたときすばやく手を引っ込めた。

「なんにもないぞ！」ハリーがさけんだ。「呼び寄せる物なんかなんにもない！　予言は砕けた。だれも予言を聞かなかった。おまえのご主人様にそう言え！」

「ちがう！」ベラトリックスが悲鳴を上げる。「嘘だ。おまえは嘘をついている！　ご主人様！　私は努力しました。努力いたしました——どうぞ私を罰しないでください、どうぞ——」

「言うだけむださ！」ハリーがふたたびさけんだ。

これまでにないほど激しくなった傷痕《きずあと》の痛みに、ハリーは目を閉じ、顔中をしかめた。

「ここからじゃ、あいつには聞こえないぞ！」

「そうかな？　ポッター」かん高い冷たい声が響き渡る。

ハリーは目を開けた。

背の高い、やせた姿が黒いフードをかぶっている。恐ろしい蛇のような顔は蒼白《そうはく》で落ち窪み、縦に裂けたような瞳孔の真っ赤な両眼が睨《にら》んでいる……ヴォルデモート卿《きょう》が、ホールの真ん中に姿を現していた。杖《つえ》をハリーに向けている。ハリーは凍りついたように動けなかった。

「そうか、おまえが俺様《おれさま》の予言を壊したのだな？」ヴォルデモートは非情な赤い目でハリーを睨みつけながら、静かに言う。「いや、ベラ、こいつは嘘をついてはいない……こいつの愚にもつかぬ心の中から、真実が俺様を見つめているのが見えるのだ……何か月もの準備、何か月もの苦労……その挙句、わが死喰い人たちは、またしても、ハリー・ポッターが俺様を挫《くじ》くのを許した……」

「ご主人様、申し訳ありません。私は知りませんでした。動物もどきのブラックと戦っていたのです！」

ゆっくりと近づくヴォルデモートの足元に身を投げ出し、ベラトリックスがすすり泣いた。

「ご主人様、おわかりくださいませ――」

「黙れ、ベラ」ヴォルデモートの声が危険をはらむ。「おまえの始末はすぐにつけてやる。俺様が魔法省にきたのは、おまえの女々しい弁解を聞くためだとでも思うのか？」

「でも、ご主人様――あの人がここに――あの人が下に――」

ヴォルデモートは一顧だにしなかった。

「ポッター、俺様《おれさま》はこれ以上なにもおまえに言うことはない」ヴォルデモートが静かに言葉を続ける。「おまえはあまりにもしばしば、あまりにも長きにわたって、俺様をいらだたせてきた。『アバダ　ケダブラ！』」

ハリーは、抵抗のために口を開くことさえできないでいた。頭が真っ白で、杖《つえ》はだらりと下を向いたままだ。

ところが、首なしになった黄金の魔法使い像が突如立ち上がり、台座から飛び上がると、ドスンと音を立ててハリーとヴォルデモートの間に立ち塞がった。立像が両腕を広げてハリーを護り、呪文は立像の胸に当たって撥《は》ね返された。

「なんと――？」ヴォルデモートが周囲に目を凝らした。そして、息を殺して言う。「ダンブルドアか！」

ハリーは胸を高鳴らせて振り返った。ダンブルドアが金色のゲートの前にすっくと立っていた。

ヴォルデモートが杖を上げ、緑色の閃光《せんこう》がまた一本、ダンブルドアめがけて飛んだ。ダンブルドアはくるりと一回転し、マントの渦の中に消えた。次の瞬間、ヴォルデモートの背後に現れたダンブルドアが、噴水に残った立像に向けて杖を振《ふ》うと立像はいっせいに動き出した。魔女の像がベラトリックスに向かって走り、ベラトリックスは悲鳴を上げて何度も呪文を飛ばしたが、魔女の胸に当たって虚しく撥ね返っただけだった。魔女はベラトリックスに飛びかかり、床に押さえつけた。一方、小鬼としもべ妖精は、小走りで壁に並んだ暖炉に向かい、腕一本のケンタウルスはヴォルデモートに向かって疾駆した。ヴォルデモートの姿は一瞬消え去った後、噴水の横にふたたび姿を現した。首なしの像は、ハリーを戦闘の場から遠ざけるように後ろに押しやり、ダンブルドアがヴォルデモートの前に進み出た。

黄金のケンタウルス像がゆっくりと二人のまわりを駆ける。

「今夜ここに現れたのは愚かじゃったな、トム」ダンブルドアが静かに言う。「闇祓《やみばら》いたちがまもなくやってこよう――」

「その前に、俺様はもういなくなる。そして貴様は死んでおるわ！」ヴォルデモートが吐《は》き棄《す》てるように言う。またしても死の呪文がダンブルドアめがけて飛んだが、外れて守衛のデスクに当たり、たちまち机が炎上した。

ダンブルドアが杖をすばやく動かした。その杖から発せられる呪文の強さたるや、黄金のガードに護られているハリーでさえ、呪文が通り過ぎるとき髪の毛が逆立つのを感じるほどだ。ヴォルデモートも、その呪文を逸《そ》らすためには、空中から輝く銀色の盾《たて》を取り出さざるをえなかった。その呪文がなんであるかはわからないが、盾に目に見える損傷は与えなかった代わりにゴングのような低い音を響かせた――不思議に背筋が寒くなる音だ。

「俺様《おれさま》を殺そうとしないのか？　ダンブルドア？」ヴォルデモートが盾の上から真っ赤な目を細めて覗いた。「そんな野蛮な行為は似合わぬとでも？」

「おまえも知ってのとおり、トム、人を滅亡させる方法はほかにもある」ダンブルドアは落ち着きはらってそう言いながら、まっすぐにヴォルデモートに向かって歩き続けた。この世になにも恐れるものはないかのように、ホールのそぞろ歩きを邪魔する出来事などなにも起こらないかのように。「たしかに、おまえの命を奪うことだけでは、わしは満足せんじゃろう――」

「死よりも酷《こく》なことはなにもないぞ、ダンブルドア！」ヴォルデモートがうなるように言い募《つの》る。

「おまえは大いにまちがっておる」

ダンブルドアはさらにヴォルデモートに迫りながら、まるで酒を飲み交わしながら会話をしているような気軽な口調で語りかけている。ダンブルドアが無防備に、盾《たて》もなしで歩いていくのを見て、ハリーは空恐ろしかった。警戒するようにとさけびたかった。しかし、首なしのボディガードがハリーを壁際へと押しもどし、ハリーが前に出ようとするたびにことごとく阻止する。

「死よりも酷《むご》いことがあるのを理解できんのが、まさに、昔からのおまえの最大の弱点よのう――」

銀色の盾の陰から、またしても緑の閃光が走る。今度は、ダンブルドアの前に疾駆してきた片腕のケンタウルスがそれを受け、粉々に砕けた。そのかけらがまだ床に落ちないうちに、ダンブルドアが杖《つえ》をぐっと引き、鞭《むち》のように振り動かした。細長い炎が杖先から飛び出し、ヴォルデモートを盾ごとからめ取る。一瞬、ダンブルドアの勝ちだと思われた。しかし、そのとき、炎のロープが蛇に変わり、たちまちヴォルデモートの縄目を解き、激しくシューシューと鎌首をもたげてダンブルドアに立ち向かってきた。

ヴォルデモートの姿が消えた。蛇が床から伸び上がり、攻撃の姿勢を取った――。ダンブルドアの頭上で炎が燃え上がる。同時にヴォルデモートがふたたび姿を現した。さきほどまで五体の像が立っていた噴水の真ん中の台座に立っている。

「あぶない！」ハリーがさけんだ。

しかし、すでにヴォルデモートの杖からは、またしても緑の閃光がダンブルドアめがけて飛び、蛇が襲いかかっていた。

フォークスがダンブルドアの前に急降下し、嘴《くちばし》を大きく開けて緑の閃光を丸呑《まるの》みした。そして炎となって燃え上がり、床に落ち、小さく萎《しな》びて飛ばなくなった。同時にダンブルドアが杖を一振りする。長い、流れるような動きだった。――まさに、ダンブルドアにがぶりと牙《きば》を突き立てようとしていた蛇が、空中高く吹き飛び、一筋の黒い煙となって消えた。そして、泉の水が立ち上がり、溶けたガラスの繭《まゆ》のようにヴォルデモートを包み込んだ。

わずかの間、ヴォルデモートは、さざなみのように揺れるぼんやりした顔のない影となり、台座の上でちらちら揺らめいていた。息を詰まらせる水を払い退《の》けようと、明らかにもがいている——。

やがて、その姿が消えた。水がすさまじい音を立ててふたたび泉に落ち、水盆《すいぼん》の縁から激しくこぼれて磨かれた床をびしょ濡れにした。

「ご主人様！」ベラトリックスが絶叫した。

まちがいなく、終わった。ヴォルデモートは逃げを決めたのにちがいない。ハリーはガードしている立像の陰から走り出ようとした。しかし、ダンブルドアの声が響いた。

「ハリー、動くでない！」

ダンブルドアの声が、はじめて恐怖を帯びたものになっていた。ハリーにはなぜかわからない。ホールはがらんとしている。ハリーとダンブルドア、魔女の像に押さえつけられたままですすり泣くベラトリックス、そして床の上でかすかに鳴き声を上げる生まれたばかりの不死鳥フォークスしかいない——。

すると突然、傷痕《きずあと》がパックリ割れた。ハリーは自分が死んだと思った。想像を絶する痛み、耐え難い激痛――。

ハリーはホールにいなかった。真っ赤な目をした生き物のとぐろに巻き込まれていた。あまりにきつく締めつけられ、どこまでが自分の体で、どこからが生き物の体なのかわからない。二つの体はくっつき、痛みによって縛りつけられている。逃れようがない――。

そして、その生き物が口をきく。ハリーの口を通してしゃべる。苦痛の中で、ハリーは自分の顎《あご》が動くのを感じた……。

「俺様《おれさま》を殺せ、いますぐ、ダンブルドア……」

目も見えず、瀕死の状態で、体のあらゆる部分が解放を求めてさけびながら、ハリーは、またしてもその生き物がハリーを使っているのを感じた……。

「死が何物でもないなら、ダンブルドア、この子を殺せ……」

痛みを止めてくれ、ハリーは思った……僕たちを殺してくれ……終わらせてくれ、ダンブルドア……この苦痛に比べれば、死などなんでもない……。

そうすれば、僕はまたシリウスに会える……。

ハリーの心に熱い感情があふれた。するとそのとき、生き物のとぐろが緩み、痛みが去った。ハリーはうつ伏せに床に倒れていた。メガネがどこかにいってしまい、ハリーは木の床ではなく氷の上に横たわっているかのように震えていた……。

ホール中に人声が響いている。そんなにたくさんいるはずがないのに……。ハリーは目を開けた。自分をガードしていた首なしの立像の踵《かかと》のそばに、メガネが落ちているのが見える。立像は、しかしいまは仰向けに倒れ、割れて動かなかった。ハリーはメガネをかけ、少し頭を上げた。ダンブルドアの折れ曲がった鼻がすぐそばにあるのが見えた。

「ハリー、大丈夫か？」

「はい」震えが激しく、ハリーはまともに頭を上げていられない。「ええ、大丈――どこに、ヴォルデモートは、どこ――だれ？　こんなに人が――いったい――」

アトリウムは人であふれていた。片側の壁に並んだ暖炉のすべてに火が燃え、そのエメラルド色の炎が床を照らしている。暖炉から、次々と魔法使い、魔女たちが現れ出る。ダンブルドアに助け起こされたハリーは、しもべ妖精と小鬼の小さい黄金の立像が、唖然《あぜん》とした顔のコーネリウス・ファッジを連れてやってくるのを見た。

「『あの人』はあそこにいた！」紅のローブにポニーテールの男が、ホールの反対側の金色の瓦礫《がれき》の山を指さしてさけんだ。そこは、さっきまでベラトリックスが押さえつけられていた場所だ。「ファッジ大臣、私は『あの人』を見ました。まちがいなく、『例のあの人』でした。女を引っつかんで、『姿くらまし』しました！」

「わかっておる、ウィリアムソン、わかっておる。私も『あの人』を見た！」ファッジはしどろもどろだった。細縞《ほそじま》のマントの下はパジャマで、何キロも駆けてきたかのように息を切らしている。「なんとまあ――ここで――ここで！――魔法省で！――あろうことか！――ありえない――まったく――どうしてこんな――？」

「コーネリウス、下の神秘部に行けば――」ダンブルドアが言う。ハリーが無事なのに安堵したらしく、ダンブルドアは前に進み出た。新しく到着した魔法使いたちは、ダンブルドアがいることにはじめて気づいた（何人かは杖《つえ》を構えた。あとはただ呆然《ぼうぜん》と見つめるばかりだ。しもべ妖精と小鬼の像は拍手した。ファッジは飛び上がり、スリッパ履きの両足が床から離れた）。「――脱獄した死喰い人が何人か、『死の間』に拘束されておるのがわかるじゃろう。『姿くらまし防止呪文』で縛ってある。大臣がどうなさるのか、処分を待っておる」

「ダンブルドア！」ファッジが興奮で我を忘れ、息を呑《の》んだ。「おまえ――ここに――私は――私は――」

ファッジは一緒に連れてきた闇祓《やみばら》いたちをきょろきょろと見回した。だれが見ても、「捕まえろ！」とさけぶべきかどうか迷っていることは明らかだ。

「コーネリウス、わしはおまえの部下と戦う準備はできておる。――そして、また勝つ！」ダンブルドアの声が轟《とどろ》く。「しかし、ついいましがた、きみはその目で、わしが一年間きみに言い続けてきたことが真実じゃったという証拠を見たであろう。ヴォルデモート卿《きょう》はもどってきたのじゃ。この十二か月、きみは見当ちがいの男を追っていた。そろそろ目覚めるときじゃ！」

「私は――別に――まあ――」ファッジは虚勢を張り、どうするべきかだれか教えてくれというように周囲を見回した。だれもなにも言わないので、ファッジが言った。「よろしい――ドーリッシュ！　ウィリアムソン！　神秘部に行って見てこい……ダンブルドア、おまえ――君は、正確に私に話して聞かせる必要が――『魔法界の同胞の泉』――いったいどうしたんだ？」最後は半べそになり、ファッジは魔法使い、魔女、ケンタウルス像の残骸が散らばっている床を見つめた。

「その話は、わしがハリーをホグワーツにもどしてからにすればよい」ダンブルドアが言う。

「ハリー――ハリー・ポッターか？」

ファッジがくるりと振り返り、ハリーを見つめた。ハリーは壁際に立ったままで、ダンブルドアとヴォルデモートの決闘の間自分を護ってくれ、いまは倒れている立像のそばにいた。

「ハリーが――ここに？」ファッジが言った。「どうして――いったいどういうことだ？」

「わしがすべてを説明しようぞ」ダンブルドアが繰り返した。「ハリーが学校にもどってからじゃ」

ダンブルドアは噴水のそばを離れ、黄金の魔法使いの像の頭部が転がっているところに行く。杖《つえ》を頭部に向け「ポータス」と唱えると、頭部は青く光り、一瞬、床の上でやかましい音を立てて震えたが、また動かなくなった。

「ちょっと待ってくれ、ダンブルドア！」ダンブルドアが頭部を拾い上げ、それを抱えてハリーのところにもどると、ファッジが言った。「君にはその移動《ポート》キーを作る権限はない！　魔法大臣の真ん前で、まさかそんなことはできないのに、君は――君は――」

ダンブルドアが半月メガネの上から毅然とした目でファッジをじっと見ると、ファッジの声がだんだん尻すぼまりになる。

「きみは、ドローレス・アンブリッジをホグワーツから除籍する命令を出すがよい」ダンブルドアが言う。「部下の闇祓《やみばら》いたちに、わしの『魔法生物飼育学』の教師を追跡するのをやめさせ、職に復帰できるようにするのじゃ。きみには……」ダンブルドアはポケットから十二本の針がある時計を引っ張り出して、ちらりと眺めた。「……今夜、わしの時間を三十分やろう。それだけあれば、ここでなにが起こったのか、重要な点を話すのに十分じゃろう。そのあと、わしは学校にもどらねばならぬ。

もし、さらにわしの助けが必要なら、もちろん、ホグワーツにおるわしに連絡をくだされば、喜んで応じよう。校長宛の手紙を出せばわしに届く」

ファッジはますます目を白黒させた。口をぽかんと開け、くしゃくしゃの白髪頭の下で、丸顔が次第にピンクになる。

「私は――君は――」

ダンブルドアはファッジに背を向けた。

「この移動キー《ポートキー》に乗るがよい、ハリー」

ダンブルドアが黄金の頭部を差し出した。ハリーはその上に手を載せた。次になにをしようが、どこに行こうが、どうでもよかった。

「三十分後に会おうぞ」ダンブルドアが静かに言う。「いち……に……さん……」

ハリーは、臍《へそ》の裏側がぐいと引っ張られる、あのいつもの感覚を感じた。足下の磨かれた木の床が消え、アトリウムもファッジも、ダンブルドアもみな消えた。そしてハリーは、色彩と音の渦の中を、前へ、前へと飛んでいった……。

第37章　失われた予言

　ハリーの足が固い地面を感じた。膝《ひざ》がガくりと砕け、黄金の魔法使いの頭部がゴーンと音を響かせて床に落ちた。見回すと、そこはダンブルドアの校長室だった。

　校長が留守の間に、すべてがひとりでに元どおり修復されたようだ。繊細な銀の道具類は、華奢《きゃしゃ》な脚のテーブルの上で、のどかに回りながらポッポッと煙を吐《は》いている。歴代校長の肖像画は、肘掛《ひじかけ》椅子の背や額縁に頭をもたせかけて、こっくりこっくりと寝息を立てている。ハリーは窓から外を見た。地平線がさわやかな薄緑色に縁取られている。夜明けが近い。

　動くものとてない静寂。肖像画がときおり立てる鼻息や寝言しか破るもののない静寂は、いまのハリーには耐え難い。ハリーの心の中が周囲のものに投影されるのなら、肖像画は苦痛に泣きさけんでいることだろう。ハリーは、静かな美しい部屋を、荒い息をしながら歩き回った。考えまいとした。しかし、考えてしまう……逃れようもない……。

シリウスが死んだのは僕のせいだ。全部僕のせいだ。僕がヴォルデモートの策略にはまるようなばかなまねをしなかったなら、もし夢で見たことをあれほど強く現実だと思い込まなかったなら、僕の「英雄気取り」をヴォルデモートが利用する可能性を指摘したハーマイオニーの言葉を素直に受け入れていたなら……。

耐えられない。考えたくない。我慢できない……心の中に、ぽっかり恐ろしい穴があいている。感じたくない、確かめたくない、暗い穴だ。そこにシリウスがいた。そこからシリウスが消えた。この静まり返ったがらんとした穴に、たった一人で向き合うなどできない。がまんできない――。

背後の肖像画が一段と大きいいびきをかき、冷たい声が聞こえた。

「ああ……ハリー・ポッター……」

フィニアス・ナイジェラスが長いあくびをし、両腕を伸ばしながら、抜け目のない細い目でハリーを見る。

「こんなに朝早く、なぜここにきたのかね？」やがてフィニアスが言った。「この部屋は正当なる校長以外は入れないことになっているのだが。それとも、ダンブルドアが君をここによこしたのかね？　ああ、もしかして、また……」フィニアスがふたたび体中を震わせて大あくびをした。「私のろくでなしの曾々孫《ひひまご》に伝言じゃないだろうね？」

ハリーは言葉が出なかった。フィニアス・ナイジェラスはシリウスの死を知らない。しかしハリーには言えなかった。口に出せば、それが決定的なものになり、絶対に取り返しがつかないものになる。

他の肖像画もいくつか身動きをはじめた。質問攻めにあうことが恐ろしく、ハリーは急いで部屋を横切って扉の取っ手をつかんだ。

動かない。ハリーは閉じ込められていた。

「もしかして、これは」校長の机の背後の壁に掛かった、でっぷりした赤鼻の魔法使いが、期待を込めて言った。「ダンブルドアがまもなくここにもどるということかな？」

ハリーが後ろを向いた。その魔法使いが、興味深げにじっとハリーを見ている。ハリーはうなずいた。もう一度後ろ向きのまま取っ手を引いたが、びくともしない。

「それはありがたい」その魔法使いが言った。「あれがおらんと、まったく退屈じゃったよ。いやまったく」

肖像画に描かれた王座のような椅子に座りなおし、その魔法使いはハリーににっこりと人の好さそうな笑顔を向ける。

「ダンブルドアは君のことをとても高く評価しておるぞ。もちろん、わかっておるじゃろうがの」魔法使いが心地よげに話す。「ああ、そうじゃとも。君を誇りに思っておる」

ハリーの胸に重苦しくのしかかっていた、恐ろしい寄生虫のような罪悪感が、身をくねらせてのたうち回る。耐えられない。自分が自分であることに、もはや耐えられなかった……自分の心と体に、これほど縛りつけられていると感じたことはない。だれでもいいからだれか別の人になり変わりたいと、こんなに激しく願ったことはなかった……。

火の気のない暖炉にエメラルド色の炎が上がる。ハリーは思わず扉から飛び退《の》き、火格子《ひごうし》の中でくるくる回転している姿を見つめた。ダンブルドアの長身が暖炉からするりと姿を現すと、周囲の壁の魔法使いや魔女が急に目を覚まし、口々にお帰りなさいと歓声を上げた。

「ありがとう」ダンブルドアが穏やかに礼を言う。

最初はハリーのほうを見ず、ダンブルドアは扉の脇にある止まり木のところに歩いていき、ローブの内ポケットから小さな、醜い、羽毛のないフォークスを取り出し、成鳥のフォークスがいつも止まっている金色の止まり木の下の、柔らかな灰の入った盆にそっと載せた。

「さて、ハリー」やがて雛鳥《ひなどり》から目を離し、ダンブルドアが声をかけた。「きみの学友じゃが、昨夜の事件でいつまでも残るような傷害を受けた者はだれもおらん。安心したじゃろう」

ハリーは「よかった」と言おうとしたが、声が出なかった。ハリーのもたらした被害がどれほど大きかったかを、ダンブルドアがあらためて思い出させようとしている気がする。ダンブルドアがはじめてハリーをまっすぐ見ているのに、そして、非難しているというよりねぎらっているような表情だというのに、ハリーはダンブルドアと目を合わせることができない。

「マダム・ポンフリーが、みなの応急手当をしておる」ダンブルドアが言う。「ニンファドーラ・トンクスは少しばかり聖マンゴで過ごさねばならぬかも知れんが、完全に回復する見込みじゃ」

ハリーは、空が白みはじめ、明るさを増してきた絨毯《じゅうたん》に向かってうなずくしかない。ダンブルドアとハリーがいったいどこにいたのか、どうしてけが人が出たのかと、部屋中の肖像画が、ダンブルドアの一言一言に聞き入っているにちがいない。

「ハリー、気持ちはよくわかる」ダンブルドアがひっそりと言う。

「わかってなんかいない」ハリーの声が突然大きく、強くなった。焼けるような怒りが突き上げてきた。ダンブルドアは僕の気持ちなんかちっともわかっちゃいない。

「どうだい？　ダンブルドア？」フィニアス・ナイジェラスが陰険に口を挟む。「生徒を理解しようとするなかれ。生徒がいやがる。連中は誤解される悲劇のほうがお好みでね。自己憐憫《れんびん》に溺《おぼ》れ、悶々《もんもん》と自らの――」

「もうよい、フィニアス」ダンブルドアが言った。

ハリーはダンブルドアに背を向け、頑《かたく》なに窓の外を眺めた。遠くにクィディッチ競技場が見える。シリウスがあそこに現れたことがあったっけ。ハリーのプレイぶりを見ようと、毛むくじゃらの真っ黒な犬になりすまし……きっと、父さんと同じぐらいうまいかどうか見にきたんだろうな……一度も確かめられなかった……。

「ハリー、きみのいまの気持ちを恥じることはない」ダンブルドアの声がした。「それどころか……そのように痛みを感じることができるのが、きみの最大の強みじゃ」

ハリーは白熱した怒りが体の内側をめらめらとなめるのを感じた。恐ろしい空虚さの中に炎が燃え、落ち着きはらって虚しい言葉を吐《は》くダンブルドアを傷つけてやりたいという思いがふくれ上がってくる。

「僕の最大の強み。そうですか?」クィディッチ競技場を見つめながらも、もう競技場は見てはいなかった。声が震えていた。「なんにもわからないくせに……知らないくせに……」

「わしがなにを知らないと言うのじゃ?」ダンブルドアが静かに聞く。

もうたくさんだ。ハリーは怒りに震えながら振り向いた。

「僕の気持ちなんて話したくない！　ほっといて！」

「ハリー、そのように苦しむのは、きみがまだ人間だという証《あかし》じゃ！　この苦痛こそ、人間であることの一部なのじゃ――」

「なら――僕は――人間で――いるのは――いやだ！」

ハリーは吠え哮《たけ》り、脇の華奢《きゃしゃ》な脚のテーブルから繊細な銀の道具をひっつかみ、部屋の向こうに投げつけた。道具は壁に当たり、粉々に砕けた。肖像画の何人かが、怒りや恐怖にさけび、アーマンド・ディペットの肖像画が声を上げた。

「やれまあ！」

「かまうもんか！」ハリーは肖像画たちに向かってどなり、望月鏡をひったくって暖炉に投げ入れた。「たくさんだ！　もう見たくもない！　やめたい！　終わりにしてくれ！　なにもかも、もうどうでもいい――」

ハリーは銀の道具類が載ったテーブルをつかみ、それも投げつけた。テーブルは床に当たってばらばらになり、脚があちこちに転がった。

「どうでもよいはずはない」ダンブルドアが言う。

ハリーが自分の部屋を破壊しても、たじろぎもせず、まったく止めようともしない。静かな、ほとんど超然とした表情だ。

「気にするからこそ、その痛みで、きみの心は死ぬほど血を流しているのじゃ」

「僕は――気にしてない！」

ハリーが絶叫した。喉《のど》が張り裂けたかと思うほどの大声だった。一瞬、ハリーは、ダンブルドアに突っかかり、たたき壊してやりたいと思った。この落ち着きはらった年寄り面を打ち砕き、動揺させ、傷つけ、自分の中の恐怖のほんの一部でもいいから味わわせてやりたい。

「いいや、気にしておる」ダンブルドアはいっそう静かに言葉を繰り出す。「きみはいまや、母親を、父親を、そしてきみにとってははじめての、両親に一番近い者として慕っていた人までをも失ったのじゃ。気にせぬはずがあろうか」

「僕の気持ちがわかってたまるか！」ハリーが吠《ほ》えさけんだ。「先生は――ただ平気でそこに――先生なんかに――」

しかし、言葉ではもう足りなかった。物を投げつけてもなんの役にも立たない。走りたい。走って、走って、二度と振り向かないで、自分を見つめるその澄んだ青い目が、その憎らしい落ち着きはらった年寄りの顔など見えないどこかに行きたかった。ハリーは扉に駆け寄り、ふたたび取っ手をつかんでぐいとひねった。

しかし扉は開かなかった。

ハリーはダンブルドアを振り返る。

「出してください」ハリーは頭のてっぺんから爪先まで震えていた。

「だめじゃ」ダンブルドアはそれだけしか言わなかった。

数秒間、二人は見つめ合っていた。

「出してください」もう一度ハリーが言う。

「だめじゃ」ダンブルドアも同じ言葉を繰り返す。

「そうしないと――僕をここに引き止めておくなら――もし、僕を出して――」

「かまわぬ。わしの持ち物を破壊し続けるがよい」ダンブルドアは穏やかに言い放つ。「持ち物がむしろ多すぎるのでな」

ダンブルドアは自分の机に歩いていき、その向こう側に腰掛けてハリーを眺めた。

「出してください」ハリーはもう一度、冷たく、ダンブルドアとほとんど同じくらい落ち着いた声で言う。

「わしの話がすむまではだめじゃ」ダンブルドアも譲らない。

「先生は――僕が聞きたいとでも――僕がそんなことに――僕は先生が言うことなんかどうでもいい！」ハリーがまた吠え哮《たけ》った。「先生の言うことなんか、なんにも聞きたくない！」

「聞きたくなるはずじゃ」ダンブルドアは変わらぬ静かさで言い続ける。「なぜなら、きみはわしに対してもっと怒って当然なのじゃ。もしわしを攻撃するつもりなら、きみが攻撃寸前の状態であることはわかっておるが、わしは攻撃されるに値する者として十分にそれを受けたい」

「いったいなにが言いたいんです――？」

「シリウスが死んだのは、わしのせいじゃ」

ダンブルドアは決然と言い切った。

「それとも、ほとんど全部わしのせいじゃというべきかもしれぬ――全責任があるなどというのは傲慢《ごうまん》というものじゃ。シリウスは勇敢で、賢く、エネルギーあふれる男じゃった。そういう人間は、ほかの者が危険に身をさらしていると思うと、自分がじっと家に隠れていることなど、通常は満足できぬものじゃ。

しかしながら、今夜きみが神秘部に行く必要があるなどと、きみは露《つゆ》ほども考える必要はなかったのじゃ。もしわしがきみに対してすでに打ち明けていたなら、そして打ち明けるべきじゃったのだが、ハリーよ、きみはヴォルデモートがいつかはきみを神秘部に誘《おび》き出すかもしれぬということを知っていたはずなのじゃ。さすれば、きみはけっして、罠《わな》にはまって今夜あそこへ行ったりはしなかったじゃろう。そしてシリウスがきみを追っていくこともなかったのじゃ。責めはわしのものであり、わしだけのものじゃ」

ハリーは、無意識に扉の取っ手に手をかけたまま、突っ立っていた。ダンブルドアの顔を凝視し、ほとんど息もせず、耳を傾けてはいたが、聞こえていてもほとんど理解できなかった。

「腰掛けてくれんかの」ダンブルドアが言った。命令しているのではなく、頼んでいる。

ハリーは躊躇《ちゅうちょ》したが、ゆっくりと、いまや銀の歯車や木っ端が散らばる部屋を横切り、ダンブルドアの机の前の椅子に腰掛けた。

「こういうことかね？」フィニアス・ナイジェラスがハリーの左側でゆっくりと確認をした。「私の曾々孫《ひひまご》が――ブラック家の最後の一人が――死んだと？」

「そうじゃ、フィニアス」ダンブルドアが言った。

「信じられん」フィニアスがぶっきらぼうに言葉を投げた。

ハリーが振り向くと、ちょうどフィニアスが肖像画を抜け出ていくのが見えた。グリモールド・プレイスにある自分の肖像画を訪ねていったのだろう。たぶん、シリウスの名を呼びながら、肖像画から肖像画へと移り、屋敷中を歩くのだろう……。

「ハリー、説明させておくれ」ダンブルドアが言う。

「老いぼれの犯したまちがいの説明を。いまにして思えば、わしがきみに関してやってきたこと、そしてやらなかったことが、老齢の成せる業じゃということは歴然としておる。若い者には、老いた者がどのように考え、感じるかはわからぬものじゃ。しかし、年老いた者が、若いということがなんであるかを忘れてしまうのは罪じゃ……そしてわしは、最近、忘れてしまったようじゃ……」

太陽はもう確実に昇っていた。山々はまばゆいオレンジに縁取られ、空は明るく無色に澄み渡っている。光がダンブルドアに降り注ぐ。その銀色の眉《まゆ》に、顎《あご》ひげに、深く刻まれた顔のしわに降り注いだ。

「十五年前」ダンブルドアが言った。「きみの額《ひたい》の傷痕《きずあと》を見たとき、わしはそれがなにを意味するのかを推測した。それが、きみとヴォルデモートとの間に結ばれた絆の印ではないかと推量したのじゃ」

「それは前にも聞きました。先生」ハリーはぶっきらぼうに言った。無礼だってかまわない。なにもかもいまさらどうでもよかった。

「そうじゃな」ダンブルドアはすまなそうに言った。「そうじゃった。しかし、よいか――きみの傷痕のことから始める必要があるのじゃ。というのは、きみが魔法界にもどってから間もなく、わしの考えが正しかったことがはっきりしたからじゃ。ヴォルデモートがきみの近くにいるとき、または強い感情に駆られているときに、傷痕がきみに警告を発することが明らかになった」

「知っています」ハリーはうんざりしたように言う。

「そして、そのきみの能力が――ヴォルデモートの存在を、たとえどんな姿に身をやつしていても検知でき、そしてその感情が高まると、それがどんな感情なのかを知る能力が――ヴォルデモートが肉体と全能力を取りもどしたときから、ますます顕著になってきたのじゃ」

ハリーはうなずくことさえ面倒だった。全部知っていることだ。

「ごく最近」ダンブルドアが言う。「ヴォルデモートがきみとの間に存在する絆に気づいたのではないかと、わしは心配になった。懸念したとおり、きみがあやつの心と頭にあまりにも深く入り込んでしまい、あやつがきみの存在に気づくときがきた。わしが言っているのは、もちろん、ウィーズリー氏が襲われたのをきみが目撃した晩のことじゃ」

「ああ、スネイプが話してくれた」ハリーがつぶやく。

「スネイプ先生じゃよ、ハリー」ダンブルドアが静かに訂正した。「しかしきみは、なぜこのわしがきみにそのことを説明しないのかと、訝《いぶか》しく思わなかったのかね？　なぜわしがきみに『閉心術』を教えないのかと？　なぜわしが何か月もきみを見ようとさえしなかったかと？」

ハリーは目を上げた。ダンブルドアが悲しげな、疲れた顔をしているのがいまわかった。

「ええ」ハリーが口ごもった。「ええ、そう思いました」

「それはじゃ」ダンブルドアが話を続けた。「わしは、時ならずして、ヴォルデモートがきみの心に入り込み、考えを操作したり、ねじ曲げたりするであろうと思った。それをさらにあおり立てるようなことはしたくなかったのじゃ。あやつが、わしときみとの関係が校長と生徒という以上に親しいと――またはかつて一度でも親しかったことがあると――そう気づけば、それに乗じて、わしをスパイする手段としてきみを使ったじゃろう。わしは、あやつがきみをそんなふうに利用することを恐れ、あやつがきみに取り憑《つ》く可能性を恐れたのじゃ。

ハリー、ヴォルデモートがきみをそんなふうに利用するだろうと、わしがそう考えたのはまちがってはいなかったと思う。稀にではあったが、きみがわしのごく近くにおったとき、きみの目の奥であやつの影がうごめくのを、わしは見たように思う……」

ダンブルドアと目を合わせたとき、眠っていた蛇が自分の中で立ち上がり、攻撃せんばかりになったと感じたことを、ハリーは思い出した。

「ヴォルデモートがきみに取り憑こうとした狙いは、今夜あやつが示したように、わしを破滅させることではなく、きみを滅ぼすことじゃったろう。先ほどあやつがきみに一時的に取り憑いたとき、わしがあやつを殺そうとしてきみを犠牲にしてしまうことを、あやつは望んだのじゃ。そういうことじゃから、ハリー、わしはきみからわし自身を遠ざけ、きみを護ろうとしてきたのじゃ。老人の過ちじゃ……」

ダンブルドアは深いため息をついた。ハリーは聞き流していた。数か月前なら、こういうことがすべて知りたくてたまらなかったろう。しかしいまは、シリウスを失ったことでぽっかりあいた心の隙間に比べればなにもかもが無意味だ。なにひとつ重要なことではない……。

「アーサー・ウィーズリーが襲われた光景をきみが見たその夜、ヴォルデモートがきみの中で目覚めるのをきみ自身が感じたと、シリウスがわしに教えてくれた。もっとも恐れていたことがまちがいではなかったと、わしにはすぐわかった。あのとき、ヴォルデモートはきみを利用できることを知ってしまった。きみの心をヴォルデモートの襲撃に対して武装させようと、わしはスネイプ先生との『閉心術』の訓練を手配したのじゃ」

ダンブルドアが言葉を切った。陽の光が、磨き上げられたダンブルドアの机の上をゆっくりと移動し、銀のインク壺やしゃれた真紅の羽根ペンを照らすのを、ハリーは見つめていた。まわりの肖像画が目を開け、ダンブルドアの説明に夢中で聞き入っているのがわかった。ときどきローブの衣擦《きぬず》れの音や、軽い咳《せき》ばらいが聞こえる。フィニアス・ナイジェラスはまだもどっていない……。

「スネイプ先生は」ダンブルドアがまた話しはじめた。「きみがすでに何か月も神秘部の扉の夢を見ていることを知った。もちろん、ヴォルデモートは、肉体を取りもどしたときからずっと、どうしたら予言を聞けるかという想いに取り憑《つ》かれておった。あやつが扉のことを考えると、きみも考えた。ただしきみは、それが持つ意味を知らなかったのじゃが」

「それからきみは、ルックウッドの姿を見た。逮捕される前は神秘部に勤めていたあの男が、我々にとっては前からわかっていたあることをヴォルデモートに教えた——神秘部にある予言は厳重に護られており、予言にかかわる者だけが、棚から予言を取り上げても正気を失うことはない——とな。この場合は、ヴォルデモート自身が魔法省に侵入し、ついに姿を現すという危険を冒すか、または、きみがあやつの代わりに予言を取らなければならないじゃろう。きみが『閉心術』を習得することがますます焦眉《しょうび》の急となったのじゃ」

「でも、僕、習得しませんでした」

ハリーはつぶやいた。罪悪感の重荷を軽くしようと、口に出して言ってみた。告白することで、心を締めつけるこの辛《つら》い圧迫感がきっと軽くなるはずだ。

「僕、練習しませんでした。どうでもよかったんです。あんな夢を見ることをやめられたかもしれないのに。ハーマイオニーが練習しろって僕に言い続けたのに。練習していれば、あいつは僕にどこへ行けなんて指図できなかったのに。そしたら——シリウスは——シリウスは——」

ハリーの頭の中でなにかがはじけた。自分を正当化し、説明したいというなにかが――。

「僕、あいつが本当にシリウスを捕まえたのかどうか調べようとしたんだ。アンブリッジの部屋に行って、暖炉からクリーチャーに話した。そしたら、クリーチャーが、シリウスはいない、出かけたって言った！」

「クリーチャーが嘘をついたのじゃ」ダンブルドアが落ち着いて答える。「きみは主人ではないから、クリーチャーは嘘をついても自分を罰する必要さえない。クリーチャーはきみを魔法省に行かせるつもりだったのじゃ」

「あいつが――わざわざ僕を行かせた？」

「そうじゃとも。クリーチャーは、残念ながら、もう何か月も二君に仕えておったのじゃ」

「そんなことが？」ハリーは呆然《ぼうぜん》とした。「グリモールド・プレイスから何年も出ていなかったのに」

「クリスマスの少し前に、クリーチャーはチャンスをつかんだのじゃ」ダンブルドアが続ける。「シリウスが、クリーチャーに『出ていけ』とさけんだらしいが、そのときじゃ。クリーチャーはそれを言葉どおり受け取り、屋敷を出ていけという命令だと解釈した。

クリーチャーは、ブラック家の中で、まだ自分が少しでも尊敬できる人物のところに行った……ブラックのいとこのナルシッサ、ベラトリックスの妹、ルシウス・マルフォイの妻じゃ」

「どうしてそんなことを知っているんですか?」ハリーが聞いた。心臓の拍動が速くなった。吐《は》き気がする。クリスマスにクリーチャーがいなくなって不審に思ったこと、屋根裏にひょっこり現れたことも思い出した……。

「クリーチャーが昨夜わしに話したのじゃ」ダンブルドアが答える。

「よいか、きみがスネイプ先生にあの暗号めいた警告を発したとき、スネイプ先生は、きみがシリウスが神秘部の内奥に囚われている光景を見たのだと理解した。きみと同様、スネイプ先生もすぐにシリウスと連絡を取ろうとした。説明しておくが、不死鳥の騎士団のメンバーは、ドローレス・アンブリッジの暖炉よりもっと信頼できる連絡方法を持っておるのでな。スネイプ先生は、シリウスが生きていて、無事にグリモールド・プレイスにいることを知ったのじゃ」

「ところが、きみがドローレス・アンブリッジと森に出かけたまま帰ってこなかったので、スネイプ先生は、きみがまだシリウスはヴォルデモート卿《きょう》に囚われていると信じているのではないかと心配になり、すぐさま、何人かの騎士団のメンバーに警報を発したのじゃ」

ダンブルドアは大きなため息をついてその先を続けた。

「そのとき、本部には、アラスター・ムーディ、ニンファドーラ・トンクス、キングズリー・シャックルボルト、リーマス・ルーピンがいた。全員が、すぐにきみを助けにいこうと決めた。スネイプ先生はシリウスが本部に残るようにと頼んだ。わしが間もなく本部に行くはずじゃったから、わしにそのことを知らせるために、だれかが本部に残る必要があった。その間、スネイプ先生自身は、きみたちを探しに森に行くつもりだったのじゃ」

「しかし、シリウスは、ほかの者がきみを探しにいくというのに、自分があとに残りたくはなかった。わしに知らせる役目をクリーチャーにまかせたのじゃ。そういう次第で、全員が魔法省へと出ていって間もなく、グリモールド・プレイスに到着したわしに話をしたのは、あの妖精じゃった――引きつけを起こさんばかりに笑って――シリウスがどこに行ったかを話してくれた」

「クリーチャーが笑っていた？」ハリーは虚ろな声で聞いた。

「そうじゃとも」ダンブルドアが哀れみを帯びた声で言う。

「よいか、クリーチャーは我々を完全に裏切ることはできなかった。騎士団の『秘密の守人』ではないのじゃが、マルフォイたちに、我々の所在を教えることもできなければ、明かすことを禁じられていた騎士団の機密情報についても、なにひとつ教えることはできなかったのじゃ。クリーチャーは、しもべ妖精として呪縛されておる。つまり、自分の主人であるシリウスの直接の命令に逆らうことはできぬ。しかし、シリウスにとってはクリーチャーに他言を禁ずるほどのことはないと思われた些事《さじ》だったが、ヴォルデモートにとっては非常に価値のある情報を、クリーチャーはナルシッサに与えたのじゃ」

「どんな?」

「たとえば、シリウスがこの世で最も大切に思っているのはきみだという事実じゃ」ダンブルドアが静かに言う。「たとえば、きみが、シリウスを父親とも兄とも慕っているという事実じゃ。ヴォルデモートはもちろん、シリウスが騎士団に属していることも、きみがシリウスの居場所を知っていることも承知していた——しかし、クリーチャーの情報で、ヴォルデモートはあることに気づいた。きみがどんなことがあっても助けにいく人物は、シリウス・ブラックだということにじゃ」

ハリーは唇が冷たくなり、感覚を失っていた。

「それじゃ……僕が昨日の夜、クリーチャーにシリウスがいるかって聞いたとき……」

「マルフォイ夫妻が——まちがいなくヴォルデモートの差し金じゃが——クリーチャーに言いつけたのじゃ。シリウスが拷問されている光景をきみが見た後は、シリウスを遠ざけておく方法を考えるようにと。そうすれば、シリウスが屋敷にいるかどうかをきみが確かめようとしたら、クリーチャーはいないふりができる。

そこで、クリーチャーは昨日、ヒッポグリフのバックビークにけがをさせた。きみが火の中に現れたとき、シリウスは上の階でバックビークの手当てをしていたのじゃ」

ハリーは、肺にほとんど空気が入っていないかのように、呼吸が浅く、速くなっていた。

「それで、クリーチャーは先生にそれを全部話して……そして笑った？」ハリーは声がかすれた。

「当初、あれは、わしに話したがらなかった」ダンブルドアの話は続く。「しかし、わしにも、あれの嘘を見抜くぐらいの『開心術士』としての心得はある。そこでわしはあれを――説得して――全貌を聞き出してから、神秘部に向かったのじゃ」

「それなのに」ハリーがつぶやく。膝《ひざ》の上でにぎった拳《こぶし》が冷たかった。「それなのに、ハーマイオニーはいつも僕たちに、クリーチャーにやさしくしろなんて言ってた――」

「それは、そのとおりじゃよ、ハリー」ダンブルドアが言う。「グリモールド・プレイス十二番地を本部に定めたとき、わしはシリウスに警告した。クリーチャーに親切にし、尊重してやらねばならぬと。さらに、クリーチャーが我々にとって危険なものになるやも知れぬとも言うた。シリウスはわしの言うことを真に受けようともせなんだようじゃ。あるいは、クリーチャーが人間と同じように鋭い感情を持つ生き物だとみなしたこともなかったのじゃろう――」

「シリウスを責めるなんて――そんな――言い方をするなんて――シリウスがまるで――」ハリーは息が詰まった。言葉がまともに出てこない。いったん収まっていた怒りが、またしても燃え上がってくる。ダンブルドアにシリウスの批判なんかさせるものか。「クリーチャーは嘘をついた。――あの汚らわしい――あんなやつは当然――」

「我々魔法使いが、クリーチャーをあのようにしたと言ってもよいのじゃよ、ハリー」ダンブルドアが根気よく説く。「げに哀れむべきやつじゃ。きみの友人のドビーと同じように惨《みじ》めな生涯を送ってきた。あれはいやでもシリウスの命令に従わざるをえなかった。シリウスは、自分が奴隷として仕える家族の最後の生き残りじゃったからのう。しかし、心から忠誠を誓うほどには親しみを感じることができなかった。クリーチャーの咎《とが》は咎として、シリウスがクリーチャーの運命を楽にするためにはなにもしなかったことは、認めねばなるまい――」

「シリウスのことをそんなふうに言わないで！」ハリーがさけんだ。

ハリーはまた立ち上がっていた。激しい怒りで、ダンブルドアに飛びかかりかねない。ダンブルドアはシリウスをまったく理解していないんだ。どんなに勇敢だったか、どんなに苦しんでいたか……。

「スネイプはどうなったんです？」ハリーが吐《は》き棄《す》てるように言った。「あの人のことはなんにも話さないんですね？　ヴォルデモートがシリウスを捕えたと僕が言ったとき、あの人はいつものように僕をせせら笑っただけだった――」

「ハリー、スネイプ先生は、ドローレス・アンブリッジの前で、きみの言うことを真に受けていないふりをするしかなかったのじゃ」

ダンブルドアの話しぶりは変わらない。

「しかし、もう話したとおり、スネイプ先生は、きみが言ったことをできるだけ早く騎士団に通報した。森からきみがもどらなかったとき、きみがどこに行ったかを推測したのはスネイプ先生じゃ。アンブリッジ先生がきみにむりやりシリウスの居場所を吐《は》かせようとしたとき、偽の『真実薬』を渡したのもスネイプ先生じゃ」

ハリーは耳を貸さなかった。スネイプを責めるのは残忍な喜びだった。自分自身の恐ろしい罪悪感を和らげてくれるような気がした。ダンブルドアにハリーの言うとおりだと言わせたかった。

「シリウスが屋敷の中にいることを、スネイプは――スネイプはちくちく突ついて

──苦しめた。──シリウスが臆病者だって決めつけた──」

「シリウスは、十分大人で、賢い。そんな軽いからかいで傷つきはしない」ダンブルドアは断固として言う。

「スネイプは『閉心術』の訓練をやめた！」ハリーがうなった。「スネイプが僕を研究室から放り出した！」

「知っておる」ダンブルドアが重苦しく応じた。「わし自身が教えなかったのは過ちじゃったと、すでに言うた。ただ、あの時点では、わしの面前できみの心をヴォルデモートに対してさらに開くのは、この上なく危険だと確信しておった──」

「スネイプはかえって状況を悪くしたんだ。僕は訓練のあといつも、傷痕《きずあと》の痛みがひどくなった──」

ハリーはロンがどう考えたかを思い出し、それに飛びついた。

「──スネイプが僕を弱めて、ヴォルデモートが入りやすくしたかもしれないのに、先生にはどうしてそうじゃないってわかるんですか？──」

「わしはセブルス・スネイプを信じておる」ダンブルドアはごく自然に言った。「しかし、失念しておった──これも老人の過ちじゃが──傷が深すぎて治らないこともある。スネイプ先生は、きみの父上に対する感情を克服できるじゃろうと思うたのじゃが──わしがまちがっておった」

「だけど、そっちは問題じゃないってわけ？」壁の肖像画が憤慨して顔をしかめたり、非難がましくつぶやくのを無視して、ハリーがさけんだ。「スネイプが僕の父さんを憎むのはよくて、シリウスがクリーチャーを憎むのはよくないって言うわけ？」

「シリウスはクリーチャーを憎んだわけではない」ダンブルドアが訂正する。「関心を寄せたり気にかけたりする価値のない単なる召使いとみなしていた。あからさまな憎しみより、無関心や無頓着のほうが、往々にしてより大きな打撃を与えるものじゃ……今夜わしらが壊してしもうた『同胞の泉』は、虚偽の泉であった。我々魔法使いは、あまりにも長きにわたって、同胞の待遇を誤り、虐待してきた。いま、その報いを受けておるのじゃ」

「それじゃ、シリウスは、自業自得だったって？」ハリーが絶叫した。

「そうは言うておらん。これからもけっしてそんなことは言わぬ」

ダンブルドアが静かに答えた。

「シリウスは残酷な男ではなかった。屋敷しもべ全般に対してはやさしかった。しかしクリーチャーには愛情を持っていなかった。クリーチャーは、シリウスが憎んでいた家を生々しく思い出させたからじゃ」

「ああ、シリウスはあの家をほんとに憎んでた！」

涙声になり、ハリーはダンブルドアに背を向けて歩き出した。いまや太陽は燦々《さんさん》と部屋に降り注ぎ、肖像画の目がいっせいにハリーのあとを追う。自分がなにをしているかの意識もなく、部屋の中のなにも目に入らず、ハリーは歩いていた。

「先生は、あの屋敷にシリウスを閉じ込めた。シリウスはそれがいやだったんだ。だから昨晩、出ていきたかったんだ——」

「わしはシリウスを生き延びさせたかったのじゃ」ダンブルドアが静かに言う。

「だれだって閉じ込められるのはいやだ！」

ハリーは激怒してダンブルドアに食ってかかった。

「先生はこの夏中、僕をそういう目にあわせた——」

ダンブルドアは目を閉じ、両手の長い指の中に顔を埋《うず》めた。ハリーはダンブルドアを眺めた。しかし、疲れなのか悲しみなのか、それともなんなのか、ダンブルドアらしくないこの仕草を見ても、ハリーの心は和らがなかった。それどころか、ダンブルドアが弱みを見せたことでますます怒りを感じた。ハリーが激怒し、ダンブルドアにどなりちらしたいときに、弱みを見せる権利なんてない。

ダンブルドアは手を下ろし、半月メガネの奥からハリーをじっと見た。

「その時がきたようじゃ」ダンブルドアが、意を決したように言う。「五年前に話すべきだったことをきみに話す時が。ハリー、お掛け。すべてを話して聞かせよう。少しだけ忍耐しておくれ。わしが話し終わったときに——わしに対して怒りをぶつけようが――どうにでもきみの好きなようにするがよい。わしは止めはせぬ」

ハリーはしばらくダンブルドアを睨《にら》みつけ、それから、ダンブルドアと向かい合う椅子に身を投げ出すように座り、待った。

ダンブルドアは陽に照らされた校庭を、窓越しにしばらくじっと見ていたが、やがてハリーに視線をもどし、語りはじめた。

「五年前、わしが計画し意図したように、ハリー、きみは無事で健やかに、ホグワーツにやってきた。まあ――完全に健やかとは言えまい。きみは苦しみに耐えてきた。おじさんおばさんの家の戸口にきみを置き去りにしたとき、そうなるであろうことはわかっておった。きみに、暗く辛《つら》い十年の歳月を負わせていることを、わしは知っておった」

ダンブルドアが言葉を切った。ハリーはなにも言わなかった。

「きみは疑問に思うじゃろう――当然じゃ――なぜそうしなければならなかったのかと。だれか魔法使いの家族がきみを引き取ることはできなかったのかと。喜んでそうする家族はたくさんあったろう。きみを息子として育てることを名誉に思い、大喜びしたであろう」

「わしの答えは、きみを生き延びさせることが、わしにとって最大の優先課題だったということじゃ。きみがどんなに危険な状態にあるかを認識しておったのは、わしだけだったじゃろう。ヴォルデモートはそれより数時間前に敗北していたが、その支持者たちは――その多くが、ヴォルデモートに引けを取らぬほど残忍な連中なのじゃが――まだ捕まっておらず、怒りや自暴自棄で暴力的じゃった。さらにわしは、何年か先のことも見越して決断を下さねばならなかった。ヴォルデモートが永久に去ったと考えるべきか？　いな。十年先、二十年先、いや五十年先かどうかはわからぬが、わしは、必ずやあやつがもどってくるという確信があった。それに、あやつを知るわしとしては、あやつはきみを殺すまで手を緩めないじゃろう、と確信していた」

「わしは、ヴォルデモートが、存命中の魔法使いのだれをも凌ぐ広範な魔法の知識を持っていると知っておった。わしがどのように複雑で強力な呪文で護ったとしても、あやつがもどり、完全にその力を取りもどしたときには、破られてしまうじゃろうとわかっておった」

「しかし、わしは、ヴォルデモートの弱みも知っておった。そこで、わしは決断したのじゃ。きみを護るのは古くからの魔法であろうと。それは、あやつも知っており、軽蔑していた魔法じゃ。それゆえあやつは、その魔法を過小評価してきた。――身をもってその代償を払うことになったがの。わしが言っておるのは、もちろん、きみの母上がきみを救うために死んだという事実のことじゃ。あやつが予想もしなかった持続的な護りを、母上はきみに残していかれた。今日まで、きみの血の中に流れる護りじゃ。それゆえわしは、きみの母上の血を信頼した。母上のただ一人の血縁である姉御のところへ、きみを届けたのじゃ」

「おばさんは僕を愛していない」ハリーが切り返した。「僕のことなんか、あの人にはどうでも――」

「しかし、おばさんはきみを引き取った」ダンブルドアがハリーを遮《さえぎ》った。「やむなくそうしたのかもしれんし、腹を立て、苦々しい思いでいやいや引き取ったのかもしれん。しかし引き取ったのじゃ。そうすることで、おばさんは、わしがきみにかけた呪文を確固たるものにした。きみの母上の犠牲のおかげで、わしは血の絆を、もっとも強い盾《たて》としてきみに与えることができたのじゃ」

「僕まだよく――」

「きみが、母上の血縁の住むところを自分の家と呼べるかぎり、ヴォルデモートはそこできみに手を出すことも、傷つけることもできぬ。ヴォルデモートは母上の血を流した。しかしその血はきみの中に、そして母上の姉御の中に生き続けている。母上の血が、きみの避難所となった。そこに一年に一度だけ帰る必要があるが、そこを家と呼べるかぎり、そこにいる間、あやつはきみを傷つけることができぬ。きみのおばさんはそれをご存知じゃ。家の戸口にきみと一緒に残した手紙で、わしが説明しておいたのでのう。おばさんは、きみを住まわせたことで、きみがこれまで十五年間生き延びてきたのであろうと知っておられる」

「待って」ハリーが制した。「ちょっと待ってください」

ハリーはきちんと椅子に座りなおし、ダンブルドアを見つめた。

『吠《ほ》えメール』を送ったのは先生だった。先生がおばさんに『思い出せ』って――あれは先生の声だった――」

「わしは」ダンブルドアが軽くうなずきながら続けた。「きみを引き取ることで契った約束を、おばさんに思い出させる必要があると思ったのじゃ。吸魂鬼の襲撃で、おばさんが、親代わりとしてきみを置いておくことの危険性に目覚めたかもしれぬと思ったのじゃ」

「ええ、そうです」ハリーが低い声で言う。「でも――おばさんより、おじさんのほうがそうでした。おじさんは僕を追い出したがった。でもおばさんに『吠えメール』が届いて――おばさんは僕に家にいろって」

ハリーはしばらく床を見つめていたが、やがて言った。

「でも、それと……どういう関係が――」

ハリーはシリウスの名を口にすることができなかった。

「そして五年前」ダンブルドアは話が中断されなかったかのように語り続ける。「きみがホグワーツにやってきた。幸福で、丸々とした子であって欲しいというわしの願いどおりの姿ではなかったかもしれぬが、それでも健康で、生きていた。ちやほやされた王子様ではなく、あのような状況の中でわしが望みうるかぎりの、まともな男の子だった。そこまでは、わしの計画はうまくいっていたのじゃ」

「ところが……まあ、ホグワーツでの最初の年の事件のことは、きみもわしと同様、よく憶《おぼ》えておろう。きみは向かってきた挑戦を、見事に受けて立った。しかも、あんなに早く――わしが予想していたよりずっと早い時期に、きみはヴォルデモートと真正面から対決した。きみはふたたび生き残った。それればかりではない。きみは、あやつが復活して全能力を持つのを遅らせたのじゃ。きみは立派な男として戦った。わしは……誇らしかった。口では言えないほど、きみが誇らしかった」

「しかし、わしのこの見事な計画には欠陥があった」ダンブルドアが続けた。「明らかな弱点じゃ。それが計画全体を台無しにしてしまうかもしれないと、そのときすでにわしにはわかっていた。それでも、この計画を成功させることがいかに重要かを思うにつけ、わしは、この欠陥が計画を台無しにすることなど許しはせぬと、自らに言い聞かせたのじゃ。わしだけが問題を防ぐことができるのじゃから、わしだけが強くあらねばならぬと。そして、わしにとって最初の試練がやってきた。きみがヴォルデモートとの戦いに弱り果て、医務室で横になっていたときのことじゃ」

「先生のおっしゃっていることがわかりません」ハリーが言った。

「憶《おぼ》えておらぬか？　医務室で横たわり、きみはこう問うた。赤子だったきみを『そもそもヴォルデモートはなんで殺したかったのでしょう？』とな」

ハリーがうなずいた。

「わしはそのときに話して聞かせるべきじゃったか？」

ハリーはブルーの瞳をじっと覗き込んだが、なにも言わなかった。心臓が早鐘を打ちはじめた。

「計画の欠陥とはなにか、まだわからぬか？　いや……わからんじゃろう。さて、きみも知っておるように、わしは答えぬことに決めた。十一歳では――とわしは自分に言い聞かせた――まだ知るには早すぎる。十一歳で話して聞かせようとは、わしはまったく意図しておらなんだ。そんな幼いときに知ってしまうのは荷が重すぎる、とな」

「そのときに、わしは危険な兆候に気づくべきじゃった。いずれは恐ろしい答えをきみに与えねばならぬとわかってはいたものの、そのときすでにきみがその質問をしたということに、わしはなぜもっと狼狽しなかったのか。わしは自らにそう問うてみるべきじゃった。わしは、気づくべきであった。あの日にきみに答えずにすんだことで、有頂天になりすぎていたと……きみはまだ若すぎる、幼すぎるからと」

「そして、きみはホグワーツでの二年目を迎えた。ふたたびきみは、大人の魔法使いでさえ立ち向かえぬような挑戦を受けた。そして、またしてもきみは、わしの想像を遥かに超えるほどに本分を果たした。しかし、きみは、ヴォルデモートがなぜその印をきみに残したのかという問いをふたたびわしに聞きはせなんだ。きみの傷痕《きずあと》の話はした。おう、そうじゃ……話の核心にかぎりなく近いところまで行ったのじゃ。なぜわしは、きみにすべてを話さなかったのじゃろう？」

「いや、そのような知らせを受け取るには、十二歳の年齢は、結局十一歳とあまり変わらぬとわしはそう思うた。返り血を浴びたきみが、疲れ果て、しかし意気揚々とわしの面前から去るのを、わしはそのままにした。そのとき話すべきではないかと、ちくりと心が痛んだが、それもたちまち沈黙させられた。きみはまだ若すぎた。わしにはのう、その勝利の夜を台無しにすることなど、とてもできなかった……」

「わかったか？　ハリー？　わしのすばらしい計画の弱点が、もうわかったかな？　予測していた罠《わな》に、避けられる、避けねばならぬと自分に言い聞かせていた罠に、わしははまってしもうた」

「僕、わかり――」

「きみをあまりにもいとおしく思いすぎたのじゃ」ダンブルドアはさらりと言った。「わしにとっては、きみが幸せであることのほうが、きみが真実を知ることより大事だったのじゃ。わしの計画よりきみの心の平安のほうが、そして計画が失敗したときに失われるかもしれない多くの命より、きみの命のほうが大事だったのじゃ。つまり、わしはまさに、ヴォルデモートの思うつぼ、人を愛する者が取る愚かな行動を取っていたのじゃ」

「釈明はできるじゃろうか？　きみを見守ってきた者であればだれしも――わしはきみが思っている以上に注意深くきみを見守ってきたのじゃが――これ以上の苦しみをきみに味わわせとうはないと思わぬ者がおろうか？　名も顔も知らぬ人々や生き物が、未来という曖昧な時にどんなに大勢抹殺されようと、きみがいま、ここに生きておれば、そして健やかで幸せでさえあれば、わしはそんなことを気にしようか？　わしは、自分がそんなふうに思える人間を背負い込むことになろうとは、夢にも思わなんだ」

「三年目に入った。わしは遠くから見ておった。きみが吸魂鬼と戦って追い払うのを。シリウスを見出し、彼が何者であるかを知り、そして救い出すのを。きみが魔法省の手から、あわやのときに名付け親を意気揚々奪還したそのときに、わしはきみに話すべきじゃったろうか？　十三歳のあのとき、わしはもう次第に口実が尽きてきておった。まだ若いにもかかわらず、きみは特別であることを証明していた。わしの良心は穏やかではなかった。ハリーよ、間もなくこの時がくるじゃろうと、わしにはわかっておった……」

「しかし、昨年、きみが迷路から出てきたとき、セドリック・ディゴリーの死を目撃し、きみ自身も辛《から》くも死を逃れてきた……そして、わしは、ヴォルデモートがもどってきた以上、すぐにも話さなければならないと知りながら、きみに話さなかった。そして、今夜、わしは、これほど長くきみに隠していたあることを、きみはとうに知る準備ができていたのだと思い知った。わしがもっと前にこの重荷をきみに負わせるべきであったことを、きみが証明してくれたからじゃ。わしの唯一の自己弁明を言おう。この学校に学んだどの学生よりも多くの重荷を、きみが負ってもがいてきたのをわしはずっと見守ってきたのじゃ。わしは、その上にもう一つの重荷を負わせることはできなかった——最も大きな重荷を」

ハリーは待った。しかし、ダンブルドアは黙っていた。

「まだわかりません」

「ヴォルデモートは、きみが生まれる少し前に告げられた予言のせいで、幼いきみを殺そうとしたのじゃ。あやつは予言の全貌を知らなかったが、予言がなされたことは知っていた。ヴォルデモートは、きみがまだ赤子のうちに殺そうと謀った。そうすることで予言が全うされると信じたのじゃ。それが誤算であったことを、あやつは身をもって知ることとなった。きみを殺そうとした呪いが撥《は》ね返ったからじゃ。そこで、自らの肉体に復活したとき、そして、とくに昨年、きみがあやつから驚くべき生還を果たして以来、あやつはその予言の全部を聞こうと決意したのじゃ。復活以来、あやつが執拗に求めてきた武器というのがこれじゃ。どのようにきみを滅ぼすかという知識なのじゃ」

いまや太陽はすっかり昇り切っていた。ダンブルドアの部屋は、たっぷりと陽を浴びている。ゴドリック・グリフィンドールの剣が収められているガラス棚が、不透明な白さに輝く。ハリーが床に投げ捨てた道具の破片が、雨の雫《しずく》のようにきらめいた。ハリーの背後で、雛鳥《ひなどり》のフォークスが、灰の巣の中で、チュッチュッと小さな鳴き声を上げている。

「予言は砕けました」ハリーが虚ろに答えた。「石段にネビルを引っ張り上げていて。あの――あのアーチのある部屋で。僕がネビルのローブを破ってしまい、予言が落ちて……」

「砕けた予言は、神秘部に保管してある予言の記録にすぎない。しかし、予言はある人物に向かってなされたのじゃ。そして、その人物は、予言を完全に思い出す術を持っておる」

「だれが聞いたのですか？」答えはすでにわかっていると思いながら、あえてハリーは聞いた。

「わしじゃ」ダンブルドアが答えた。「十六年前の冷たい雨の夜、ホッグズ・ヘッドのバーの上にある旅籠《はたご》のひと部屋じゃ。わしは『占い学』を教えたいという志願者の面接に、そこへ出向いた。『占い学』の科目を続けること自体、わしの意に反しておったのじゃが。しかし、その人物が、卓越した能力のある非常に有名な『予見者《よけんしゃ》』の曾々孫《ひひまご》じゃったから、わしは、会うのが一般的な礼儀じゃろうと思うたのじゃ。わしは失望した。その女性本人には才能のかけらもないように思われた。わしは、礼を欠かぬように言ったつもりじゃが、あなたはこの職には向いていないと思うと告げた。そして帰りかけた」

ダンブルドアは立ち上がり、ハリーのそばを通り過ぎて、フォークスの止まり木の脇にある黒い戸棚へと歩いていった。かがんで留め金をずらし、中から浅い石の水盆《すいぼん》を取り出した。縁にぐるりとルーン文字が刻んである。ハリーの父親がスネイプをいじめている姿を見た水盆だ。ダンブルドアは机にもどり、「憂《うれ》いの篩《ふるい》」をその上に置き、杖《つえ》をこめかみに当てた。ふわふわした銀色の細い糸が幾筋か、杖先にくっついて取り出された。ダンブルドアはそれを水盆に落とした。机の向こうで椅子に寄りかかり、ダンブルドアは、自分の想いが「憂いの篩」の中で渦巻き漂うのを、しばらく見つめていた。それからため息をついて杖を上げ、杖先で銀色の物質を突ついた。

中から一つの姿が立ち上がった。ショールを何枚も巻きつけ、メガネの奥で拡大された巨大な目のその女性は、盆の中に両足を入れたまま、ゆっくりと回転した。しかし、シビル・トレローニーが話しはじめた声は、いつもの謎めいた心霊界の声ではなく、かすれた荒々しいものだった。ハリーはその声を一度聞いたことがある。

闇の帝王を打ち破る力を持った者が近づいている……七つ目の月が死ぬとき、帝王に三度抗《あらが》った者たちに生まれる……そして闇の帝王は、その者を自分に比肩する者として印すであろう。しかし彼は、闇の帝王の知らぬ力を持つであろう……一方が他方の手にかかって死なねばならぬ。なんとなれば、一方が生きるかぎり、他方は生きられぬ……闇の帝王を打ち破る力を持った者が、七つ目の月が死ぬときに生まれるであろう……。

ゆっくりと回転するトレローニー先生は、ふたたび足下の銀色の物質に沈み、消えた。

絶対的な静寂が流れた。ダンブルドアもハリーも、肖像画のだれも、物音ひとつ立てなかった。フォークスさえ沈黙した。

「ダンブルドア先生？」ハリーがそっと呼びかけた。ダンブルドアが「憂《うれ》いの篩《ふるい》」を見つめたまま、思いにふけっているように見えたからだ。「これは……その意味は……どういう意味ですか？」

「この意味は」ダンブルドアが言う。「ヴォルデモート卿《きょう》を永遠に克服する唯一の可能性を持った人物が、ほぼ十六年前の七月の末に生まれたということじゃ。この男の子は、ヴォルデモートにすでに三度抗った両親の許に生まれるはずじゃ」

ハリーはなにかが迫ってくるような気がした。また息が苦しくなった。

「それは――僕ですか？」

ダンブルドアが深く息を吸った。

「奇妙なことじゃが、ハリー」ダンブルドアが静かに言った。「きみのことではなかったかもしれんのじゃ。シビルの予言は、魔法界の二人の男の子に当てはまりうるものじゃった。二人ともその年の七月末に生まれた。二人とも、両親が『不死鳥の騎士団』に属していた。どちらの両親も、辛《から》くも三度、ヴォルデモートから逃れた。一人はもちろんきみじゃ。もう一人は、ネビル・ロングボトム」

「でも、それじゃ……予言に書かれていたのはどうして僕の名前だったんですか？ネビルのじゃなくて？」

「公式の記録は、ヴォルデモートが赤子のきみを襲ったあとに書きなおされたものじゃ」ダンブルドアが続ける。「『予言の間』の管理者にとっては、シビルの言及した者がきみだとヴォルデモートが知っていたからこそきみを殺そうとした、というのが単純明快だったのじゃろう」

「それじゃ——僕じゃないかもしれない？」

「残念ながら」

一言一言を繰り出すのが辛《つら》いかのように、ダンブルドアがゆっくりと言った。

「それがきみであることは疑いがないのじゃ」

「でも、先生は——ネビルも七月末に生まれたと——それにネビルのパパとママは——」

「きみは予言の次の部分を忘れておる。ヴォルデモートを打ち破るであろうその男の子を見分ける最後の特徴を……。ヴォルデモート自身が、その者を自分に比肩する者として印すであろう。そして、ハリー、ヴォルデモートはそのとおりにした。あやつはきみを選んだ。ネビルではない。あやつはきみに傷を与えた。その傷は祝福でもあり呪いでもあった」

「でも、まちがって選んだかもしれない！」ハリーが言った。「まちがった人に印をつけたかもしれない！」

「ヴォルデモートは、自分にとって最も危険な存在になりうると思った男の子を選んだのじゃ」ダンブルドアが言う。「それに、ハリー、気づいておるか？　あやつが選んだのは、純血ではなかった。あやつの信条からすれば、純血のみが、魔法使いとして存在価値があり、認知する価値があるのじゃが。そうではなく、自分と同じ混血を選んだ。あやつは、きみを見る前から、きみの中に自分自身を見ておったのじゃ。そしてきみにその印の傷をつけることで、きみを殺そうとしたあやつの意図にたがい、きみに力と、そして未来を与えたのじゃ。そのおかげできみは、一度ならず、これまで四度もあやつの手を逃れた——きみの両親もネビルの両親も、そこまで成し遂げはしなかった」

「それじゃ、あいつはなぜやったのでしょう？」ハリーは全身が冷たく、感覚がなくなっていた。

「どうして赤ん坊の僕を殺そうとしたんでしょう？　大きくなるまで待って、ネビルと僕のどちらがより危険なのかを見極めてから、危険なほうを殺すべきだったのでは——」

「たしかに、それがより現実的なやり方だったかもしれぬ」ダンブルドアがうなずく。「しかし、ヴォルデモートの予言に関する情報は、不完全なものじゃった。『ホッグズ・ヘッド』というところは、シビルは安さで選んだのじゃが、昔から、『三本の箒《ほうき》』よりも、なんと言うか、よりおもしろい客を引き寄せてきたところじゃ。きみも、きみの友人たちも、身をもってそれを学んだはずじゃし、わしも、あの夜そうだったのじゃが、あそこは、だれも盗聴していないと安心できる場所ではない。もちろん、わしがシビル・トレローニーに会いに出かけたときは、だれかに盗み聞きされるほど価値のあることを聞こうとは、夢にも思わなんだ。わしにとって――そして我々にとっても――ひとつ幸運だったのは、盗み聞きしていたものが、まだ予言が始まったばかりのときに見つかり、あの居酒屋から放り出されたことじゃ」

「それじゃ、あいつが聞いたのは――?」

「最初の部分のみじゃ。ヴォルデモートに三度抗った両親の許に、七月に男の子が生まれるというくだりの予言だけじゃ。盗聴した男は、きみを襲うことがきみに力を移し、ヴォルデモートに比肩する者としての印をつけてしまうのだという危険を、ご主人様に警告することができなかった。それじゃから、ヴォルデモートは、きみを襲うことの危険性を知る由もなく、もっとはっきりわかるまで待つほうが賢いということを知らなかったのじゃ。あやつは、きみが、闇の帝王の知らぬ力を持つであろうことも知らなかった――」

「だけど、僕、持っていない!」ハリーは押し殺したような声を出した。「僕はあいつの持っていない力なんか、なにひとつ持ってない。あいつが今夜戦ったようには、僕は戦えない。人に取り憑《つ》くこともできない――殺すことも――」

「神秘部に一つの部屋がある」ダンブルドアが遮《さえぎ》った。「常に鍵がかかっている。その中には、死よりも不可思議で同時に死よりも恐ろしい力が、人の叡智《えいち》よりも、自然の力よりもすばらしく、恐ろしい力が入っている。その力は、恐らく、神秘部に内蔵されている数多くの研究課題の中で、最も神秘的なものであろう。その部屋の中に収められている力こそ、きみが大量に所持しており、ヴォルデモートにはまったくないものなのじゃ。その力が、今夜きみを、シリウス救出に向かわせた。その力が、ヴォルデモートが取り憑くことからきみ自身を護った。なぜなら、あやつが嫌っておる力が満ちている体には、あやつはとても留まることができぬからじゃ。結局、きみが心を閉じることができなかったのは、問題ではなかった。きみを救ったのは、きみの心だったのじゃから」

ハリーは目を閉じた。シリウスを助けにいかなかったら、シリウスは死ななかったろう……答えを求めるというより、むしろ、シリウスのことをまた考えてしまう瞬間を避けたいという思いから、ハリーは質問した。「予言の最後は……たしか……一方が生きるかぎり……」

「……他方は生きられぬ」ダンブルドアが受けた。

「それじゃ」心の中の深い絶望の井戸の底から言葉を浚《さら》うように、ハリーは口に出した。「それじゃ、その意味は……最後には……二人のうちどちらかが、もう一人を殺さなければならない……？」

「そうじゃ」ダンブルドアが断言した。

二人とも、長い間無言だった。校長室の壁の向こう、どこか遥か彼方から、大広間に早めに朝食に向かうのだろうか、生徒たちの声がハリーの耳に聞こえてくる。この世の中に、食事がしたいと思う人間がまだいるなんて。笑う人間がいるなんて。シリウス・ブラックが永遠にいなくなったことを知らず、気にもかけない人間がいるなんて、ありえないことのように思われた。シリウスはもう、何百万キロも彼方に行ってしまったような気がする。いまでも心のどこかで、ハリーは信じていた。あのベールを僕が開けてさえいたら、シリウスがそこにいて、僕を見返して挨拶したかもしれない……たぶん、あの吠《ほ》えるような笑い声で……。

「もう一つ、ハリー、わしはきみに釈明せねばならぬ」

ダンブルドアが迷いながら口を開いた。

「きみは、たぶん、なぜわしがきみを監督生《かんとくせい》に選ばなかったかと訝《いぶか》ったのではないかな？　白状せねばなるまい……わしは、こう思ったのじゃ……きみはもう、十分すぎるほどの責任を背負っていると」

ハリーはダンブルドアを見上げた。その顔に一筋の涙が流れ、長い銀色のひげに滴《したた》るのが見えた。

第38章　二度目の戦いへ

「名前を呼んではいけないあの人」復活す

コーネリウス・ファッジ魔法大臣は金曜夜、短い声明を発表し、「名前を呼んではいけないあの人」がこの国にもどり、ふたたび活動を始めたことを認めた。

「まことに遺憾《いかん》ながら、自らを『なんとか卿《きょう》』と称する者が――あー、だれのことかはおわかりと思うが――生きてもどってきたのであります」と、ファッジ大臣は疲れて狼狽した表情で記者団に語った。「同様に遺憾《いかん》ながら、アズカバンの吸魂鬼が、魔法省に引き続き雇用されることを忌避《きひ》し、一斉蜂起《いっせいほうき》しました。我々は、吸魂鬼が現在直接命令を受けているのは、例の『なんとか卿』であると見ているのであります」

「魔法族の諸君は、警戒をおさおさ怠りないように。魔法省は現在、各家庭および個人の防衛に関する初歩的心得を作成中でありまして、一か月のうちには、全魔法世帯に無料配布する予定であります」

『例のあの人』がふたたび身近で画策しているというしつこい噂《うわさ》は、事実無根」と、ついこの水曜日まで魔法省が請け合っていただけに、この発表は、魔法界を仰天させ、困惑させている。

魔法省がこのように言を翻《ひるがえ》すにいたった経緯《けいい》はいまだに霧の中だが、「例のあの人」とその主だった一味の者（『死喰い人』として知られている）が、木曜の夜、魔法省そのものに侵入したのではないかと見られている。

アルバス・ダンブルドア（ホグワーツ魔法魔術学校校長として復職、国際魔法使い連盟会員資格復活、ウィゼンガモット最高裁主席魔法戦士として復帰）からのコメントは、これまでのところまだ得られていない。この一年間、同氏は、「例のあの人」が死んだという大方の希望的観測を否定し、実はふたたび権力をにぎるべく仲間を集めている、と主張し続けていた。一方、「生き残った男の子」は——


「ほうらきた、ハリー。どこかであなたを引っ張り込むと思っていたわ」新聞越しにハリーを見ながら、ハーマイオニーが言った。

医務室の中だった。ハリーはロンのベッドの端のほうに腰掛け、二人とも、ハーマイオニーが「予言者新聞日曜版《よげんしゃしんぶんにちようばん》」の一面記事を読むのを聞いていた。マダム・ポンフリーにあっという間に踵《かかと》を治してもらったジニーは、ハーマイオニーのベッドの足元に膝小僧《ひざこぞう》を抱えて座り、同じように鼻の大きさも形も元どおりに治してもらったネビルは、二つのベッドの間の椅子に腰掛けている。「ザ・クィブラー」の最新号を小脇に抱えてふらりと立ち寄ったルーナは、雑誌を逆さまにして読んでいた。どうやらハーマイオニーの言葉はまったく耳に入らない様子だ。

「それじゃ、ハリーはまた『生き残った男の子』になったわけだ」ロンが顔をしかめた。「もう頭の変な目立ちたがり屋じゃないってわけ？　ん？」

ロンはベッド脇の棚に山と積まれた蛙チョコレートから、ひとつかみ取ってハリー、ジニー、ネビルに少し放り投げ、自分の分は包み紙を歯で食いちぎった。脳みその触手に巻きつかれたロンの両方の前腕に、まだはっきりとミミズ腫《ば》れが残っている。マダム・ポンフリーによれば、想念というものは、他のなによりも深い傷を残す場合があるとのことだ。しかし、「ドクター・ウッカリーの物忘れ軟膏」をたっぷり塗るようになってから、少しよくなってきたようだった。

「そうよ、ハリー、今度は新聞があなたのことをずいぶん誉めて書いてるわ」ハーマイオニーが記事にざっと目を走らせながら言った。「『孤独な真実の声……精神異常者扱いされながらも自分の説を曲げず……嘲《あざけ》りと中傷《ちゅうしょう》の耐え難きを耐え……』、ふぅーん」ハーマイオニーが顔をしかめる。「『予言者新聞』で嘲ったり中傷したりしたのは自分たちだっていう事実を、書いていないじゃない……」

ハーマイオニーはちょっと痛そうに、手を肋骨《ろっこつ》に当てた。ドロホフがハーマイオニーにかけた呪いは、声を出して呪文を唱えられなかった分効果が弱められはしたが、それでも、マダム・ポンフリーによれば、「当分お付き合いいただくには十分の損傷」とのこと。ハーマイオニーは毎日十種類もの薬を飲んでいたが、めきめき回復し、もう医務室に飽きていた。

『『例のあの人』支配への前回の挑戦——二面から四面、魔法省が口をつぐんできたこと——五面、なぜだれも、アルバス・ダンブルドアに耳を貸さなかったのか——六から八面、ハリー・ポッターとの独占インタビュー——九面……おやおや」ハーマイオニーは新聞を折りたたみ、脇に放り出しながら言った。「たしかにいい新聞ダネになったみたいね。それにハリーのインタビューは独占じゃないわ。『ザ・クィブラー』が何か月も前に載せた記事だもの……」

「パパがそれを売ったんだもん」ルーナが「ザ・クィブラー」のページをめくりながら、漠然と言う。「それも、とってもいい値段で。だからあたしたち、今年の夏休みに、『しわしわ角《づの》スノーカック』を捕まえに、スウェーデンに探検に行くんだ」

ハーマイオニーは、一瞬、どうしようかと葛藤しているようだったが、結局、「素敵ね」と言った。

ジニーはハリーと目が合ったが、ニヤッとしてすぐに目を逸《そ》らした。

「それはそうと」

ハーマイオニーがちょっと座りなおし、また痛そうに顔をしかめた。

「学校ではなにが起こっているの？」

「そうね、フリットウィックがフレッドとジョージの沼を片づけたわ」ジニーが言う。「ものの三秒でやっつけちゃった。でも、窓の下に小さな水溜りを残して、周囲をロープで囲ったの――」

「どうして？」ハーマイオニーが驚いた顔をする。

「さあ、これはとってもいい魔法だったって言ってたけれど」ジニーが肩をすくめる。

「フレッドとジョージの記念に残したんだと思うよ」チョコレートを口一杯に頬ばったまま、ロンが言った。「これ全部、あの二人が送ってきたんだぜ」ロンはベッド脇のこんもりした蛙チョコの山を指さしながら今度はハリーに言う。「きっと、悪戯《いたずら》専門店がうまくいってるんだ。な？」

ハーマイオニーはちょっと気に入らないという顔をした。

「それじゃ、ダンブルドアが帰ってきたから、もう問題はすべて解決したの？」

「うん」ネビルが言った。「ぜんぶ元どおり、普通になったよ」

「じゃ、フィルチは喜んでるだろう?」ロンがダンブルドアの蛙チョコカードを水差しに立てかけながら聞いた。

「ぜーんぜん」ジニーが答えた。「むしろ、すっごく落ち込んでる……」

ジニーは声を落としてささやいた。

「アンブリッジこそホグワーツ最高のお方だったって、そう言い続けてる……」

六人全員が、医務室の反対側のベッドを振り返った。アンブリッジ先生が、天井を見つめたまま横になっている。ダンブルドアが単身森に乗り込み、アンブリッジをケンタウルスから救い出してきた。どうやって救出したのか——いったいどうやって、ダンブルドアは、かすり傷一つ負わずに、アンブリッジ先生を支えて木立ちの中から姿を現したのか——だれにもわからない。アンブリッジは、当然なにも語らない。城にもどったアンブリッジは、みなが知るかぎり、一言もしゃべっていない。どこが悪いのか、だれにもはっきりとはわからない。いつもきちんとしていた薄茶色の髪はくしゃくしゃで、まだ小枝や木の葉がくっついていたが、それ以外は負傷している様子もない。

「マダム・ポンフリーは、単にショックを受けただけだって言うの」ハーマイオニーが声をひそめて言う。

「むしろ、すねてるのよ」ジニーが突き放した。

「うん、こうやると、生きてる証拠を見せるぜ」そう言うと、ロンは軽くパカッパカッと舌を鳴らす。

アンブリッジががばっと起き上がり、きょろきょろあたりを見回した。

「先生、どうかなさいましたか？」マダム・ポンフリーが、事務室から首を突き出して声をかけた。

「いえ……いえ……」アンブリッジはまた枕に倒れ込んだ。「いえ、きっと夢を見ていたのだわ……」

ハーマイオニーとジニーが、ベッドカバーで笑い声を押し殺した。

「ケンタウルスって言えば」笑いが少し収まったハーマイオニーが言う。「『占い学』の先生は、いま、だれなの？　フィレンツェは残るの？」

「残らざるをえないよ」ハリーが言った。「もどっても、ほかのケンタウルスが受け入れないだろう？」

「トレローニーも、二人とも教えるみたいよ」ジニーが情報通ぶりを見せる。

「ダンブルドアは、トレローニーを永久にお払い箱にしたかったと思うけどな」ロンは十四個目の「蛙」をムシャムシャやっている。「いいかい、僕に言わせりゃ、あの科目自体がむだだよ。フィレンツェだって、似たり寄ったりさ……」

「どうしてそんなことが言える?」ハーマイオニーが詰問した。「本物の予言が存在するって、わかったばかりじゃない?」

ハリーは心臓がドキドキしはじめた。ロンにもハーマイオニーにも、だれにも予言の内容を話していない。ネビルが、「死の間」の階段でハリーが自分を引っ張り上げたときに予言が砕けたとみなには話していたし、ハリーも訂正せずにそう思わせておくことにした。自分が殺すか殺されるか、それ以外に道はないということをみなに話したら、どんな顔をするか……。ハリーはまだその顔を見るだけの気持ちの余裕がなかった。

「壊れて残念だったわ」ハーマイオニーが頭を振りながら静かに言う。

「うん、ほんと」ロンも同調する。「だけど、少なくとも、『例のあの人』もどんな予言だったのか知らないままだ。――どこに行くの?」

ハリーが立ち上がったので、ロンがびっくりしたような、がっかりしたような顔をした。

「ん――ハグリッドのところ」ハリーが言った。「あのね、ハグリッドがもどってきたばかりなんだけど、僕、会いにいって、君たち二人がどうしているか教えるって約束したんだ」

「そうか。ならいいよ」

ロンは不機嫌にそう言うと、窓から四角に切り取ったような明るい青空を眺めた。

「僕たちも行きたいなあ」

「ハグリッドによろしくね！」ハリーが歩き出すと、ハーマイオニーが声をかけた。「それに、どうしてるかって聞いて……あの小さなお友達のこと！」

医務室を出ながら、了解という合図に、ハリーは手を振った。

日曜日にしても、城の中は静かすぎるようだ。試験も終わり、学期も残すところあと数日となって、みな太陽がいっぱいの校庭に出て復習も宿題もないという時を楽しんでいるにちがいない。ハリーは、だれもいない廊下をゆっくり歩きながら窓の外を覗いた。クィディッチ競技場の上空を飛び回って楽しんでいる生徒もいれば、大イカと並んで湖を泳ぐ生徒もちらほら見える。

だれかと一緒にいたいのかどうか、ハリーにはよくわからなかった。だれかと一緒だと、どこかへ行ってしまいたいと思い、かといってひとりになると人恋しくなる。本当にハグリッドを訪ねてみようかという気になった。ハグリッドが帰ってきてから、まだ一度もちゃんと話をしていないし……。

玄関ホールへの大理石の階段の最後の一段を下りたちょうどそのとき、右側のドアからマルフォイ、クラッブ、ゴイルが現れた。そこはスリザリンの談話室に続くドアだ。ハリーの足がはたと止まる。マルフォイたちも同じだった。聞こえる音と言えば、開け放した正面扉を通して流れ込む、校庭のさけび声、笑い声、水の撥《は》ねる音だけだった。

マルフォイがあたりに目を走らせた――だれか先生の姿がないかを確かめているのだと、ハリーは理解した――ハリーに視線をもどし、マルフォイが低い声で言う。

「ポッター、おまえは死んだ」

ハリーは眉《まゆ》をちょっと吊り上げた。

「変だな」ハリーが言った。「それなら歩き回っちゃいないはずだけど……」

マルフォイがこんなに怒るのを、ハリーは見たことがない。青白い顎《あご》の尖《とが》った顔が怒りに歪《ゆが》むのを見て、ハリーは冷めた満足感を味わった。

「つけを払うことになるぞ」マルフォイはほとんどささやくような低い声で吐《は》き棄《す》てる。「僕がそうさせてやる。おまえのせいで父上は……」

「そうか。今度こそ怖くなったよ」ハリーが皮肉たっぷりに返す。「おまえたち三人に比べれば、ヴォルデモート卿《きょう》なんて、ほんの前座だったな。――どうした？」ハリーが聞く。マルフォイ、クラッブ、ゴイルが、ヴォルデモートの名前を聞いていっせいに衝撃を受けた顔をしたからだ。「あいつは、おまえの父親の友達だろう？　怖くなんかないだろう？」

「自分を何様だと思ってるんだ、ポッター」マルフォイは、クラッブとゴイルに両脇を護られながら、ハリーに迫ってきた。「見てろ。おまえをやってやる。父上を牢獄なんかに入れさせるものか――」

「もう入れたと思ったけどな」ハリーがとぼけた。

「吸魂鬼がアズカバンを棄《す》てた」マルフォイが落ち着いて言う。「父上も、ほかのみんなも、すぐ出てくる……」

「ああ、きっとそうだろうな」ハリーが言い放つ。「それでも、少なくともいまは、連中がどんな悪《わる》かってことが知れ渡った――」

マルフォイの手が杖《つえ》に飛んだ。しかし、ハリーのほうが早かった。マルフォイの指がローブのポケットに入る前に、ハリーはもう杖を抜いていた。

「ポッター！」

玄関ホールに声が響き渡る。スネイプが自分の研究室に通じる階段から現れた。その姿を見ると、ハリーはマルフォイに対する気持ちなど遥かに超えた強い憎しみと嫌悪感がわいてくる……ダンブルドアがなんと言おうと、スネイプを許すものか……絶対に……。

「なにをしているのだ、ポッター？」

四人のほうに大股で近づいてくるスネイプの声は、相変わらず冷たい。

「マルフォイにどんな呪いをかけようかと考えているところです。先生」

ハリーは激しい口調で言い捨てた。

スネイプがまじまじとハリーを見る。

「杖《つえ》をすぐしまいたまえ」スネイプが短く命じる。「一〇点減点。グリフィ――」

スネイプは壁の大きな砂時計を見てにやりと笑った。

「ああ、点を引こうにも、グリフィンドールの砂時計には、もはや点が残っていない。それなれば、ポッター、やむをえず――」

「点を増やしましょうか?」

マクゴナガル先生がちょうど正面玄関の石段をコツコツと城へ上がってくるところだった。タータンチェックのボストンバッグを片手に、もう一本の手でステッキにすがってはいたが、それ以外は至極元気そうだった。

「マクゴナガル先生!」スネイプが勢いよく進み出る。「これはこれは、聖マンゴをご退院で!」

「ええ、スネイプ先生」

マクゴナガル先生は、旅行用マントを肩から外しながらうれしそうに言う。

「すっかり元どおりです。そこの二人――クラッブ――ゴイル――」

マクゴナガル先生が威厳たっぷりに手招きすると、二人はデカ足をせかせかと動かし、ぎこちなく進み出る。

「これを」マクゴナガル先生はボストンバッグをクラッブの胸に、マントをゴイルの胸に押しつけた。「私の部屋まで持っていってください」

二人は回れ右し、大理石の階段をドスドス上がっていった。

「さて、それでは」マクゴナガル先生は壁の砂時計を見上げた。「そうですね。ポッターとその友人たちが、世間に対し『例のあの人』の復活を警告したことで、それぞれ五〇点！　スネイプ先生、いかがでしょう？」

「なにが？」スネイプが噛《か》みつくように聞き返したが、完全に聞こえていたと、ハリーにはわかっていた。「ああ――うむ――そうでしょうな……」

「では、五〇点ずつ。ポッター、ウィーズリー兄妹《きょうだい》、ロングボトム、ミス・グレンジャー」マクゴナガル先生がそう言い終わらないうちに、グリフィンドールの砂時計の下半分の球に、ルビーが降り注いだ。「ああ――それにミス・ラブグッドにも五〇点でしょうね」そうつけ加えると、レイブンクローの砂時計にサファイアが降った。

「さて、ポッターから一〇点減点なさりたいのでしたね、スネイプ先生――では、このように……」

ルビーが数個、上の球にもどったが、それでもかなりの量が下に残った。

「さあ、ポッター、マルフォイ。こんなすばらしいお天気の日には外に出るべきだと思いますよ」マクゴナガル先生が元気よく言葉を続けた。

言われるまでもなく、ハリーは杖《つえ》をローブの内ポケットにしまい、スネイプとマルフォイには目もくれず、まっすぐに正面扉に向かった。

ハグリッドの小屋をめざして歩く芝生の上には、陽射しが痛いほど照りつけていた。生徒たちは、芝生に寝そべって日向ぼっこをしたりしゃべったり、「予言者新聞《よげんしゃしんぶん》日曜版《にちようばん》」を読んだり甘い物を食べたりしながら、通り過ぎるハリーを見上げている。呼びかけたり、手を振ったりする生徒もいる。「予言者新聞」と同じように、みながハリーを英雄のように思っていることを、熱心に示そうとしているようだ。ハリーはだれにもなにも言わなかった。三日前になにが起こったのか、みながどれだけ知っているかはわからなかったが、ハリーはこれまで質問されるのを避けてきたし、そうしておくほうがよかったのだ。

ハグリッドの小屋の戸をたたく。一瞬、留守かと思った。しかし、ファングが物陰から突進してきて大歓迎し、ハリーは突き飛ばされそうになった。ハグリッドは裏庭でインゲン豆を摘んでいたらしい。

「よう、ハリー！」ハリーが柵に近づいていくと、ハグリッドがにっこりした。「さあ、入った、入った。タンポポジュースでも飲もうや……」

「調子はどうだ？」

木のテーブルに冷たいジュースを一杯ずつ置いて腰掛け、ハグリッドが聞いた。

「おまえさん――あ――――元気か？　ん？」

ハグリッドの心配そうな顔から、体が元気かどうかと聞いているのでないことはわかった。

「元気だよ」ハリーは急いで答えた。ハグリッドがなにを考えているかはわかっていたが、その話をするのには耐えられなかった。「それで、ハグリッドはどこへ行ってたの？」

「山ん中に隠れとった」ハグリッドが答えた。「洞穴《ほらあな》だ。ほれ、シリウスがあのとき――」

ハグリッドは急に口を閉じ、荒っぽい咳《せき》ばらいをしてハリーをちらりと見ながら、ぐーっとジュースを飲んだ。

「とにかく、もうもどってきた」ハグリッドが弱々しい声で言った。

「ハグリッドの顔――前よりよくなったね」ハリーはなにがなんでも話題をシリウスから逸《そ》らそうとする。

「なん……？」ハグリッドは巨大な片手を上げ、顔をなでた。「ああ――うん、そりゃ。グロ―ピーはずいぶんと行儀がようなった。ずいぶんとな。おれが帰ってきたのを見て、そりゃあうれしかったみてえで……あいつはいい若者だ、うん……だれか女友達を見つけてやらにゃあと考えとるんだが、うん……」

いつものハリーなら、そんなことはやめるようにと、すぐにハグリッドを説得しようとしただろう。禁じられた森に二人目の巨人が棲《す》むかもしれず、しかもグロウプよりもっと乱暴で残酷かもしれないというのは、どう考えても危険だ。しかし、それを議論するだけの力を、なぜか奮い起こすことができない。ハリーはまたひとりになりたくなってきた。早くここから出ていけるようにと、ハリーはタンポポジュースをガブガブ飲み、グラスの半分ほどを空にした。

「ハリー、おまえさんが本当のことを言っとったと、いまではみんなが知っちょる」ハグリッドが出し抜けに、静かな声で話しはじめた。「少しはよくなったろうが？」

ハリーは肩をすくめた。

「ええか……」ハグリッドがテーブルの向こうから、ハリーのほうに身を乗り出した。「シリウスのこたぁ、おれはおまえさんより昔っからよく知っちょる……あいつは戦って死んだ。あいつはそういう死に方を望むやつだった――」

「シリウスは、死にたくなんかなかった！」ハリーが怒ったように言った。

ハグリッドのぼさぼさの大きな頭がうなだれた。

「ああ、死にたくはなかったろう」ハグリッドが低い声でうなずく。「それでもな、ハリー……あいつは、自分が家ん中でじーっとしとって、ほかの人間に戦わせるなんちゅうことはできねえやつだった。自分が助けにいかねえでは、自分自身にがまんできんかったろう――」

ハリーははじかれたように立ち上がった。

「僕、ロンとハーマイオニーのお見舞いに、医務室に行かなくちゃ」ハリーは機械的に言った。

「ああ」ハグリッドはちょっと狼狽した。「ああ……そうか、そんなら、ハリー……元気でな。また寄ってくれや、暇なときにな……」

「うん……じゃ……」

ハリーはできるだけ急いで出口に行き、戸を開ける。ハグリッドが別れの挨拶を言い終える前に、ハリーはふたたび陽光の中に出て芝生を歩いていた。またしても、生徒たちが通り過ぎるハリーに声をかけた。ハリーはしばらく目をつぶり、みな消えていなくなればいいのにと思った。目を開けたとき、校庭にいるのが自分一人だったらいいのに……。

数日前なら――試験が終わる前で、ヴォルデモートがハリーの心に植えつけた光景を見る前だったら――ハリーの言葉が真実だと魔法界が知ってくれるなら、ヴォルデモートの復活をみなが信じてくれるなら、ハリーが嘘つきでもなければ狂ってもいないとわかってくれるなら、なにを引き換えにしても惜しくはないと思っただろう。しかしいまは……。

ハリーは湖の周囲を少し回り、人のいない岸辺に腰を下ろした。通りがかりの人にじろじろ見られないように灌木《かんぼく》の茂みに隠れ、キラキラ光る水面を眺めて物思いにふけった……。

ひとりになりたかった。たぶん、ダンブルドアと話して以来、自分が他の人間から隔絶された存在のように感じはじめたからだろう。目に見えない壁が、自分と世界とを隔てている。ハリーは「印《しる》されし者」だ。ずっとそうだったのだ。ただ、それがなにを意味するのか、これまではっきりわかっていなかっただけだ……。

それなのに、こうして湖のほとりに座っていると、悲しみの耐え難い重みに心は沈み、シリウスを失った生々しい痛みが心の中で血を吹きはしたが、恐怖の感覚はわいてこなかった。太陽は輝き、校庭には笑い声が満ち満ちている。自分がちがう人種であるかのように、周囲のみなが遠くに感じられはするが、それでもここに座っていると、やはり信じられなかった——自分の人生が、人を殺すか、さもなくば殺されて終わることになるとは……。

ハリーは水面を見つめたまま、そこに長い間座っていた。名付け親のことは考えまい……ちょうどこの湖の向こう岸で、シリウスが百を超える吸魂鬼の攻撃から身を護ろうとして、倒れてしまったことなど、思い出すまい……。

ふと寒さを感じあたりを見ると、太陽はもうとっくに沈んでいた。ハリーは立ち上がり、袖《そで》で顔を拭《ぬぐ》いながら城に向かった。

ロンとハーマイオニーが完治して退院したのは、学期が終わる三日前だった。ハーマイオニーは、始終シリウスのことを話したそうな素振りを見せた。だが、シリウスの名前をハーマイオニーが口にするたびに、ロンが「シーッ」という音を出してくれた。名付け親の話をしたいのかどうか、ハリーにはまだよくわからなかった。そのときそのときで気持ちが揺れた。しかし、一つだけはっきりしているのは、たしかにいまは落ち込んだ気分でも、数日後にプリベット通り四番地に帰ったときには、ホグワーツがとても恋しくなるだろうということだ。夏休みのたびにそこに帰らなければならない理由がはっきりわかったいまになっても、だからといって帰るのが楽しくなったわけではない。むしろ、帰るのがこんなに怖いと思ったことはない。

アンブリッジ先生は、学期が終わる前の日にホグワーツを去った。夕食時にこっそり医務室を抜け出したらしい。だれにも気づかれずに出発したかったからにちがいないが、アンブリッジ先生にとって不幸なことには、途中でピーブズに出会ってしまったのだ。ピーブズは、フレッドに言われたことを実行する最後のチャンスとばかり、歩行用のステッキとチョークを詰め込んだソックスとで交互にアンブリッジ先生をなぐりつけながら追いかけ、嬉々として城から追い出していた。大勢の生徒が玄関ホールに走り出て、アンブリッジ先生が小道を走り去るのを見物した。各寮の寮監《りょうかん》が生徒たちを制止したが、気が入っていなかった。マクゴナガル先生など、二、三回弱々しく諌《いさ》めはしたものの、そのあとは教職員テーブルの椅子に深々と座り込み、ピーブズに自分のステッキを貸してやったあとで、自分自身でアンブリッジを追いかけて囃《はや》し立ててやれないのが残念無念と言っているのを、多くの生徒が聞いていた。

今学期最後の夜がきた。大多数の生徒はもう荷造りを終え、学期末の宴会に向かっていたが、ハリーはまだ荷造りに取りかかってもいなかった。

「いいから明日にしろよ！」ロンは寝室のドアのそばで待っていた。「行こう。腹ぺこだ」

「すぐあとから行く……ねえ、先に行ってくれ……」

しかし、ロンがドアを閉めて出ていったあとも、ハリーは荷造りに取り掛かりもしなかった。ハリーにとっていま一番いやなことは、「学年度末さよならパーティ」に出ることだ。ダンブルドアが挨拶で、ハリーのことに触れるのが心配だった。ヴォルデモートがもどってきたことにも触れるにちがいない。去年すでに、生徒たちにその話をしているのだから……。

ハリーはトランクの底から、くしゃくしゃになったローブを数枚引っ張り出し、たたんだローブと入れ替えようとした。すると、トランクの隅に乱雑に包まれたなにかが転がっているのに気づいた。いったいなんだったのか見当もつかない。ハリーはかがんで、スニーカーの下になっている包みを引っ張り出し、よく見た。たちまちそれがなんなのかを思い出した。シリウスが、グリモールド・プレイス十二番地での別れ際に、ハリーに渡したものだ。

「私を必要とするときには、使いなさい。いいね?」

ハリーはベッドに座り込み、包みを開いた。小さな四角い鏡が滑り落ちた。古そうな鏡だ。かなり汚れている。鏡を顔の高さに持つと、自分の顔が見つめ返している。鏡を裏返してみた。そこに、シリウスからの走り書きがあった。

　これは両面鏡だ。わたしが対の鏡の片方を持っている。わたしと話す必要があれば、鏡に向かってわたしの名前を呼べばいい。わたしの鏡には君が映り、わたしは君の鏡の中から話すことができる。ジェームズとわたしが別々に罰則《ばっそく》を受けていたとき、よくこの鏡を使ったものだ。

ハリーは心臓がドキドキしてきた。四年前、死んだ両親を「みぞの鏡」で見たことを思い出した。シリウスとまた話せる。いますぐ。きっとそうだ――。

ハリーはあたりを見回して、だれもいないことを確かめた。寝室はまったく人気がない。ハリーはもう一度表の鏡面にもどし、震える両手で顔の前にかざして、大きくはっきりと名前を呼んだ。

「シリウス」

息で鏡が曇った。ハリーは鏡をもっと顔に近づけた。興奮が体中を駆け巡る。しかし、曇った鏡からハリーに向かって目を瞬《しばたた》いているのは、まぎれもなくハリー自身の顔だった。

ハリーはもう一度鏡をきれいに拭《ぬぐ》い、一語一語、部屋中にはっきりと響き渡るように呼んだ。

「シリウス・ブラック！」

何事も起こらない。鏡の中からじりじりして見つめ返している顔は、まちがいなく、今度もまた、ハリー自身だ……。

あのアーチを通っていったとき、シリウスは鏡を持っていなかったんだ。ハリーの頭の中で小さな声が言う。それだから、うまくいかないんだ……。

ハリーはしばらくじっとしていた。それから、いきなり鏡をトランクに投げ返した。鏡は割れた。ほんの一瞬、キラキラと輝く一瞬、信じたのに。シリウスにまた会える、また話ができると……。

失望が喉元《のどもと》を焦《こ》がした。ハリーは立ち上がり、トランクめがけて、なにもかもめちゃくちゃに割れた鏡の上にぶち込んだ――。

そのとき、ある考えが閃《ひらめ》いた……鏡よりいい考え……もっと大きくて、もっと重要な考えだ……どうしてこれまで思いつかなかったんだろう――どうしていままでたずねなかったんだろう？

ハリーは寝室から飛び出し、螺旋《らせん》階段を駆け下り、走りながら壁にぶつかってもほとんど気づかずとにかく走った。空っぽの談話室を横切り、肖像画の穴を抜け、後ろから声をかける「太った婦人《レディ》」には目もくれずに廊下を疾走した。「宴会がもう始まるわよ。ぎりぎりですよ！」

しかし、ハリーは、まったく宴会に行くつもりなどない……。

用もないときには、ここはゴーストがあふれているというのに、いったいいまはどこに……。

ハリーは階段を走り下り、手当たり次第に廊下を走った。しかし、生きたものにも死んだものにも出会わない。全員が大広間にいるにちがいない。「呪文学」の教室の前でハリーは立ち止まり、息を切らし、落胆しながら考えた。終わるまで待たなくちゃ。宴会が終わるまで……。

すっかりあきらめたそのとき、ハリーは見た――廊下の向こうで、透明ななにかがふわふわ漂っているのを。

「おーい――おい、ニック！　ニック！」

ゴーストが壁から首を抜き出した。派手な羽根飾りの帽子と、ぐらぐら危険に揺れる頭が現れた。ニコラス・ド・ミムジー‐ポーピントン卿《きょう》だ。

「こんばんは」

ゴーストは固い壁から残りの体を引っ張り出し、ハリーに笑いかけた。

「すると、行きそこねたのは私だけではなかったのですな？　しかし……」

ニックがため息をつく。

「もちろん、私はいつまでも逝《い》きそこねですが……」

「ニック、聞きたいことがあるんだけど？」

「ほとんど首無しニック」の顔に、えも言われぬ奇妙な表情が浮かぶ。ニックはひだ襟《えり》に指を差し入れ、引っ張って少しまっすぐにした。考える時間を稼いでいるらしい。一部だけつながっている首が完全に切れそうになったとき、ニックはやっと襟をいじるのをやめた。

「えー――いまですか、ハリー？」ニックが当惑した顔をする。「宴会のあとまで待てないですか？」

「待てない――ニック――お願いだ」ハリーが急き込んで頼む。「どうしても君と話したいんだ。ここに入れる？」

ハリーは一番近くの教室のドアを開けた。「ほとんど首無しニック」が、またため息をついた。

「ええ、いいでしょう」ニックはあきらめたような顔をした。「予想していなかったふりはできません」

ハリーはニックのためにドアを押さえて待ったが、ニックはドアからでなく、壁を通り抜けて入ってきた。

「予想って、なにを？」ドアを閉めながら、ハリーが聞いた。

「あなたが、私を探しにやってくることです」ニックはするすると窓際に進み、だんだん闇の濃くなる校庭を眺める。「ときどきあることです……だれかが……哀悼《あいとう》しているとき」

「そうなんだ」ハリーは話を逸《そ》らせまいとした。「そのとおりなんだ。僕――僕、君を探していた」

ニックは無言だ。

「つまり――」ハリーは、思ったよりずっと言い出しにくいことに気づいた。「つまり――君は死んでる。でも、君はまだここにいる。そうだろう？」

ニックはため息をつき、校庭を見つめ続ける。

「そうなんだろう？」ハリーが答えを急き立てた。「君は死んだ。でも僕は君と話をしている……君はホグワーツを歩き回れるし、いろいろ、そうだろう？」

「ええ」「ほとんど首無しニック」が静かに言う。「私は歩きもするし、話もする。そうです」

「それじゃ、君は帰ってきたんでしょう？　ゴーストになって。完全に消えてしまわなくともいいんでしょう？」ハリーはあわてて先を続けた。「人は、帰ってこれるんでしょう？　どうなの？」ニックが黙りこくっているので、ハリーは待ち切れないように答えを促した。

「ほとんど首無しニック」は躊躇《ちゅうちょ》していたが、やがて口を開いた。

「だれもがゴーストとして帰ってこられるわけではありません」

「どういうこと？」ハリーはすぐ聞き返した。

「ただ……ただ、魔法使いだけです」

「ああ」ハリーはほっとして笑い出しそうだった。「じゃ、それなら大丈夫。僕が聞きたかった人は、魔法使いだから。だったら、その人は帰ってこられるんだね？」

ニックは窓から目を逸《そ》らし、悼《いた》ましげにハリーを見る。

「あの人は帰ってこないでしょう」

「だれが？」

「シリウス・ブラックです」ニックが言う。

「でも、君は！」ハリーが怒ったように問い詰める。「君は帰ってきた――死んだのに、姿を消さなかった――」

「魔法使いは、地上に自らの痕跡《こんせき》を残していくことができます。生きていた自分がかつてたどった所を、影の薄い姿で歩くことができます」ニックは惨《みじ》めそうに言う。

「しかし、その道を選ぶ魔法使いは滅多にいません」

「どうして？」ハリーが聞いた。「でも――そんなことはどうでもいいんだ――シリウスは、普通とちがうことなんて気にしないもの。逆にみんなとはちがうことをしたがる。だから、帰ってくるんだ。僕にはわかる！」

まちがいないという強い思いに、ハリーは本当に振り向いてドアを確かめた。絶対だ、シリウスが現れる。ハリーは一瞬そう思った。真珠のような半透明な白さで、にっこり笑いながらドアを突き抜けて、ハリーのほうに歩いてくるにちがいない。

「あの人は帰ってこないでしょう」ニックが繰り返した。「あの人は……逝《い》ってしまうでしょう」

「『逝ってしまう』って、どういうこと？」ハリーは聞き返した。「どこに？　ねえ――人が死ぬと、なにが起こるの？　どこに行くの？　どうしてみんながみんな帰ってこないの？　なぜここはゴーストだらけにならないの？　どうして――？」

「私には答えられません」ニックが苦しそうに言う。

「君は死んでる。そうだろう？」ハリーはいらだちが高じてきた。「君が答えられなきゃ、いったいだれが答えられる？」

「私は死ぬことが恐ろしかった」ニックが低い声で言った。「私は残ることを選びました。ときどき、そうするべきではなかったのではないかといまでも悩みます……。いや、いまさらどっちでもいいことです……事実、私がいるのは、ここでも向こうでもないのですから……」ニックは小さく悲しげな笑い声を上げた。「ハリー、私は死の秘密をなにひとつ知りません。なぜなら、死の代わりに儚《はかな》い生の擬態《ぎたい》を選んだからです。こういうことは、神秘部の学識ある魔法使いたちが研究なさっていると思います――」

「僕にあの場所の話はしないで！」ハリーは激しい口調となった。

「もっとお役に立てなくて残念です」ニックがやさしく言う。「さて……さて。それではもう失礼します……なにしろ、宴会のほうが……」

ニックは部屋を出ていった。ひとり残されたハリーは、ニックの消えたあたりの壁を虚ろに見つめていた。

もう一度シリウスに会い、話ができるかもしれないという望みを失ったいま、ハリーは名付け親をふたたび失ったような気持ちになっていた。惨《みじ》めな気持ちで、人気のない城を足取りも重く引き返しながら、ハリーは、二度と楽しい気分になることなどないのではないかという気がした。

「太った婦人《レディ》」の廊下に出る角を曲がると、行く手にだれかがいるのが見えた。壁の掲示板にメモを貼りつけている。よく見ると、ルーナだった。近くに隠れる場所もないし、ルーナはもうハリーの足音を聞いたにちがいない。どっちにしろ、いまのハリーには、だれかを避ける気力も残っていない。

「こんばんは、ハリー」掲示板から離れ、ハリーをちらっと振り向きながら、ルーナがぼうっと挨拶した。

「どうして宴会に行かないの？」ハリーが聞いた。

「あのさ、あたし、持ち物をほとんどなくしちゃったんだ」ルーナがのんびりと言う。「みんなが持っていって隠しちゃうんだもゝ。でも、今夜で最後だから、あたし、返して欲しいんだ。だから掲示をあちこちに出したんだ」

ルーナが指さした掲示板には、たしかに、なくなった本やら洋服やらのリストと、返してくださいというお願いが貼ってあった。

ハリーの心に不思議な感情がわいてきた。シリウスの死以来、心を占めていた怒りや悲しみとはまったくちがう感情だ。しばらくしてハリーは、ルーナをかわいそうだと思っている自分に気づいた。

「どうしてみんな、君の物を隠すの？」ハリーは顔をしかめて聞く。

「ああ……うーん……」ルーナは肩をすくめた。「みんな、あたしがちょっと変だって思ってるみたい。実際、あたしのこと『ルーニー』ラブグッドって呼ぶ人もいるもンね」

ハリーはルーナを見つめた。そして、また新たに哀れに思う気持ちが痛いほど強くなった。

「そんなことは、君の物を取る理由にはならないよ」ハリーはきっぱりと言った。「探すのを手伝おうか？」

「あら、いいよ」ルーナはハリーに向かってにこっとした。「もどってくるもン、いつも最後には。ただ、今夜荷造りしたかっただけ。だけど……あんたはどうして宴会に行かないの？」

「行きたくなかっただけさ」ハリーは肩をすくめた。

「そうだね」

不思議にぼんやりとした飛び出た目で、ルーナはハリーをじっと観察した。

「そりゃあそうだよね。死喰い人に殺された人、あんたの名付け親だったんだってね？ ジニーが教えてくれた」

ハリーは短くうなずいた。なぜか、ルーナがシリウスのことを話してもちっとも気にならなかった。ルーナにもセストラルが見えるということを、このときハリーは思い出した。

「君は……」ハリーは言いよどんだ。「あの、だれか……君の知っている人がだれか死んだの？」

「うん」ルーナは淡々と答える。「あたしの母さん。とってもすごい魔女だったんだよ。だけど、実験が好きで、あるとき、自分の呪文でかなりひどく失敗したんだ。あたし、九歳だった」

「かわいそうに」ハリーが口ごもった。

「うん。かなり厳しかったなぁ」ルーナは何気ない口調で言う。「いまでもときどき、とっても悲しくなるよ。でも、あたしにはパパがいる。それに、二度とママに会えないっていうわけじゃないもン。ね？」

「あ――そうかな？」ハリーは曖昧な返事をした。

ルーナは信じられないというふうに頭を振った。

「ほら、しっかりして。聞いたでしょ？　ベールのすぐ裏側で？」

「君が言うのは……」

「アーチのある、あの部屋だよ。みんな、見えないところに隠れているだけなんだ。それだけだよ。あんたには聞こえたんだ」

二人は顔を見合わせた。ルーナはちょっとほほえんでいる。ハリーはなんと言ってよいのか、どう考えてよいのかわからなかった。ルーナはとんでもないことをいろいろ信じている……しかし、あのベールの陰でした人声は、ハリーもたしかに聞いた。

「君の持ち物を探すのを、ほんとに手伝わなくていいのかい？」ハリーが言う。

「うん、いいんだ」ルーナが答える。「いいよ。あたし、ちょっと下りていって、デザートだけ食べようかな。それで全部もどってくるのを待とうっと……。最後にはいつももどるんだ……じゃ、ハリー、楽しい夏休みをね」

「ああ……うん、君もね」

ルーナは歩いていった。その姿を見送りながら、ハリーは胃袋に重くのしかかっていたものが、少し軽くなったような気がした。

翌日、ホグワーツ特急に乗って家へと向かう旅には、いくつかの事件があった。まず、マルフォイ、クラッブ、ゴイルだが、この一週間というもの、先生の目の届かないところでハリーを襲撃する機会を待っていたにちがいない。ハリーがトイレからもどる途中を、車両の中ほどで待ち伏せていた。襲撃の舞台に、うっかりＤＡメンバーで一杯のコンパートメントのすぐ外を選んでいなかったら、待ち伏せは成功したかもしれない。ガラス戸越しに事件を知ったメンバーが、一丸となってハリーの助太刀に立ち上がった。アーニー・マクミラン、ハンナ・アボット、スーザン・ボーンズ、ジャスティン・フィンチ‐フレッチリー、アンソニー・ゴールドスタイン、テリー・ブートが、ハリーの教えた呪いの数々を使い切ったとき、マルフォイ、クラッブ、ゴイルの姿は、ホグワーツの制服に押し込まれた三匹の巨大なナメクジと化していた。それを、ハリー、アーニー、ジャスティンが荷物棚に上げてしまい、三人はそこでぐじぐじしているほかなかった。

「こう言っちゃなんだけど、マルフォイが列車を降りたときの、母親の顔を見るのが楽しみだなぁ」上の棚でくねくねするマルフォイを見ながら、アーニーがちょっと満足げに言った。アーニーは、マルフォイが短期間「尋問官親衛隊《じんもんかんしんえいたい》」だったとき、ハッフルパフから減点したのに憤慨し、けっしてそれを許してはいなかった。

「だけど、ゴイルの母親はきっと喜ぶだろうな」騒ぎを聞きつけて様子を見にきたロンが言った。「こいつ、いまのほうがずっといい格好だもんなあ……。ところでハリー、なにか買うんなら、ちょうど車内販売のカートがきてるけど……」

ハリーはみなに礼を言い、ロンと一緒に自分のコンパートメントにもどった。そこで大鍋《おおなべ》ケーキとかぼちゃパイを山ほど買った。ハーマイオニーはまた「日刊予言者新聞《にっかんよげんしゃしんぶん》」を読んでいる。ジニーは「ザ・クィブラー」のクイズに興じ、ネビルはミンビュラス・ミンブルトニアをなでさすっていた。この一年で相当大きく育ったこの植物は、触れると小声で歌うような奇妙な音を出すようになっていた。

ハリーとロンは旅のほとんどを、ハーマイオニーが読んでくれる「予言者新聞」の抜粋を聞きながら、魔法チェスをしてのんびり過ごした。新聞はいまや、吸魂鬼撃退法とか、死喰い人を魔法省が躍起になって追跡する記事、家の前を通り過ぎるヴォルデモート卿《きょう》を今朝見たと主張するヒステリックな読者の投書などであふれ返っている。

「まだ本格的じゃないわ」ハーマイオニーが暗い顔でため息をつき、新聞を折りたたんだ。「でも、遠からずね……」

「おい、ハリー」ロンがガラス越しに通路を見てうなずきながら、そっと呼んだ。

ハリーが振り返ると、チョウが目出し頭巾《ずきん》をかぶったマリエッタ・エッジコムと一緒に通り過ぎるところだった。一瞬、ハリーとチョウの目が合ったけれど、チョウはちょっと頬を赤らめただけでそのまま歩き去った。ハリーがチェス盤に目をもどすと、ちょうど自分のポーンが一駒、ロンのナイトに升目から追い出されるところだった。

「いったい――えー――君と彼女はどうなってるんだ？」ロンがひっそりと聞く。

「どうもなってないよ」ハリーが本当のことを言った。

「私――えーと――彼女がいま、別な人と付き合ってるって聞いたけど」ハーマイオニーが遠慮がちに口を挟んだ。

そう聞いてもまったく自分が傷つかないことに、ハリーは驚いた。チョウの気を惹《ひ》きたいと思っていたのは、もう自分とは必ずしも結びつかない昔のことのように思える。シリウスが死ぬ前にハリーが望んでいた多くのことが、このごろではすべてそんなふうに感じられる……。シリウスを最後に見てからの時間が、一週間よりもずっと長く感じられる。その時間は、シリウスのいる世界といない世界との二つの宇宙の間に長々と伸びていた。

「抜け出してよかったな、おい」ロンが力強く言う。「つまりだ、チョウはなかなかかわいいし、まあいろいろ。だけど君にはもう少し朗らかなのがいい」

「チョウだって、ほかのだれかだったらきっと明るいんだろ」ハリーが肩をすくめる。

「ところでチョウは、いま、だれと付き合ってるんだい？」ロンがハーマイオニーに聞いた。しかし、答えたのはジニーだった。

「マイケル・コーナーよ」

「マイケル——だって——」ロンが座席から首を伸ばして振り返り、ジニーを見つめた。

「だって、おまえがあいつと付き合ってたじゃないか！」

「もうやめたわ」ジニーが断固とした口調で言った。「クィディッチでグリフィンドールがレイブンクローを破ったのが気に入らないって、マイケルったら、ものすごく臍《へそ》を曲げたの。だから私、棄《す》ててやった。そしたら、代わりにチョウを慰めにいったのよ」ジニーは羽根ペンの端で無造作に鼻の頭をかき、「ザ・クィブラー」を逆さにして、自分が書いた答えの点数をつけはじめた。ロンは大いに満足げな顔をした。

「まあね、僕は、あいつがちょっとまぬけだってずっとそう思ってたんだ」そう言うと、ロンは、ハリーの震えているルークに向かってクイーンを進めた。「よかったな。この次は、だれかもっと――いいのを――選べよ」

そう言いながら、ロンはハリーのほうを、妙にこっそりと見た。

「そうね、ディーン・トーマスを選んだけど、ましかしら？」ジニーは上の空で聞いた。

「なんだって？」ロンが大声を出し、チェス盤をひっくり返した。クルックシャンクスは駒を追って飛び込み、ヘドウィグとピッグウィジョンは、頭上で怒ったようにホーッ、ピーッと鳴いた。

キングズ・クロスが近づき列車が速度を落とすと、ハリーは、こんなにも降りたくないという気持ちが強かったことはないと思った。降りないと言い張ったら――列車が自分をホグワーツに連れもどる九月一日まで、てこでもここを動かないと言ったらどうなるだろう。そんな思いがちらりとよぎるほどだった。しかし、ついに列車がシューッと停車すると、ハリーはヘドウィグの籠《かご》を下ろし、いつもどおり、トランクを列車から引きずり降ろす準備に取りかかった。

車掌が、ハリー、ロン、ハーマイオニーに、九番線と十番線の間にある魔法の障壁を通り抜けても安全だと合図した。通り抜けた障壁の向こう側では、びっくりするようなことがハリーを待ち受けていた。まったく期待していなかった集団がハリーを出迎えていたのだ。

まずは、マッド-アイ・ムーディが魔法の目を隠すのに山高帽を目深にかぶり、帽子があってもないときと変わりなく不気味な雰囲気で、節くれだった両手に長いステッキをにぎり、たっぷりした旅行マントを巻きつけて立っていた。そのすぐ後ろでトンクスが、明るい風船ガムピンクの髪を、駅の天井の汚れたガラスを通して射し込む陽の光に輝かせている。継ぎはぎだらけのジーンズに、「妖女《ようじょ》シスターズ」のロゴ入りの派手な紫のTシャツという服装だ。その隣がルーピンだった。青白い顔に白髪が増え、みすぼらしいセーターとズボンを覆うように、すり切れた長いコートを羽織っている。集団の先頭には、手持ちのマグルの服から一張羅《いっちょうら》を着込んだウィーズリー夫妻と、けばけばしい緑色の鱗状《うろこじょう》の生地でできた、新品のジャケットを着たフレッドとジョージがいた。

「ロン、ジニー！」ウィーズリーおばさんが駆け寄り、子供たちをしっかりと抱きしめた。

「まあ、それにハリー——お元気？」

「元気です」おばさんにしっかり抱きしめられながら、ハリーは嘘をついた。おばさんの肩越しに、ロンが双子の新品の洋服をじろじろ見ているのが見えた。

「それ、いったいなんのつもり？」ロンがジャケットを指さして聞く。

「弟よ、最高級のドラゴン革だ」フレッドがジッパーをちょっと上下させながら言った。

「事業は大繁盛だ。そこで、自分たちにちょっとご褒美《ほうび》をやろうと思ってね」

「やあ、ハリー」ウィーズリーおばさんがハリーを放し、ハーマイオニーに挨拶しようと向きを変えたところで、ルーピンが声をかけた。

「やあ」ハリーも挨拶する。「予想してなかった……みんななにしにきたの？」

「そうだな」ルーピンがちょっとほほえんだ。「おじさん、おばさんが君を家に連れて帰る前に、少し二人と話をしてみようかと思ってね」

「あんまりいい考えじゃないと思うけど」ハリーが即座に言った。

「いや、わしはいい考えだと思う」ムーディが足を引きずりながらハリーに近づき、うなるように言う。「ポッター、あの連中だな？」

ムーディは自分の肩越しに、親指で後ろを指さした。魔法の目が、自分の頭と山高帽とを透視して背後を見ているにちがいない。ムーディの指した先を見るのに、ハリーは数センチ左に体を傾けた。すると、たしかにそこには、ハリー歓迎団を見て度肝を抜かれているダーズリー親子三人の姿があった。

「ああ、ハリー！」ウィーズリーおじさんが、ハーマイオニーの両親に熱烈な挨拶をし終わって、ハリーに声をかけてくる。ハーマイオニーの両親は、いまやっと娘を交互に抱きしめていた。

「さて――それじゃ、始めようか？」

「ああ、そうだな、アーサー」ムーディが言った。

ムーディとウィーズリー氏が先頭に立って、駅の構内をダーズリー親子のほうに歩いていく。親子はどうやら地面に釘づけになっているようだ。ハーマイオニーがそっと母親の腕を振り解き、集団に加わった。

「こんにちは」ウィーズリーおじさんは、バーノンおじさんの前で立ち止まり、機嫌よく挨拶した。「憶《おぼ》えていらっしゃると思いますが、私はアーサー・ウィーズリーです」

ウィーズリーおじさんは、二年前、たった一人でダーズリー家の居間をあらかた壊してしまったことがある。バーノンおじさんが憶えていなかったら驚異だとハリーは思った。果たせるかな、バーノンおじさんの顔がどす黒い紫色に変わり、ウィーズリー氏を睨《にら》みつけた。しかし、なにも言わないことにしたらしい。ひとつには、ダーズリー親子が多勢に無勢だったからだろう。ペチュニアおばさんは恐怖と狼狽の入り交じった顔で、周囲をちらちら見てばかりいた。こんな連中と一緒にいるところを、だれか知人にでも見られたらどうしようと、恐れているようだった。一方ダドリーは、自分を小さく、目立たない存在に見せようと努力しているようだったが、そんな芸当は土台むりだ。

「ハリーのことで、ちょっとお話をしておきたいと思いましてね」ウィーズリーおじさんは相変わらずにこやかに話し出した。

「そうだ」ムーディがうなる。「あなたの家で、ハリーをどのように扱うかについてだが」

バーノンおじさんの口ひげが、憤怒《ふんぬ》に逆立ったかのようだった。山高帽のせいで、ムーディが自分と同類の人間であるかのような、まったく見当ちがいの印象をバーノンおじさんに与えたのだろう。バーノンおじさんはムーディに話しかけた。

「わしの家の中でなにが起ころうと、あなたのような他人の出る幕だとは認識してはおらんがな――」

「あなたの認識しておらんことだけで、ダーズリー、本が数冊書けることだろうな」ムーディがうなった。

「とにかく、それが言いたいんじゃないわ」トンクスが口を挟んだ。ピンクの髪が、ほかのなにを束にしたよりも一番ペチュニアおばさんの反感を買ったらしい。おばさんはトンクスを見るより、両目を閉じてしまうほうを選んだ。

「要するに、もしあなたたちがハリーを虐待していると、私たちが耳にしたら――」

「――はっきりさせておきますが、そういうことは我々の耳に入りますよ」ルーピンが愛想よく加わる。

「そうですとも」ウィーズリーおじさんが言う。「たとえあなたたちが、ハリーに『話電』を使わせなくとも――」

「電話よ」ハーマイオニーがささやいた。

「――まっこと。ポッターがなんらかのひどい仕打ちを受けていると、少しでもそんな気配を感じたら、我々が黙ってはおらん」ムーディが決めた。

バーノンおじさんが不気味にふくれ上がった。この妙ちきりん集団に対する恐怖より、激怒の気持ちが勝ったらしい。

「あんたは、わしを脅迫しているのか？」バーノンおじさんの大声に、そばを通り過ぎる人々が振り返ってじろじろ見たほどだ。

「そのとおりだ」マッド‐アイが、バーノンおじさんの飲み込みの速さにかなり喜んだように見えた。

「それで、わしがそんな脅しに乗る人間に見えるか？」バーノンおじさんが吠《ほ》える。

「どうかな……」ムーディが山高帽を後ろにずらし、不気味に回転する魔法の目をむき出しにした。バーノンおじさんがぎょっとして後ろに飛び退《の》き、荷物用のカートにいやというほどぶつかった。「ふむ、ダーズリー、そんな人間に見えると言わざるをえんな」

ムーディはバーノンおじさんからハリーのほうに向きなおった。

「だから、ポッター……我々が必要なときは、一声さけべ。おまえから三日続けて便りがないときは、こちらからだれかを派遣するぞ……」

ペチュニアおばさんがヒーヒーと悲痛な声を出す。こんな連中が、庭の小道を堂々とやってくる姿を、ご近所さんが見つけたらなんと言うだろうと考えているのは明白だ。

「では、さらばだ、ポッター」ムーディは、節くれだった手で一瞬ハリーの肩をつかんだ。

「気をつけるんだよ、ハリー」ルーピンが静かに言う。「連絡してくれ」

「ハリー、できるだけ早く、あそこから連れ出しますからね」ウィーズリーおばさんが、またハリーを抱きしめながら、ささやいた。

「またすぐ会おうぜ、おい」ハリーと握手しながら、ロンが気遣わしげに言う。

「ほんとにすぐよ、ハリー」ハーマイオニーが熱を込めて言った。「約束するわ」

ハリーはうなずいた。ハリーのそばにみんながずらりと勢揃いする姿を見て、それがハリーにとってどんなに深い意味を持つかを伝えたくとも、なぜかハリーには言葉が見つからなかった。その代わり、ハリーはにっこりして別れに手を振り、背を向けて、太陽の輝く道へと先に立って駅から出ていった。バーノンおじさん、ペチュニアおばさん、ダドリーが、あわててそのあとを追いかけた。

人生のヒントを与えてくれるハリー・ポッター

ハリー杉山

ハリー・ポッター。老若男女関係なく世界中の人々に感動を与え続け、人生を歩むために沢山のヒントを差し伸べる超大作。僕も、ハリーと愛すべき先生たちには何度も救われ、今でも迷走したり先が見えなくなると、ハリーたちに会いに行きます。何故ならハリー・ポッターは僕の原点であり、子供から大人の階段を僕とともに登ってくれた〝相棒〟なのです。

出会いは一九九九年。父や祖父に憧れていた僕は、彼らと同じ人生を進みたい思いで、彼らも学んだウィンチェスター・カレッジと言う一三八二年に設立された英国最古のパブリック・スクールに通っていました。ホグワーツと同じ全寮制。何十メートルもあるようなダイニングテーブルで「いただきます」「ご馳走様でした」をラテン語で言うのが礼儀。クィディッチはなくても〝ウィンチェスター・カレッジ・フットボール〟という独自のスポーツで寮対抗戦も行われ、魔法を学ぶことや、男子校だったのでロマンスはありませんでしたが、僕はリアル・ホグワーツで青春の日々を過ごしていました。

刺激的な日々が続くなか、我々ウィカミスト（ウィンチェスター・カレッジの生徒）たちの日常が変わります。テキストや文房具など、我々学生にとって〝武器〟を与えてくれるオリバンダーの店のようなお店が、急に『賢者の石』から『アズカバンの囚人』までを入荷したのです。古代ローマの哲学から量子化学を論じる本など、アカデミックな香りしかしなかった空間に幻想的な風が流れ、最初は偏見の目で見ていたウィカミストたちも恐る恐る作品を手に取るようになりました。そのときから朝食中、常に片手に紅茶、片手に新聞だったはずの彼らが、紅茶も忘れて両手でハリー・ポッターの本を鷲掴みしながら読んでる光景は忘れられません。

そして僕も彼らのように、日常の中で杖を持ち、エクスペクト・パトローナムを唱えればどんなパトローナス、守護霊が出てくるのか夢見ることになりました。映画の『賢者の石』が出る数年前だったので解釈も人それぞれ。サッカーや好きなロックバンドを語るときと同じ熱で、ダンブルドア先生やスネイプ先生の本質や過去や、ハリー、ロン、ハーマイオニーは結局誰と結ばれるかを議論してる日々は平和で幸せでした。

後に映画シリーズの歴史的ヒット含め、何故ここまでハリー・ポッターは現代人にとって文化になったのかを考えると、登場人物との〝共感〟が大きいファクターになってきます。ハリーたちのストーリーが進むとともに、我々も年をとります。年齢とともに訪れる葛藤、人間関係の課題、社会の壁。ハリーたちが数々の挫折を経験し、光が見えない絶望に突き落とされても希望を捨てない姿には勇気づけられ、自分の人生と照り合わすこともできます。

発売された当時は〝子供のためのファンタジー〟と理解してしまった大人たちも沢山いたでしょう。ただ読めば読むほど複雑な人格形成と予想不可能なストーリーテリングの虜となった読者たちは必然とポッタリアンになり、試練訪れるたびにヒントを求めて作品に戻る方も多いです。僕もそうで、数々の名言から力を頂けました。

I am what I am, an' I'm not ashamed. "Never be ashamed," my ol'dad used ter say, "there's some who'll hold it against you, but they're not worth botherin' with."

ハグリッドの名言です。「私は私で、私であることを恥じることはない。〝自分であることを誇りに思え！〝と父はよく言いました。時には自分のアイデンティティを否定する者も現れるが、そんな人たちに時間を使うのは無駄だ」。

僕なりに解釈して意訳していますが、当時自分のアイデンティティがある意味コンプレックスでもあった僕を救ってくれた言葉です。白人の英国人が90％の学校。地元はグラストンベリーという田舎街だったので僕と母が唯一のアジア人であった時も多かったです。差別の壁を感じることもありました。母には「普通になりたい、僕も白人として生まれたかった」と、自分のアイデンティティ、そして日本人である自分を根本的に否定した時もありました。今では笑い話になりますが、白人に憧れて青いコンタクトで金髪に染めたこともありました。今では笑い話になりますが、当時は街を歩きながらいつ石を投げられたりするのかわからず、常に戦闘態勢でした。その時に出会ったハグリッドの言葉は、心臓に突き刺さるような冷気を誇るイギリスの冬に、微笑みと生きる力を与えてくれた宝でした。

自分の体に流れるイギリスと日本の血。日本もイギリスも両方母国。自分のアイデンティティを個性、味と理解し、積極的に日本文化や英国文化について将来伝えていきたいと思ったのもその時からでした。まさかその十年後 ハリー・ポッターの世界とお仕事で触れることになるとは。最初は日本テレビで〝ハリー・ポッター祭り〟のナビゲーターとして魔法世界の魅力を語るお仕事をいただき、それ以降数々のハリー・ポッター関連のイベントのMCを務めさせていただけるようになりました。『ファンタスティック・ビースト』の主人公を演じるエディ・レッドメインさんとインタビューし、ライバル校であるウィンチェスターとイートンの話ができたのも実に光栄。葛藤し、もがいて苦しんでいた青年ハリー（僕のことです）に、将来そんな口が訪れると伝えたらどんな顔を見せるでしょうか。

人生を変えてくれたハリー・ポッターに感謝です。

最後にダンブルドア先生の言葉で終わりたいと思います。

To the well-organised mind, death is but the next great adventure.

成熟し、しっかりとした心を持つ者には、死など次なる大冒険に違いない。

今は今の大冒険を楽しんでる途中で、心もまだ成熟していないので次の大冒険に向かうことは出来ないし、向かいたくもないですが、その日を恐れず、いつか先に大冒険に向かった大切な人々と会える日を楽しみにし、毎日楽しく生きるのみです。

（タレント）

本書は
単行本二〇〇四年九月　静山社刊
携帯版二〇〇八年三月　静山社刊
を四分冊にした4です。

装画　おとないちあき
装丁　坂川事務所

ハリー・ポッター文庫⑬
ハリー・ポッターと不死鳥の騎士団
〈新装版〉5－4
2022年9月6日　第1刷

作者　J.K.ローリング
訳者　松岡佑子

発行者　松岡佑子
発行所　株式会社静山社
〒102-0073　東京都千代田区九段北1-15-15
TEL 03(5210)7221
印刷・製本　中央精版印刷株式会社

ISBN 978-4-86389-692-5　printed in Japan